张广生人境

房蒙 著

北京时代华文书局

谨以此书，
献给外公肖云峨、外婆魏庆兰
献给小儿结庐、小女月亮

自序：最后的羽毛

其实到现在我也不知为何要写作。王小波有一篇文章，名字就叫作《我为什么写作》，通篇里讲了许多写作的负面——危险性，减熵过程，不挣钱……却在开篇时把登山同写作相提并论。文中讲道，有人问一位登山家为什么要去登山，他回答说："因为那座山峰在那里。"文章的结尾，王小波终究直截了当地给出答案：我相信我自己有文学才能，我应该做这件事。

我一贯以为，在写作这件事上但凡能做出一点成就的人，必是有相当天赋之人。我觉得自己并不属于此列，即便搜肠刮肚、呕心沥血，到头来想必也只落个枉费心机的结果，所以在这件事情上，我赞赏顺其自然的态度。马尔克斯曾说："当一个人想写点东西的时候，那么这个人和他要表达的主题之间就会产生一种互相制约的紧张关系，因为写作的人要设法探究主题，而主题则力图设置种种障碍。有时候，一切障碍会一扫而光，一切矛盾会迎刃而解，会发生过去梦想不到的事情。这时候，你才会感到，写作是人生最美好的事情。"以我最近的写作体验，不得不说写作究属一件痛苦之事，虽然其间也充斥着巨大的快乐，比如在某篇文章写就之后感到沾沾的一点自喜，却是一种事后的、并不能持久的快乐，当然更绝非一种需要戒除的瘾。长久处在这般两下的撕扯之中，很难说是一种确凿的幸福或磨难。因为没有什么人逼迫你，内心里隐隐感到的那点驱使当然就成为足够的一种理由——或许便是冯唐所说的内心的肿胀吧。

博尔赫斯说，"我写作不是为了名声，也不是为了特定的读者，而是为了光阴流逝使我心安。"我深以为然，写作终究是一种内心的独白，是"我"同自己的对话，写作本身就是一种孤独。

我隐隐觉得，一个人走到终点后唯一能做的事情就是回忆。想想看吧，如我等这般没有宗教信仰的唯物主义者，穷途末路之际，眼见着便触摸到那堵高不可攀、延展无边的冷墙，再没有翻越过去的可能，唯一的指向就是返回，如一束光那样被反射回来。而在通往终点的那条路上，我们早就做着许多的演练了。

当我回忆往昔，我知道有无数条道路通向那里，比如梦、比如酒，可是没有一个出口，使我说出那些故事。这精彩的或者不堪的一生，到底值不值得被记录、被诉说呢？我常说，如果我们的视野能放到宇宙中去，甚或宇宙之外，那我们的存在真是完完全全可以忽略，再言说人生的意义，怕是自欺欺人了。所以说，只有当观照到每一个具体的人和每一种细致的情感时，意义才会浮现，才能变得博大而深沉。有一段时间，我企图找到一点这个世界为虚幻的确凿证据，却总免不了感受到生活中切实的善与恶、美与丑、希望与失望、热闹与孤独、尊崇与卑微的较量，一切都那么真实地存在着。恍然觉得我之一生，在这浩茫宇宙中独一无二的特性，它终究不会因为天空下有无数个这样独特的运命而变得毫无价值。而这点看似正当的理由，给了我一些果敢和勇气。有人说过，在用文字重述现实的过程里，你将不知不觉地丧失真实经历过的感觉。这不免是对我这类人的中肯的告诫。不过也有人说，"以为已经完全忘记的，写到最后突然完整地涌出笔端"（李娟语）。这样的堪堪忘却和失而复得的境况实在是生活里最常上演的剧集，就当是我们宽宥了的荒诞中的一种吧。

偶然读到阿多尼斯那首《致西西弗斯》的诗，或者也可成为我心迹的一点表达。

> 我立誓在水上书写，
> 我立誓与西西弗斯一起，
> 承担他无言的巨石。
> 我立誓与西西弗斯一起，
> 经受那狂热与火花，
> 并在失明的眼中，
> 寻找一根最后的羽毛，

为秋天和野草，
写尘土之诗。
我立誓与西西弗斯活在一起。

我不知道这最后的羽毛是否也是电影《阿甘正传》里的那片羽毛，正如，"I don't know if we each have a destiny, or if we're all just floating around accidental—like on a breeze"（我不知道我们是否有着各自的命运，或者我们都只是在随风飘荡）。但我依然可以像阿甘那样，不停地奔跑，无缘无故地奔跑。

目 录

辑一 | 东篱

故　乡　　　　2
饮食散记　　　7
雨　天　　　　12
如　寄　　　　14
九水明漪　　　18
乡村闹钟　　　20
七　步　　　　22
恙　痛　　　　24
青春自述　　　27
一梦十年　　　31
暮色苍茫　　　36
浮生半日　　　41

辑二 | 结庐

无　寐　　　　46
离　离　　　　49
大　地　　　　53
空空如也　　　57
下　雨　　　　59
月　光　　　　60
缓慢的冬天　　62
寒　冷　　　　64
低　眉　　　　66
稍　逝　　　　68
悁　悁　　　　71
沉　吟　　　　73
所谓孤独　　　75

辑三 | 人境

余 烬　　　　80
芸 芸　　　　85
花 语　　　　91
消失的匕首　　93
蓝色翅膀　　　98
宝 藏　　　　100
疑似脚印　　　103
后来的知情人　105
雪地上的脚印　107
你来看此花时　111
冷 漠　　　　115
天荒坪老斑鸠　119

辑四 | 心远

存 在　　　　124
时 间　　　　126
夜 雨　　　　128
退 却　　　　131
秘 密　　　　134
访 客　　　　137
关 关　　　　140
敌 手　　　　143
尘 埃　　　　146
致 牙　　　　149
沉默之外　　　152
克孜勒苏河畔随想 155

辑五 | 忘言

沉 默	160
风吹花落	164
天 涯	169
归去来兮	173
萧 萧	176
小扇扑流萤	180
曾 经	187
游必有方	191
雪落南山	194
你不知道的事	196
祖母的笑	200
回家的路	204

辑六 | 相与

味 道	208
点 点	211
肖	214
谜 底	217
礼 物	222
月 亮	224
鸡 蛋	228
青鸟殷勤	231
桥	233
伞	236
白日与青春	239
冬至的雪	241
夜行的快乐	243
双 城	245
后 记	247

辑一 | 东篱

　　"飘飘何所似，天地一沙鸥"，直到有一天我忽然领悟到，即使再豪阔再奢华的居所，也无法完全消解我的这种漂泊感。从此，我的胸前别起一枚叫作"故乡"的徽章，正式成为一个有故乡的人，也成为一个名副其实的外乡人，只是我不知道该为此感到悲哀还是当作一种荣耀。

——节选自《故乡》

故 乡

因为工作缘故,我走过许多地方,有春雨杏花的江南小镇,也有铁马西风的塞外边关,领略过最荒鄙的僻野,也目睹过最卑微的生活。多年前的寒冬时节,穿行于川西北海拔四千多米的石渠县城,我曾生出过这样一个疑问:这些满目萧索的苦寒之地,有什么值得人留恋的呢?

我从不怀疑在另外的季节里,它会呈现出摄人心魄的自然之美,但这似乎不是一个完美的答案。我曾以为,或许只是他们走不出而已——命运的入口与出口之间横隔着一个巨大的迷宫,与此相对应的词语应该是:贫穷、寒腹短识、故步自封和陈陈相因——一定是这些东西将他们封死在原地,使他们无法摆脱终老于此的宿命。

可是慢慢地,我内心里不再认同这类词汇,取而代之的是另外一种答案。我想,留住他们的,或许只是一抔故土而已,贫瘠也罢,肥沃也罢。

说起来,我已经有两年多没有回过家乡了——那个被称作溪坪的村庄。我不知道如今的它会是怎样的一副模样,两年多的时间完全可以改变很多的事物、很多的人。

在我的想象里,有的地方会变得荒芜,斯人逝去后残破的庭院里杂草丛生。这是树木的生机,却是人世的荒疏。人一旦退出某个地方,草木马上就会乘隙而入,它们最擅长见缝插针了,起码能够卑微地活着。在这一点上它们似乎比人类更懂得如何顺应自然而不是耿耿于怀。而有的地方会变得光鲜,呈现出一派社会主义新农村的欣欣样貌。还有的地方,在原本荒芜了许多年后,被人推倒重来,仿佛再不需要此生此世活过的证据。

我虽久不回故乡,却常听到某某离世的消息。那些我熟悉的人,命运一个个地将他们收割,扬长而去。我甚至来不及认真地同他们道别,从此你与他们之间的某件旧事、某种恩怨只有你一个人知晓，从而成为孤独的知情者。或许正是这样的身份让人感到哀戚。还有一些人，我已经记不起他们的面貌了，名字或者身份的后面空空如也，只剩下高高矮矮、胖胖瘦瘦的一些轮廓，仿佛村子里从来就没有这么一个人，却在死后忽地浮现，其人生的旧事像是一夜间成书的一本小说，若干情节使人长久地记住。是的，或许是我走过了太多太远的地方，遇到了太多太复杂的人，原谅我无法一一将他们记起。这并非我的本意，但我要为此说声抱歉。

　　随着年岁的增长，这样的经验愈积愈多，故乡的概念也越发深刻。"飘飘何所似，天地一沙鸥"，直到有一天我忽然领悟到，即使再豪阔再奢华的居所，也无法完全消解我的这种漂泊感。从此，我的胸前别起一枚叫作"故乡"的徽章，正式成为一个有故乡的人，也成为一个名副其实的外乡人，只是我不知道该为此感到悲哀还是当作一种荣耀。

　　我闲暇时曾认真怀想过溪坪的历史。这个三面皆山，一面横拦着一条河的不大的村子，世世代代的人在这里繁衍生息，从来不曾发生过什么惊天动地的大事，即便有一些出格的事情，也只会惹人一番当下的闲谈，绝不会被长久地挂在口上。也没有人会被长久地记住，所有的人到头来只剩下族谱里的一个名字，而名字背后的所有细节统统被岁月卷走，再离奇的故事都将湮没无闻。所有的这些使人生出一种活在结绳记事、口口相传时代的错觉。

　　即便那些亲身经历过的事情，也请原谅我无法向你们一一道来。有人曾告诫过我：在你用文字重述一个你所体验过的情境的同时，会慢慢失去你对它的记忆。我担心在我一次又一次地描述所历经的往事之后，会失去故乡在我内心里的真实投射。这是我对文字的怀疑之一。可是丢失了现实里的记忆，是否可以收获内心生活的证据呢？对于这一点我如今并没有确切的答案，所以依然可以审慎地用文字记录一些几近湮灭的往事。而且我的记忆力已经开始出现衰颓的迹象，我不希望如溪坪那般长于遗忘的宿命会降临到我个人身上。

　　对于故乡概念的建立，应是我去到县城读高中之后。在此之前，我从来都没有认真思考过这个问题，我所有的人生计划都是以溪坪为蓝图的，仿佛即便做了帝王，也尽可以把都城建在此地。我认真对待关于它的每一件事情，如同关心每一个我所爱的人。我曾将屋后阴暗处的一株花椒树苗移到向阳的院子里，我想象多年后，能从它那里收获一些属于自己的果实。还有外婆院子东边的一块田地，我曾仔细地翻垦过一遍，又疏通畦垄，整顿沟塍，预备种一些豌豆或者西瓜。这样的事情想来我做过不少。所有的这些都是我对溪坪作久远打算的证明。

可是，有一天，你忽然发现，你再也不能成年累月地身处于故乡的怀抱之中了，那个未知的世界正以一种前所未见的光鲜吸引着你去探索、去远离，仿佛听得见两种情绪将你撕扯的声响。其实，对于离开家乡这件事情，是我为数不多的及早就明白的事情之一，与出走的决绝相比，那些貌似久远的打算显然不堪一击。事实上，你移栽的树苗，并没有按你预想的姿态按部就班地长成一棵能结出许多果实的大树，而那片细心整饬过的田地，终于在你该种豌豆还是西瓜的纠结中错过了时节。所以，从一开始我就自认作是一个背叛者，始终背负着一种难言的歉疚之情。

说真的，我唯一能够期望的就是使故乡免于走向荒芜的境地，至少在我有生之年保有一丝倔强的光鲜。可是，你永远无法左右任何一件阳光下的事物走向崩坏，那些你住过然后离开的地方，无一例外地遍地荒芜。那一间间的屋子，它们一旦捕捉不到烟火的气息，就会感到一种深深的遗弃，必定会赌气般地快速朽塌，直到人们再无法追赶它的步伐，不得不在这种对抗中败下阵来。还有那些树，它们有的是天空，本可以毫无忌惮地延伸生长，却也如此迅速地萎落干枯，仿佛只有用这种决绝的方式才能表达对人事种种的眷恋。

我曾认真盘算过退休后回乡居住的可能，大概亦可以在此终老，从而使人之一生有一个完满的回还。但后来我意识到，这件事远没有想象中那般简单，我料得多年之后的溪坪，又有几个是我熟识的故人呢？那些悄悄到来又慢慢长大的人，对我来说一定是陌生的。他们有着同父辈们相似的样貌和轮廓，却与我有着无法逾越的隔膜，在这般故乡里生活是否会有一种异乡人的错觉呢？

即便如今，那些我熟识的邻里，在我归家时与我亲切交谈的人，想必内心里也早就不把我当作溪坪的一员了。在他们的判断里，乡音并不能成为一种确凿的证据。

是的，故乡就这样在我心里渐渐老去，我注定做不成一个在一地终老、用一生温热一方土地的人了。

我也曾认真思量过那些我所改变的东西：比如我曾改变过一棵花椒树一生的轨迹，也亲手了结过无数的蝉鸟鱼虫的性命；山中的某处田地因为我的辛勤劳作，曾经泛出过一抹新绿，某个口齿不清的老妪，至今还在重述我帮她担过柴草的事实；我温热的尿液曾经使一棵苹果树早早长高了一寸，我暴躁的脾气使得一条忠厚的黄狗结结实实地挨过我的踢踹，或许会因此早几秒死去……

我想，也许直到许多许多年后，与人有关的那些痕迹才会完全消失，从此之后，再没有人记得你的名字，你的样貌，就连那些风、那些树也老朽到将你彻底遗忘，如同你从来没有存在过一样。而我扬起的尘埃，想必更要多几年的时间才能落定，它们中的一些，在落地之前会被其他人再次奋力扬起，借此保留人生里微不足道的一丝线索。村子还会成为另外一些人的故乡，会永远被演绎、被遗忘下去。仿佛我今生的存在对于这个村子无足轻重，使命只是为了改变外面的世界。

中学时，读王鼎钧的《脚印》，字字都识得，却不解其味，只记住捡拾脚印的神奇。细究起来，要一个沉浸于故土芬芳中的懵懂少年，去理解一个堪堪暮年却漂泊海外之人的那种悲凉，究竟是怎样的一种错位呢？可如今再次读来，却满眼人生零落的荒芜找不见归途，字字泛着颓废的痛楚。

他说乡间父老讲故事——两个旅人互相夸耀自己家乡的高楼之高。一个说，他家乡楼顶上有个麻雀窝，有一天，窝破了，麻雀蛋在半空中孵化，在落地之前就都学会飞了。另一个徐徐地说，他们家乡也有一座高楼，有一次，有个小女孩从楼顶上掉下来了，到了地面上已经是一个老太太了。

是高楼太高，还是时光太快？

我年少时是村子里的孩子王，伙伴们常常凑在一起玩捉迷藏的游戏。那时的我觉得溪坪太大了，光天化日之下我也总能将自己稳稳地藏住。那些废弃的窑井和猪圈，连成一片的玉米秸秆和柴草垛，都曾留有我的骄傲和自信。后来我不再满足于这种藏躲，于是带着几个人跑到山上，尽情地玩了一整天另一种的游戏。等我们踏着暮色返回的时候，找的人已经不知所踪了。第二天聚在一起，也没有人再谈起昨日的事情，仿佛这件事情过去之后就等同于从来没有发生过一样。

还有一次，我们躲出去绕了个弯，之后又偷偷地溜回家去了。我们悄悄地躲在屋子里，看了一整天的电视剧，到最后一样没有人来找我们，这让我感到一种深深的失落。我不知道这样的藏躲太过潦草还是一种认真，正如我不知道多年前的离开是一种悲哀还是一种荣耀。终于有一天，这个村庄再也藏不住我，又仿佛再也找不回我，我也终于意识到这个游戏的巨大破绽，注定无法永远地继续下去。有时候是寻找的人，苦苦寻觅而不可得，以致心灰意冷决定放弃；有时候是那藏躲的人，跑着跑着就跑远了，一旦躲藏起来就永远隐在时光的罅隙里了——他找不到回去的路了。

饮食散记

我不是对吃讲究的人，大概源于我少小的饮食底子。旧时年景，褐衣蔬食，唯可口而已，自然不会追求色香味俱全。记忆里，长辈们烧菜做饭，谈不上珍馐朵颐，却也没有留下不得入口的记忆。我以为，蔬饭而已，得一"味"字也就够了，求"香"便已有些过分，如若是躲在家里自食，"色"字更是多余，况且欲求三者兼得必致互有损害，想来并不划算。当然这是我的个人见解。孔子云：食不厌精，脍不厌细。且不说是否为祭祀的礼仪要求，但终究脱不了考究的意思。

现如今，我们虽也还在为吃的事儿劳神，却已无关饥饱。追求更加刺激的口舌之欲，找寻极致的味觉享受，还要兼顾营养搭配，甚至就餐的环境也要大费周章，所有这些，越来越多地占据了我们的生活。

我自打有记忆起，就不食猪肉，直到十几岁的时候才又吃起来。据母亲讲是吃了太多排骨又喝了凉水的缘故。所以那时年节吃水饺，要么单独为我备馅，要么母亲吃馅我吃皮儿。而今，我能想到最可口的饭食是煎饼卷儿：冒着热气的玉米煎饼，裹着新做的豆腐条，配一根碧绿的生蒜薹和当季的椿芽咸菜，实在是难得的美味。所谓"大道至简"，该是一种普遍的真理，最美味的东西也应是简单纯粹的，只是一般人难以彻悟罢了。阿城在《棋王》一篇里描绘过吃蛇肉，"亮晶晶地盘在碗里，粉粉地冒鲜气"，又因为蛇肉碰铁就腥，所以一律用筷子撕着蘸料吃。没有醋精就用草酸替代，和着酱油膏冲好，撒葱末、姜末和蒜末。吃完了，将蛇骨丢进锅里，续上新水，熬汤，又揪了屋外的野茴香撒下去，小口呷。这就是简单，即便放更多的佐料，有更繁复琐碎的流程，那也是简单。

因为工作的缘故，我常奔忙于路上，也领略过不少的地方美食。说实话，我对吃向来没有太大的兴趣，也并不喜欢尝试新奇的东西。平素里就餐宴饮，往往只是频频举箸其间中意的一二菜品，大啖食之。如果真要说一说印象深刻的美食，大概就有：安徽的臭鳜鱼，臭味走了窄门就会透出一股子新鲜来；内蒙古（乌兰浩特）的羊杂汤，味道香醇，是顶尖的风味，是我未尝在别的地方喝到过的；还有江西乡下的腊肉，颇有烟火气息，如同将时光送进口里，兼其肥瘦相间，软硬适中，配米饭、馒头食之，可令食欲大增；而广西的米粉，最佳以酸笋炒之，颇得其乐。其余的一些虽说不乏珍馐美味，但都没有明显的印象。更何况如今的北京城里，各地风味的餐馆比比皆是，想吃一口大概也非难事。

前些年，我曾去到香港进修过十日，咖喱、叉烧、车仔面，可谓琳琅满目，却几无一物合我之口。我们聚餐想酌一点纯正的白酒也遍寻不到，只好买一些黄酒将就。如此几日，禁不住肠胃抗议，只好去肯德基"打牙祭"，还曾按图索骥去到海港城附近的小店里吃牛丸，可谓狼狈不堪。我那时心里想的，不是姑娘，而是蒜薹炒肉，必须加一些老抽上色，手里还要捏上一个松软的白面馒头。这样的经历非我独有，崔永元在谈吃的一篇文章里写他去韩国出差，吃了十几日的烤肉，回到北京，其住处附近的工地上正巧开饭，农民工们围着饭菜你争我抢，一股酱香飘入鼻中，以致使他两眼扑簌簌地落泪。

我最爱吃的东西是大蒜，没有之一。几乎到了无蒜不欢的地步，有时围着火锅，吃下半碗蒜泥也不为奇，遇到不合口的饭菜，以蒜泥佐拌，即为珍馐。长久以来，食蒜几乎是北方人的"专利"，清人徐珂在《清稗类钞》里写道："北人好食葱蒜，……无论富贵贫贱之家每饭必具。"而南方人，对生嚼大蒜不亦乐乎这种事情就有些瞠目结舌了。读大学时，结伴下馆子吃水饺，自上海来的同学竟然不识大蒜，也曾让我大为惊骇。因为味重，大蒜被佛教徒归为荤菜，也算是食材界的一朵奇葩了。我虽亲之爱之，却也常常因此忍痛舍弃之。此种情况细究起来，大概也属吃相的范畴。说到吃相，梁实秋先生写过两次可谓痛快淋漓的吃：赶车的车夫吃比拳头还要粗的卷饼，是两手扶着矗立在盘子上，张开血盆巨口吃，直吃到青筋暴露满脸大汗；青岛凿山造房的石匠们则是拍拍手掌便抓起半尺长的发面蒸饺来吃，继而围着一桶开水舀水喝，饭后又遇到有人兜售甘蔗一般粗细的大葱，于是持而吃之如同餐后水果。这两个景象让他久久不忘，因为那些都是自食其力、坦坦荡荡之人。先生还在《馋》一文里写过一位汉军旗的亲戚，得一鸭梨，当即啃了半只，却披衣戴帽，于风雪交加之际冲出门外，越一小时，托着小碗归来，竟是温桲拌梨丝。先生说此种情景就是馋了。我在青岛居住时，常到市南区宁夏路附近吃一种牛肉粉，配一碟酸爽的腌白菜和一小碗软嫩的牛肉，不过区区十几块钱，却吃得分外舒爽。后来在北京，按图索骥寻到朝阳区有一家分店，于是乘车几十公里去吃，却已不是先前的味道了。

不知这算不算是一种馋。

在吃这一方面，古今一也。大概古人不似今人娱乐方式众多，长日无尽，长夜漫漫，吃玩便成为一种上好的消遣，故而写吃食之处甚多，而且吃出了境界，写出了意蕴。柳宗元写过"朵颐进芰实，擢手持蟹螯"，委实形象生动；杜甫写过"东山高顶罗珍羞，下顾城郭销我忧。清江白日落欲尽，复携美人登彩舟"，就不只有美食，亦有美人了；白居易说，"绿蚁新醅酒，红泥小火炉"，看似言饮酒，大概也免不了要一些小菜佐之。而苏轼，作为一个资深的美食家，其前后《赤壁赋》里，也总是离不了吃，"携酒与鱼"而游，直至"杯盘狼藉"相枕而眠。但说到潇洒处，得说《晋书·文苑》里的记载：苏州人张翰为官京城，秋来之时，他忽然想起家乡的鲈鱼，眼下却难吃到，于是愤然写下："秋风起兮木叶飞，吴江水兮鲈正肥。三千里兮家未归，恨难禁兮仰天悲。"写罢，辞官归乡吃鲈鱼去了。凡此种种，举不胜举。

说到吃，不能不谈烹饪。烹饪这事儿讲究搭配，一方面要营养相济，比如荤素搭配要得当；一方面还得避免食物相克，譬如柿子与蟹同食便要中毒，羊肉与醋同食就要伤元气，等等。另外，在做法上也有相当的考究，譬如，鸭肉性寒，故烤而食之；螃蟹性寒，就要佐一碟混着姜屑的米醋，或饮一些黄酒，不一而足。而且食材之间讲求味道相合，比如鲜笋用腊肉炒来会愈发美味，讲求的是鲜与陈（恕我遍寻不到更恰当的字）的冲突，是时间的对撞。有一回，单位的食堂做了一份鸡蛋炒豆腐，令我大跌眼镜。

我大学毕业后才学习下厨。先习刀工，切土豆丝、黄瓜丝，先切片，然后一片一片再切成丝，费时颇多，一时成为妻子口中的笑谈。我曾在酒店里工作过半年，招聘厨师时有一项考核是片蛤肉，大概比切丝还要难掌握一些，但此种功夫平时不太常用。曾经有段时间我特别喜欢炒土豆丝，不见得有多爱吃，主要是练手。在炒土豆丝这件事上，实在是浪费了不少的土豆，却一直不得要领。而且竟也想不起来同人讨教，只知道闷着头炒。大概是功夫不负有心人，居然炒出了像模像样、味道可口的土豆丝。步骤如下：去皮切丝，手切为上，不可过薄过细，见到满案的金黄条，心里会生出一种满足。然后浸泡或流水冲洗，起火，热锅，添油，下蒜末，盐少许，炒香，下土豆丝，翻炒两下，先倒醋，再加酱油，再翻炒片刻，放盐，调匀，关火，如果有香菜或蒜片，关火前撒下。要领是：加醋要早，放盐要晚，不可久炒。当然土豆的品种也要选对，有些土豆再怎么浸泡，也出不来那股爽脆劲儿。后来，我专门找人请教炒土豆丝的要领，竟与我的做法不谋而合，想来有些事情是窄道相达的。

作为家中的掌勺人，我每周末都要去一次菜市场——脏的集大成之地（梁实秋语）。高峰时，人头攒动，熙熙攘攘，讨价还价声不绝于耳，生鱼生肉的腥臭和烂白菜的味道缭绕不散，实非久留之所。大概没有人肯为买菜而劳神装扮一番，故而一律素面朝天，极难让人触目生花。所谓"处众人之所恶，故几于道"，我一直以为菜市场是最具生活气息的地方，扑面而来的烟火味道让人觉得真实，也更贴近生活的真谛。告子曰：食色，性也。孔子也讲"饮食男女，人之大欲存焉"。色之事，多隐晦，再接近生命的真谛也终究是个人的事情，难以与众人分享。而在食这件事上，大概就不必遮遮掩掩了，所以人人都该去菜市场里体验一番。

现如今棚菜盛行，时蔬四时皆备，寒冬腊月天里也不复旧时般匮乏，只是时序乱了，味道也就不同了，大概西红柿吃出黄瓜味来也不稀奇。而且也不耐存放，葱会由里及外地整根烂掉。基于此，我也会备一些适宜久藏的食材，譬如用上好的潍坊萝卜腌一坛子咸菜。实话说，我偏爱时间赐予食物的美味，所中意的臭鳜鱼、臭豆腐、腊肉、腊八蒜，甚至咸菜，无一不是靠了时光的力量沉淀出来的大味。

曾几何时，我憧憬豪侠独行的生活，如林冲那般，差店家小二道："切几斤牛肉，烫一壶好酒。"如今，这样的梦想虽已破灭，对吃的那份恬静理想却也还在。"文官告老还乡，武将解甲归田"，是中国古代官吏遵循的惯例。作家赵捷曾说："我就一直隐约觉得，厨房是我总有一天从社会女人告老还乡为家庭老太太时候的封地。"我以为人生何尝不是一场战争，我虽非女人，大约将来也不妨将厨房作为我解甲归田的封地，毕竟现实里告老还乡和解甲归田的生活究属理想，不如一头扎进厨房来得容易。

吃，大概是对人生最好的褒奖。对行将就木之人，多半言道：吃点好的。即便是穷凶极恶之人，临死前也要吃一碗断头饭。一代才子金圣叹因哭庙案获罪，传说临刑前对子女附耳悄言："花生米与五香豆腐干同嚼，有火腿味道。"又传死后从其耳内滚出两个纸团，一为"好"，一为"痛"。休论真伪，何其深刻。

我祖母生前寡居了近三十年，可谓茕茕孑立，形影相吊。我成人后回乡，总要奉上一些钱币。只是男儿本糙，没有缜密的心思，竟想不起来为她买一些可口的吃食。她病重之时，姐姐回去，切了碎猪肝拌在小米粥里，扶她坐起强吃了几口，不想几时之后竟溘然长逝，成为我们心中永远的痛处。我希望所谓的灵魂、来世云云究竟成真，偏我对此总觉太过渺茫，想来遗憾之所谓遗憾，就是再无补救的机会，只剩下追悔聊以慰藉，这到底让我难以释怀了。

雨　天

有时候，我会毫无来由地想念下雨的日子。想象着某个下雨的午后，半躺在窗前看书的慵懒时光，书中的故事与人生的旧事相互印证，悲欢离合的文字与斑驳陆离的雨水交相辉映，哀怨也罢，欢欣也罢，心头常常漾起一番自足的惬意。

预报过后，雨姗姗来迟，像是故事前的散漫铺叙。夜半醒来，听到雨击地的声响，急切如万人拍打出的鼓声，恰似某个故事的高潮，仿佛片刻之后宿命就要兑现。

这样的急雨使我感到紧张，我总担心把什么东西遗忘在屋子外了，使它们毫无防备地暴露在这样的雨里，于是一遍遍地回想确认。这实在是我早年生活经验带来的遗症。年少时在老家乡下生活，一旦急雨袭来，总免不了一番手忙脚乱，那些天井里摆放的桌椅板凳，顿时如彷徨无助的人群，等待你将它们一一搬进屋去；那些摊晒在房檐下的柴草、平屋顶上的粮食、打麦场上的花椒或者山楂，统统面临失守的境地；鸡要进栏，狗要进窝。最后是人，等一切收拾妥当，就可以"躲进小楼成一统"，将屋外的世界拱手相让。昏暗的光影里，人声也变得微弱，甚至是沉默。

而我则喜欢搬一把敦厚的板凳，坐在院子门口的厦子底下看雨。

雨天的喜好绝非我一人独有或者独享，儒宗董遇曾言："冬者岁之余，夜者日之余，阴雨者时之余也。"雨天实在是明心见性的好时刻。韩少功先生在《马桥词典》里说他的女儿不喜欢雨，因为雨对她来说意味着"雨具的累赘，路上的滑倒，雷电的可怕，还有运动会或者郊游的取消"。而韩少功先生却是喜欢雨的，"因为只有在雨天，我们才有可能拖着酸乏的身体回到屋里，喘一口气，享受弥足珍贵的休息机会"（知青下乡时代）。与此相照应的,他在一篇《雨读》的文章里袒露自己的心迹:雨天不便外出干活,只能回到书桌前。他借此怀想古代书生们身居农耕社会,多半也是晴耕而雨读的,甚至中国传统文化中的内趋性,也当然事出有因,必然与雨声里的独处不无关系。

  我想何以那么多的人喜欢雨天呢?大概因为下雨天会让内外的界限变得清晰明显。那些珍重的东西一律收进屋内,那些珍视的人统统收归进心底,借此抱紧自己的身体和灵魂,所有这些都让人感到一种内趋的平静。

  我年少时坐在厦子底下,一边赏雨,一边诵读《三国》。那时候的我还小,对兴衰荣辱、悲欢离合的体会仅限于表层的一种感受。可如今,当我再抱着一本书,蜷缩在落雨的窗前,我深刻地感受到铅字与人生的莫大区别:那些书中人的命运,抛开某种开放式结尾的玄虚,其实早已掌握在我们的手中了。而我们的命运,却永远地游离在设想之外,永远不被察觉,永远不可获悉,永远无法把握,毫无先验性可言。恰如那簌簌而落的雨滴,你永远无法预测它将落向何处,是归于泥土还是归于河流。

  雨夜梦醒,雨声却一阵紧似一阵,想到还要送结庐上学,又不免感到一番凄苦。及至举伞出门,雨竟已停歇,不禁感到一种偶获的幸运。在一番失态地手舞足蹈之后,终于明白,自己的喜雨,当真只是一句口是心非的谎言,是一个"叶公好龙"式的骗局。

如　寄

　　我预备晚上去看一场电影，却不料"山雨欲来风满楼"，转眼间，豆大的雨点骤至，其触于物，如磬如鼓。母亲听到一点门响，起身开门却并不见人，岂料急风穿堂而过，挟着厨房的门狠狠摔过来，两块玻璃应声而碎。

　　如果住得足够长久，你就会发现屋子里所有的东西都在慢慢变坏：衣橱的抽屉失了一个拉手，电脑座椅的扶手缺了一个螺丝；洗手间的水龙头开始跑冒滴漏，电视遥控器自顾神经错乱；冰箱旁的壁砖不知何时剥落下来一块，形如一个疮疤；而那台旧风扇，在时光的打磨下渐渐泛白，通体变得十分酥脆，你总担心它转着转着，随时可能任一回性，亲手了结自己的性命。说实在的，我喜欢在一个悠闲的午后来修理它们——这些你"封地"里的分内之事，亲力亲为让人感觉踏实。

　　其实何止是些家具物件呢，我的牙齿不是也坏了么，留下断壁残垣般的一截牙根。是的，连你身上最坚硬的东西也未能幸免，那么你的背，先前寒暑不侵的脊背，如今一旦受点冷凉就狼狈不堪，似也不足为奇了。还有母亲的腿脚，四时之间，从早到晚无由地感到疲乏，仿佛万水千山走遍之后，这辈子都休想歇息过来了。

　　我曾在一篇文章里提到过龙应台的《目送》与韩少功的《山南水北》，他们都写到了彻骨的鸟鸣，更为巧合的是，两本书里都有一篇题为《时间》的文章。他们是如何认识时间的呢？龙应台先生说，"有时候，我们用眼睛看得见的'坏'去量时间"，"有时候，我们用非常细微的'动'去量时间"。而韩少功先生则写道，"时间是我们的生命，却是一些看不见的生长和死亡，看不见的敞开和关闭，看不见的擦身而过和蓦然回首"。

　　其实何止他们两位，似乎所有的为文之人、泼墨之人、吟唱之人都在感慨和记录时间。《诗经》里几乎所有的开篇都在写时间,"人生若只如初见,何事悲风秋画扇","曾经沧海难为水,除却巫山不是云",不就是对时间痛彻的领悟吗?梵高之《星空》,达·芬奇之《蒙娜丽莎》,张择端之《清明上河图》,不正是时间固结而成的美吗?而"再回首,云遮断归途","流水它带走光阴的故事改变了两个人",难道不是在时间的量尺上偷偷刻下的一刀一刀吗?至于李白的"却顾所来径,苍苍横翠微",人们惯常以此表达坎坷走过终有收获之意,但"诗无达诂",我更喜欢自己的理解,那种弹指间沧海桑田、满目荒芜的情味无疑更加直抵人心的痛处。

那么好了,时间到底是个什么东西,它存在吗?有谁眼见过、触摸过、推导过、证明过?它掷地有声还是触手生温?是否更大的可能是虚无缥缈、砭人肌骨呢?甚至你不得不怀疑,幼小淘气时母亲吓唬你的那些怪物,它们真正的名字其实叫"时间"。

从某种意义上说,时间更像是物质和意识里的意识,是形而上和形而下里的形而上,是肉体和精神里的精神,是风雨如晦里的风,是声情并茂里的情,是海市蜃楼,是黄粱一梦。如果时间果真就不存在,我们如何继续哄骗和敷衍自己呢?又该如何兑现那些承诺,以此证明那些誓言并非谎话呢?

不得不说,时间——这个或许并不存在的东西,是所有悲剧的根源。而马克·吐温却说:"喜剧,就是悲剧加上时间。"我们因为时间得到一切,最终又失去一切,事实上我们无法分辨人生究竟是一出悲剧还是一出喜剧。

实事求是地说,我是一个十分恋旧的人。三十多年来,我辗转过多地,搬过若干次的家,期间丢过无数的东西,那些所谓的"家",一个接一个地荒芜,或者变成与你毫不相干的所在,那些曾经陪伴你的每一件物什,因为损毁或限于空间之故,一件一件地被你丢开去,从此杳无踪迹。

其实,我会为丢失的每一件东西感到惋惜,为错失的每一个人感到哀痛。如果可能,我想守住所有的东西,由此保留住所有生活的细节和生命的线索。可是如今,我只有一个盛放旧物的纸盒,里面有我第一次远行时的火车票,有我珍视的友人送的贺年片,有过往的团员证、学生证、准考证,其上的照片都是时间最好的留存;还有那张泛黄的餐纸,上面留有我与妻子恋爱时写给她的诗句。除此之外，是一些书信，情话同纸张一起泛黄，誓言与谎话并行不悖。与梁实秋先生收藏信件的略有抉择不同，我几乎保留了所有的信件，但也仅有十几封罢了。这些被西人称之为"最温柔的艺术"，如今似乎也已绝迹，因此也倍加珍稀了吧，如若哪天我能再收到这样一封手书的信件，该会有多么快乐呢。

现如今，科技发展使得记录成为一件举手之劳的事情，单是手机就完全可以是一台摄像机、照相机、电视机、录音机、收音机、传话机、打字机，如果我们愿意，完全可以随时随地记录生活的种种细节，而且存储极为便利。不得不说，我们一直怀有某种企图，我们在尝试用电子信号打败时间。

或许是"人老多情"的缘故，不知从何时开始，我变得十分珍视这样的记录，每条记录都会"强迫"备份存储。还有那些旧的相片和胶卷，我专门买了扫描仪，一张一张地转化成电子信号，我担心我的一个不小心，会使一段旧日时光从此杳去，永无可查。于是乎，短短的几年时间，我的记录竟然需要好几个大容量的硬盘才能储存得下。

说实话，我从不担心科技会滞后于我的记录，我完全相信不远的将来，再多的记录都可能填不满一块涓埃微点，如同一个针尖上可以站立无数个天使。但是，我无法不思考更远的将来，这些浩繁的电子信号的命运与归宿，如今我珍视无比的记录，将来的将来，会否成为无人问津甚至弃之如敝屣的废物呢？细想之下，这几乎是必然的，我们口中常常念起的祖先，你又识得几个记得几个呢？所以，完全有理由相信我们的子孙，他们对遥远的我们毫无兴趣、无需追忆，甚至完全可能视我们如冥顽不化的旧物。而我能想到的最好的结局就是，将来或许会有一些类似于博物馆的机构，提供储物的有偿服务，它们接纳这些记录如同养老院接纳风烛残年的耄耋老苍，想起来使人不胜悲凉。

在诸多描述韶光易逝的词语里，我最喜"浮生若梦"与"人生如寄"二词，与"斗转星移""白云苍狗"之类相比，它们更丰富、更具体，也更有生活的气息，仿佛刹那间演绎了无数的故事，埋设了无数的伏笔。然而，越是丰富具体的东西，一定也越发脆弱，越经不起时间驰而不息地推敲，似稍有用力就会被碾碎，徒留一片荒芜，一声叹息。

　　雨停风息，窗外人声渐起，错过了电影，一定还有别的精彩。"不如饮美酒，被服纨与素"，古人早已言明，我们就此出发吧。

九水明漪

九水之行，想来是个经年的愿望了。在青岛居住近四年，在他人看来，不消说崂山的十几个景区游了个遍，至少青岛十景之一的"九水明漪"之行当不在话下了。然而，正因为随时可以成行，这愿望反倒于时光的淙淙中变作经年。

"山不在高，有仙则名，水不在深，有龙则灵"，想来这"仙"者、"龙"者俱飘渺，只可想象，未为可盼。在我看来，崂山虽毗邻黄海，到底因蒲翁诸人诸事的缘故，免不了透着一股子的历史厚重感。仿佛一读书，你这穷酸的书生意气便要注定了。而这北九水便不同了，山得水而灵，水倚山而秀，灵秀兼得，妙处自是不言而喻了。

据载，九水者，因水有九折而得名，以北九水疗养院"九水界桥"为界，分内外九水。涧水随山势顺流而下，遇峰必折，折而弯，弯而漩，漩处得澄潭。进山先是一个峡谷，流水便是沿着这秀谷次第而落，但闻流水潺潺，人语欢畅，实在是游览的颇高的享乐。只因行路匆匆，去时并没有在意这九水的延绵，仿佛到得六水的时候，才在一块硕大的石块上见到用篆书写的蓝色的标记。当然，途中的景致是不可不提的，大小不一的深的浅的潭水，每一处都有个很好的名字，"俱化潭""得鱼潭""得意潭"，等等，诸如此类，雅致清新，而潭水清澈见底，泛出澄澈的如玉般温润的色调，往往登山的疲劳便在这赏潭的默默中消散而去。潭美，桥亦奇，各处的桥，或石质，或木质，凡此皆做成颇田园的样子，绝无有水门汀般的城市的喧嚣，更妙的是在不大的水上，干脆用整块的石头桩布成一排，游人一步一台，流水从中间汩汩而过，形成袖珍式的瀑布，便有禁不住这流水诱惑的女子，蹲下来触探，及至指尖碰到流水的清凉，又倏然缩回去，现出欣喜的神色。当然，这都是无须举头便能见到的，这时倘若你举目望去，山谷两旁的奇峰绝壁想是会让你尖叫的。或姿态奇特，或壁陡险绝，森然欲搏人。虽说这些景状大多还叫不上什么名字，心底里却还是隐隐约约有些想要表达的言语。此时，如若你观这山峰过快，应接不暇，我想是会语塞的，就连惊叹也未必能出得了口。

然而，在我看来，景美与这待客的众人是分不开的，他们在路旁的平整处、林荫处搭起各式各样的帐篷，倘或你走累了渴了，尽可以停下来，品一杯崂山绿茶，尝一尝清凉可口的凉粉和上好的茶叶蛋。又或许你还打算带一些纪念的东西回去，各式的佛珠、挂坠、玉石以及天然的水晶也可以任你挑选。甚至你嘴馋了，想要些崂山上的特产，也有当地的农人从山上采来的野菜、灵芝、竹茶、樱桃。

峡谷的尽头是上山的石阶。石阶陡则陡矣，想必爬起来也是极累人的，然而登山的妙处似乎也正在这里。我们每上一节，便能见着路旁歇息的人们，都是一副气喘吁吁的样子，却从来没有放弃的念头。我们想着"会当凌绝顶"的欣然与"无限风光在险峰"的谆谆劝诱，渐行渐歇。便再想想下山时的畅快，这登山的辛楚好似有了补偿，倒愈加积极起来。但闻苍翠之中流水潺潺，充耳不绝，却只是见不得流水的踪影，如一位少女径自躲在山谷里娇羞。山路之巅是一个亭阁，是时坐满了歇息的游人，虽说个个一副气嘘甫定的神色，然心情到底是好的。四顾望去，翠色欲滴，远近尚有险峰，不过似乎是难再上了，只好作罢。下山的路途并非一路畅快，山的陡势令我们刹不住脚，倘或你的鞋子不合脚，势必要受些脚痛的苦楚。再加上上山的时候失了体力，腿脚免不了要打一番颤。下了山，再与涧水同行，一路欢言而归，自是另有一种情调了。

折回的途中，我才细观了这凤凰崮之下的蔚竹庵，那是明万历十七年由全真华山派道士宋冲儒兴建的。石壁上有郁达夫先生游崂山时的诗作，曰：柳台石屋接澄潭，云雾深藏蔚竹庵。十里清溪千尺瀑，果然风景似江南。

九水明漪，好一个"风景似江南"。

乡村闹钟

韩少功先生在《隐者之城》一文里说道：在山村里住久了，有时会向往都市。那是因为他想念都市里人们互为隐者的一份轻松。而我则恰恰相反，沉溺于互为隐者许久后，便开始向往乡村里那份赤诚相对的豁达与坦荡。还是朋友菊子切中肯綮，她说：我们一边义无反顾地告别，一边又无可救药地怀念。这句话对于我，对于她，还有许多与我们怀有同样情感的人来说可谓一语中的。

每次回老家，都会比平常早睡，相对于都市里整晚的喧嚣，乡下的夜晚才叫夜晚。寂静的山林，飘渺的夜色，如同暂熄的灯光下一本厚重的书，神秘，令人寻味。偶尔的几声犬吠从远处传来，虔诚地诠释着"鸟鸣山更幽"的古远的意境，衬托出这夜下不凡的宁静。早早地，偌大的村庄，仅剩下几点微黄的灯光，月亮也不知所踪，只有疏朗的星星嵌在天空。如若时候还早，教添上几段笛箫声也算合宜，可惜此时只有几声潦草的鹧鸪声，使人想到淡粉浅墨的山水画，促人不得已想到睡眠。

人在睡眠里若一点声响也无，并不很好，这样的寂静会使人陷入孤独的境地，这时候一丁点的声响会被放大许多倍，进而将藏匿于我们灵魂深处的那点恐惧挤压出来。同样的，若是没有一点光亮，这觉也势必睡不安稳。人，从骨子里是害怕被孤立、被遗弃的，任何时候都需要有一个支点留在心里。依我看，这乡下的声光是极适合睡眠的，偶尔的风声、雨声、犬吠声、鹧鸪声，或者你的耳朵够灵光，听得见飞虫四处游荡之声，甚至花开叶落之声，必使你觉得心安理得。倘或这时候月光皎洁，照进床前，如同一位故友远来，必使你心地澄澈、满怀感激。而有时候，这声非声，光亦非光，存在，如同不在，让人睡意渐浓，又使人心旌荡漾。

我关闭了手机闹铃，至少在我看来，如此现代的手段与这样的夜晚是不合时宜的。我预备在这样的夜晚里酣眠，而不被任何声音所搅扰。然而我这点愿想还是落空，鸡鸣声不知从何时开始，从乡村四下的角落里传来，不断拍打着我的耳膜，直到将我从睡梦里生生拽出来。我被这样的声音吵醒却无半分的不快——想想看，那是多么柔软的声音，绝无半分金属的刚硬与冷漠，仿似从远古的书页中来，毫无音律却浑然天成。"鸡既鸣矣，朝既盈矣"，这该是工作日的情形，然如今身心俱在假期里，与我何干呢？

这样朴素的乡村的闹钟，不但将我从睡梦里唤醒，且将我魂灵涤荡一遍，使我变得神清气爽且耳聪目明。我无法不讴歌这样的夜晚，在它远去了或近于无的时候，我拥抱了这样的夜晚，也被这样的夜晚所融化。

七 步

2014年夏,大学毕业十周年聚会,重回青岛。

为偿还新校区建设贷款,我们先前就读的校区已半数卖出,宿舍、餐厅、操场皆被拆除,取而代之的是一片商品房。那样的繁华,于我的青春而言,实则满目荒芜。

——题记

在你的家乡,有一种虫子叫作"八步蜘",漆黑的身子,嵌着亮黄的花纹,有数不清的腿脚,后来你知道那是马陆的一种。传言一旦被它咬中,八步之后就是幻灭。好在它虽然多足,却并不敏捷,你一律敬而远之,在一个少年的意识里,八步实在太过短暂。

后来你读曹植七步成诗的故事,才知道,世上竟有比被"八步蜘"咬中更为凶险的事情。七步之间,生死有别。

七年前,你与青岛告别,在那个早晨,独自登上北去的列车,第一次乘坐动车的欣喜压过了一切。

我很快就会回来!你一直这么认为。

可是当你重新踏上这片土地,却已是七年之后的事情了。当初"狭路相逢"的少年,转眼间已毕业十年。"十步之内,必有芳草",十年光阴,如今芳草萋萋。

如果把每个十年比作一座山,那么你已跨过那座名曰"而立"的山峰,"却顾所来径,苍苍横翠微",你已望不见二十岁的光景,遮手远眺,却满是"不惑"的苍茫。时光像一把锋锐的刻刀,精心划过你原本光洁的皮肤,让你疼痛,让你惊叹,雕琢出的浅浅皱纹里,藏满了故事和世故。你想,如果时间没有起始没有尽头，七年与七步何尝有本质的区别呢？七步可以沧桑，亦可以成诗。如果分别也有七年之痒，想必亦可原谅当初转身的决绝。

觥筹交错、杯盘狼藉后的早晨，你们相约在当初"狭路相逢"的地方。十四年前在此站立的少年，仿佛只是换了一身行装。如果把五千个白昼压缩成一瞬间，你一定听得见树木拔节的震响，此间所有的风凝成硕大的一股，把一个个少年吹成青年。你用三十岁的步幅重新丈量每一段路，用三十岁的目光抚摸每一个角落，像翻看一本往日的书册，你熟悉其间的每个段落和标点，可同样的文字，却有了不同的质感。又仿佛在端详母亲的面孔，皱纹和白发丝毫无损于对她的流连和挚爱。此刻，那些年鼎沸的人声在你心头聒噪，像潮水一样涌来又退去，变成茂盛的荒草，斑驳的墙壁，或者经年的蛛网。那个最熟悉的窗口里的女生，终于成了你"执子之手，与子偕老"的那个人。斑驳的海报墙上，当年你觉得脆弱不堪的纸张，如今以破碎的姿态残存着，当所有的故事被时间捻碎，它却倔强地保留了最后一丝情节。

可是，你终究在乎所有的情节，为那些永远失去的场景感到不安。诚如周蓬桦先生所言："轰然倒塌的不仅是简陋的土墙与碎瓦，而是一种血脉上的勾连被生生割断。"你永远想念那迎着海风奔跑的日子，想念那枕着波涛沉沉睡去的岁月。当失去与你狭路相逢生无可避，物是人非显然不是最糟的剧情。

你想起熊培云在《墓畔回忆录》里的话：

在漫长又如白驹过隙的人生之中，对于自己的生死，我们通常置之度外，并不畏惧……我们畏惧的是，在自己活着的时候守不住那些美好的事物。而且，我们无一不面对这些，无一不在各自的有生之年，年复一年见证死，见证美的消亡，任凭她在可望而不可即处褪尽容颜，谢了芳菲，或像金色流沙从指间流逝。

预报有阵雨，果然，雨落如簧，狠狠地砸在地上，也砸在你的心头。是的，你终于明白，自然的雨季可以年复一年地来去，而属于你的，那些雨季，永不再来。

恙 痛

体检的时候，做 B 超的大夫用一种近似训诫的口吻对我说："脂肪肝边缘啊！"又对着记录的大夫说可以不用记录。我很难用文字准确传递出他言语的腔调，于我而言，就像是一种缓刑的警示性宣判，又带着一番黑色幽默的调侃。我仰躺在窄小的工作台上，耦合剂带来的凉意令我忍俊不禁，算是一种模糊而又复杂的回应。

我的体检表上果然没有留下脂肪肝的记录，但我知道它不再是往常赫然的四个大字"一切正常"了，这是一种更为深远的边缘。说起来，我开始对自己的身体予以积极的关注，并非因为这些例常的体检，而是源于一些琐碎的痛。

小的时候，总会听到大人们说腰痛。偶尔，自己翻墙或者搬抬重物的时候不慎扭到腰，也要喊腰痛。大人们就会说，小孩子家哪里有腰？你自然是相信的，却又无法解释那切实的隐痛源自何处，与他们的痛有何区别？长大后，生活的负累压到你的身上，带出来结结实实的痛症，你才慢慢领悟到大人们所讲的没有腰，并非真的没有腰，只是没有痛罢了。

我不知道人最早感知到疼痛是在什么时候。在结庐很小很小的时候，大概是我们第一次给他剪指甲，我百般小心地捏着他米粒大小的指甲反复试探，却不想第一下就把他的手指头剪破了。大概小孩子的反射弧比较迟钝，几秒钟之后才见他撇着嘴哭。很显然，小小的他已然感受得到疼痛了。

据百度百科的解释：疼是一种因病、刺激或创伤而起的难受的感觉。《广雅》里说，疼，痛也。虽说疼痛常常连用，但依我看，它们之间是有细微差别的，疼，更像是一种尖锐的痛，如针戳刀刺；痛，更像是一种浑厚的疼，如钝器锤击。

说起来，真正让我郑重地检视自身是因为两次猛烈的起身。那时候仗着年轻气盛，总也喜欢腾地一下子从仰躺着变作站立的姿态。有一回是在安徽出差，午休过后的惯常起身，接踵而来是胃部的烧灼感，伴着一股强烈的心悸，使我不得不重新躺倒在床上慢慢平复。即便如此，第一次的时候我也只是以为吃坏了肠胃。直到第二次，我才忽然领悟到一个事实：我想，上苍或许已经开始留意这个年近不惑的人了——那个先前游离在他的视线之外，如同脱缰野马一般毫无顾忌挥霍身体的少年。

周蓬桦先生说："疼痛，就是一向沉默的上帝在发言。"如同一种惩戒，也仿似一种正告。

而今，我闲暇时会检视自己的身体。我想上苍可能只注意到了我左半的身体。我的左手食指的第二个关节是痛的，我起先怀疑是小时候的冻伤复发。那时候的冬天似乎更冷一些，手脚耳朵每年都会冻伤。有一年我发现十根手指的第二根关节统统变得异常粗壮，直到许多年后都显得与众不同，仿佛这么多年的光热一直没能将它们焐热。至于指骨的再次疼痛，经过一番摸排，才发觉是不好的烹饪习惯所致。

再就是我左边的臂膀，当弯着手肘抬高的时候就会感到一阵钝钝的隐痛，听闻是肩周炎的典型症状，贴过一次膏药并不十分见效，便生了任其自愈的念头，不知这算不算一个明智的选择。至于痛症的原由，想来是夜半里起身哄抱小女受凉所致。

还有我的腰肌，因为与结庐生气摔东西用力过度，第二天腰眼靠左的位置便已疼痛难忍，积极干预后好转一些时又去搬抬重物，我几乎听到了那一声清脆的裂响，当即就动弹不得。此后许久每日起床后几不能走路，需缓缓活动半个小时后才能徐徐而行。时值出访的任务临近，又无法回避，曾经令我十分担心。好在后面几日有好转的迹象，在忍过了五个多小时的飞行后，终于在夜半时分抵达炎热的泰国，又在晚间洗浴时用热水反复冲洗，竟奇迹般迅速转好。想来大半是因为着了寒凉的缘故。只是从此对搬抬重物百般忌惮，想来彻底地消除隐患已殊非易事了。

这些琐碎的痛症，使你慢慢地接受渐入中年的现实，也学会了同这些隐秘的疼痛为伴，进而友好地相处。甚至有时候，我还会欢迎一些痛感，譬如一处细微划伤后的结痂，或者一番大运动量后的酸痛，可以在我闲来无事的时候用来触碰，那轻微的疼痛更像是一种安慰。这嗜好曾令我感到困惑，不知算不算一种病症。然而我想，这舐舐伤口的情结一定非我独有，仿佛是原始人性里遗存的一处隐秘开关，又或者只是另外一件神秘悠远之事的晦涩表达。

随着年岁的增长，心的质地似乎也愈发柔软起来，除却这些身体的痛症，也会越来越多地被一些心痛纠缠，大概就是所谓的人老多情吧。这里的老并非绝对的苍老，而是在老去的路上渐行渐远的一种老。所以，我们或许注定会在老去的路上尝遍各式的疼痛。

日前，读刘小枫先生《丹东与妓女》一文，关于神义论，丹东的同伙裴恩说：只有消除生命在世的不完善，才能证明上帝的存在；我可以不谈人世的邪恶，却无法罔顾我的痛苦。进而在下一段里，小枫先生说道：神与至善至福相表里，有神在，就不应该有痛苦。如果无神，也就无至善至福，痛苦就只是自然秩序中的"适偶"，不可能成为什么"砥柱"。

所以，我开始怀疑，那个料想中开始留意我的上苍存在吗？是否我就是自己的上帝？好在疼痛终会反戈一击，如同一次蓄谋已久的背叛，引导出玉石俱焚的壮烈。作为偶在的解答，恰遇到张大春先生的文字，他说："每一个生命必然是它自己的终结，是它自己的最后一人，这恐怕正是它荒谬却庄严的部分。"

只是我想，这种壮烈丝毫不值得歌颂，更无需缅怀。

青春自述

清晨六点，被闹钟及时叫醒。房间内灯光昏暗，我花去几秒钟时间来确认自己的所在——许昌一所旅馆的床上，我感到怅然若失。是的，我做了一个梦，说不上来它究竟好不好。梦，有时候是好的，我会希望一直做下去，永远也不要醒来；有时候是不好的，醒来就如同一次拯救。

这一次我梦到了许多年前的生活，并不知道那时的我年方几何，却有旧时的人和旧时的事，一切都是从前的样子，那么真切地裹挟着我。你也知道，在梦里，从来没有荒诞、不可思议这种词儿，于是，我感到了一些久违的孤独。

孤独是什么呢？作家王跃文说："孤独这东西肯定是一种生理机制，一种物质，它蛰伏在我们大脑某处，就在那里，阴暗，固执，沉默，与我们的生命共始终，与人类命运共存亡。"最后他用孤独定义了永远：永远是什么呢？就是孤独。我近来读王东岳先生的"递弱代偿"的理论假说，从分化的角度似乎也可以解释孤独，他认为，分化——譬如从单细胞动物到人类，无异于残化，而残者必求互补，是分化造就了条件，条件造就了依存，随着自然演历的不断推进，人——作为最后的后衍者，必然会苦苦追寻遗失的部分。从这一点来说，孤独就是人的本底值，是人生的地平线，不能擦除，无法抛却，无疑是可以同永远画等号的。

我近来已很少感到孤独，究其原因，似乎得益于我面对并投身复杂生活的尝试，学着用一些或完整或琐碎的事情来填满时间。我想，从来没有什么时间是被浪费了的，它总会给你一些回报，好的或者坏的。而且我也学会了交朋友，现实中的朋友，闲谈或者小酌；另外的那些——书，音乐，电影，走路，思考，自言自语……足以让我奔行不止，从而暂时远离孤独。但我知道一定有一些人，他们正在为孤独所困所苦所惑，无法挣脱又不能接受。当然我也深知，我的那些孤独，也会在某个时刻突然冒出来，至少会在我的梦里弥漫，而我永远无法掌控梦境。

刘亮程先生说，梦是被"睡"看见的一种生活。就像现实是被"醒"看见的一种生活。我这些年，做了无数的梦，好的梦，坏的梦，我可以不在乎它们，即便有一天我丢失了造梦的能力，大概也不会有什么觉察。可是，现实的生活，终究是我关注的。我曾暗自盘算过这些年来的所得与所失，它们究竟有怎样的比值呢？是否合算？或许，自以为聪慧的我，本不该追问这种问题，可它就像是一块绸布帘一样，切切实实遮在你通往不惑之年的路上。

那些所得是清楚的，温饱问题已无需过多思虑，雄心也不再是你生活的重心，更大的责任无法使你随心所欲地行走，却足以使内心生出一些安和的冲动而不止步，按部就班的生活让你感到某种平衡并心安理得，你不能不感谢这样的岁月恩赐。而那些所失呢？似乎不用细细盘算，再多的收获也难以抵消时光逝去的成本。

有一天，我同往日一样行走在上班的路上，听歌手白若溪翻唱的《追梦人》，细碎空灵的歌声在耳畔缓缓唱响——"让青春吹动了你的长发，让它牵引你的梦，不知不觉这城市的历史已记取了你的笑容"，如同一个梦境降临。我第一次听这首歌的时候还是一个孩童，那时候的我不知何谓青春，何谓城市，但我能听出歌中的沧桑和忧郁，或许那就是孤独吧。高中的时候，还曾当着全班同学的面唱起过这首歌，却被暗恋的女孩说跑调了。是的，你那时太年轻了，不足以将这首歌唱老。

正当我沉浸在对美好过往的追忆里，忽然，一个少年从路边的杂货店里闪出来，差一点与我撞个满怀。未及嗔怪他的鲁莽，他已急匆匆穿过马路走远了。我望见他挑染成黄色的时尚发型，搭配着一条九分长的瘦裤子和一件闪着细碎亮光的紧身外套，我忽然很羡慕他——是的，羡慕他有些鲁莽而又无理的青春。

于是想到了自己的青春，如同忆起一位往日的旧友，可曾与它有过像样的告别？坐在办公室的我上网查询青春的定义——大概为十岁到二十出头的这段时间，想必是与青春期对应的。这是我始料未及的，虽然我也真切地知道，青春于我已渐行渐远，却以为不过是一转身的距离，可现实却是，我离青春的距离已经差不多有整个青春那么长了。

关于青春，闻一多说："青春像只唱着歌的鸟儿，已从残冬窟里闯出来，驶入宝蓝的穹窿里去了。"莎士比亚也说："青春是不耐久藏的东西。"他们无一例外堆砌着青春的意象，一味地劝诫我们要珍惜青春，却没有谁对青春下一个准确的定义，一如无可捉摸的青春本身。

我大半的青春写在了绿茵场上。开始踢球是在初三，说实话，我一直无法理解许多人追着一个球跑的逻辑，但终于耐不住两个复读同学的循循善诱，很快地，就热爱上了这项脏兮兮的运动。青春就是这样，总是很容易爱上一件事或者一个人，但喜爱一项运动远比喜欢一个人来得持久。从此之后，我在各式各样的"球场"之上奔驰，风雨无阻。而且幻想有一天会有一位美丽的姑娘坐在看台之上，为我怀抱衣服并送上水杯和崇拜的目光，我甚至不需要她的呐喊，我的青春所求不多。可是，现实是，从来没有这样的一位姑娘，来成全我的青春岁月。

我遗憾没有在青春里开始一场认真的恋情，也没有好好读几本书。我相信恋爱这事儿完全可以像书本那样，让我快速成长并懂得面对挫折。可是，一件事情，如果没有在一段时光里发生，那它就永远消失了。青春是一场没有返程票的旅行，匆匆也罢，徐行也罢，到头来你一样要接受现实的景色，并随遇而安。

直到前些年，我还保持着两周踢一场球的习惯。可是，奔跑在绿茵场上的我，早已不是那个驰骋无碍的少年了，力不从心的动作，如同一记记温柔的耳光。有一天，当暮色四合，夕阳西下，我终于停下奔跑的脚步，仰躺在操场之上。我已经很久没有这样仰望天空了，好像天空从我的生活里消失过一样。北京的天空，少有这样的宝蓝色和晚霞，我忽然感受到了黄昏独有的气息，像坐过山车到达高点时的失重感觉。在那一刻，我似乎明白了何为老去。英国作家切斯特顿曾说过："人们在年轻的时候，谁也不知道自己年轻。"但我想，当一个人转身奔向老去的时候，他一定是第一个知情者。

直到如今，我还在为青春的两件事情感到懊悔。第一件事是穿西装，那时候我刚大学毕业，留校参与新校区建设工作，几乎是从一片野地里建造起一幢幢的高楼，而我却每日里西装革履不以为怪。第二件事是留长发，或许是受了青春偶像剧的影响，我留了一年多的长发，以致留下许多蓬头垢面的影像。所有这些，谜一样让我觉得诧异和不忍回顾，却也笃定那就是青春的样子。幼稚，青涩，懵懂，迷茫，孤独，青春如梦一样迷幻，不能接续。怪异的西装和长发挟持了我的青春，我却依然愿意奉送所有的成熟去换取它们。

　　多年来，出差在外的我，总是习惯提前一个小时醒来，清醒，洗漱，收拾东西，然后等待。或许，当我懂得了遵从命运意旨的安排后，等待就成了一件自然而然的事情了。我拉开窗帘望出去，当日出行的车子就停在窗子底下，如同一匹待行的骏马，我忽然感到，人生就是一场奔波，从白天行向黑夜，从青丝奔到皓首。

一梦十年

1

有时候，一个梦就能将过往点燃。

时光倒回到十几年前，准确地说是十三年前那个夏天的傍晚，我立在海边看夕阳——那一年我二十一岁。毕业后不久，我租了一处海边的房子，出门过一条马路就是那种礁石峥嵘嶙峋的海边，有些傍晚我会漫步过去，看海也看夕阳。那时候的我好像有的是时间，生活简单到不能删减，无所事事的我甚至找不到合宜的东西把时间填满。或许因为这些空隙的存在，总感觉有一些东西无法从内心里驱散：青春的迷茫，成长的痛楚，情爱的痴缠，人事的芥蒂，全都猛扑过来，好像唯有大海的壮阔可以暂时消解这种情绪。

那时候的海边还是三个不大的渔村，从东往西依次叫王家麦岛、徐家麦岛和大麦岛。日暮黄昏，晚风习习，远捕归来的渔船次第登岸，戴着长套袖油乎乎的渔人展示着他们的收获——从船上搬下来一筐筐的虾蟹，分类摆放妥当，当场开卖，真是既新鲜又便宜。这情形在我的回忆里存留了十几年了，到现在也还印象深刻。

当然，也有一些情节已然忘却了，比如具体的时间是在夏末还是初秋，风浪大不大，到底因为一件怎样不愉快的事情，使我想要独自到海边走一走？就连海边特有的那种鱼腥味也需要我刻意添加进去，尽管它不会使回忆更美好一些。当然这些都不很重要了，诚如韩少功先生所言：怀旧可以略去往事的痛感。所以我只记得夕阳泼洒的余晖，以及渔人丰收的喜悦。

使我印象深刻的还有中秋之夜的圆月，我们结伴来到海边——那些我不舍别离的朋友，仍旧围绕在我的身边，我为此感到幸运，甚至觉得不需要再去结识更多的人，相遇更多的生活。"星汉淡无色，玉镜独空浮"，月亮像是一个硕大的银盘，贴着海面缓缓浮上来。我们一边赏月一边听波涛极富节奏的拍击，我已记不得那个晚上有没有风了，多大的风才能吹起伊人的裙裾或者秀发呢？那些朋友中的一个后来成了我的妻子，那时的她还没有月亮那般明亮，可是后来，不知怎的就忽然照彻了我的心扉。

古人云："月是故乡明。"这月亮竟也如我家乡的那么大那么圆那般明亮，自那之后我再没有在别处见过那么纯粹的月亮。我想我渐渐把这里当成家了。

我流连过许多的城市，没有一座像青岛这般对我有着别样的意义。我在青岛生活了近七年，它既不同于故乡予我的那种根脉所系的勾连，也不同于北京日渐予我的那种清晰的嵌入感。当时的我原以为会就此守着这个城，同某个合得来的人平凡地过一辈子了。现在想起来，生活的美好不过如此。可是就在我暗暗做了这个决定的时候，却忽然去到另外一个城市生活，那感觉像是认真谈了一场恋爱却没有走到一起的雨恨云愁。

对我来说，这种情感的拾捡地只有这一个。而现在，我离开它已经十年了。

2

"十年屈指，一梦回头"，十年，究竟是个怎样的概念呢？

我们小时候是掰着手指算日子的，总感觉长大成人的日子遥遥无期。去远方呵，流浪！内心里有根恼人的小鞭子在不停地抽打。再大一些就一年一年地盘算，我们还那么年轻，一切事情都有回旋的余地。过了三十岁，"儿女忽成行"，青春年少的旧梦恍然醒转，时间的列车越来越快，几乎可以听得到耳边的呼啸。我想，将来的日子必得以十年为一刻度计较才行，一日一年的零散时光已经打捞不到什么了。所有这一切让我感到正在滑向一个关乎命运的巨大的设计之中——是的，时间在慢慢失控。

我二十岁的时候，自觉已然成熟得很了，等到三十岁的时候回想起来，却觉得幼稚得可笑。究竟做过多少匪夷所思、荒诞无稽的事情呢？而今夹在而立与不惑之间，又总觉得人生恍然，转瞬间满眼的少年萦绕在侧，自然生出一种年龄上的优越感，夹杂着对时光飞逝的惴惴惶恐。或许，只有等到四十岁的时候，才能将自己置身事外，缓缓看透三十岁的旧事。

十年有多长呢？很长，可以改变许多的人许多的事。我曾认真梳理过那些陪我走过这十年光阴的东西。

那台老风扇，是我十几年前在青岛台东花三十元钱买的，搬家的时候它还很新，便一并带来了北京。每一年的夏天我都会把它从床底下搬出来，细细擦拭一番。有一年，我通上电，赫然听到巨大的摩擦的声响，像是人的一种抗拒。我细细察看后才发现是叶片变了形，贴到背面的保护罩上去了。还有一年，我发现它开始往下掉细细的碎片了——是的，它已经苍老得不成样子了，如同风烛残年的老人，又如同我老去的年华。我大学时曾创刊过学院里的一份文学刊物，名字就叫《年华》，那时对我来说这不过是一个悦耳的名字，一段光鲜亮丽的青春岁月，丝毫感受不到"年华"二字背后的深意以及它的脆弱。那份刊物我不记得是办了三期还是四期，草草地了结了它的使命。

那辆电动自行车，是妻子刚参加工作时候买的，如今，因为年久失修的缘故，接连地出现故障，前后轮的内外胎换过多次，右手的刹车也已经找不到合适的部件更换了，成为一种摆设。线路老化常常导致半路抛锚，而老式的铅镍电池，因为被人窃盗过两次，日常里用一把链锁锁着。如今的新式自行车进化得愈发娇小轻便，样子也美观可人，但我却敝帚自珍，有时候我细细地打量它，竟觉得它形制匀称大方，非一般的车子可比。即便后来买了汽车，也还是愿意骑着它出行，兼日常里接送结庐上学放学。对我来说，它代表着一段历史，已经是属于我个人的文物了。

除此之外，就是一些往日的照片和书信了，我把他们藏在一个敦厚的纸盒子里，久之泛出古旧的黄色，一副被时光抛却的苍老模样。是的，没有什么躲得过时间的洗礼，我把这些当作一种往日的印记留存，成为我过往生活的一种证据。

当然还有我的记忆。越来越多的遭际迫使我不得不接受这样一个事实——旧日的印记在变浅，甚至模糊、混淆，直至湮灭。比如有一位相熟的朋友，我记得同她吃过饭，印象里还曾约了朋友们一起去唱歌，几年后同她在网上聊起来，当我自以为叙述着一件确凿无疑的往事的时候，她竟然对唱歌一事矢口否认。这曾让我诧异万分，如果属实，那么我记忆里她坐在屏幕前点歌的图像从何而来呢？难道是一个梦境吗？

我想再没有什么东西什么人能证明这种事情的本来面目，从此之后，再无任何凭据，毫无查证的可能。

3

今年八月，利用休年假的机会，我们又回到了青岛。十年一顾，旧地重游，却有一种恍如隔世的错觉。那些走过千百遍、留下过无数脚迹的街道，如今却难以同它们的名字一一对应，那些你曾以为永远不会忘却的东西，如今竟变得支离破碎。

是的，一切都变了。三个渔村变成了鳞次栉比的高楼大厦，旧街巷变作宽阔的大道，峥嵘嶙峋的海边，我想已没有去的必要了，所有的回忆就地掩埋，那种丢失感比任何时候都真切强烈。还有那些人，当年临时集结一起打拼的人，如今也都散了，各自安放在自己的岁月里，慢慢变老。

因为小女年幼，我们没有制订什么游玩的计划，完全是随遇而安地走走停停。为了方便到读书的校园里看一看，我们特意就近安排了住处。原以为时间充裕，却紧赶慢赶直到行程结束前一天的傍晚才成行。我们带着结庐和月亮，是时候让他们到我们生活过、努力过、哭过也笑过的地方去看一看了。可是他们如何能懂得这种追忆的意义所在呢？对他们来说，未来的远比过去更有意义，也更令人向往。

因为校园规划的缘故，我们读书的校区只留了一个高职学院，又因为需要偿还新校区建设的贷款，足球场、两个篮球场和一半的学生宿舍都被卖掉了，变成了一簇簇的居民楼。适逢暑期，往日人声鼎沸的校园在暮色里变得荒僻冷清，学生餐厅的大门紧锁，落满了尘土；浴室掩在茂密的长草里，早已荒弃许久了。时光流淌的所有脉络在此刻清晰无遗地暴露出来，直抵人的内心深处，使人心也跟着荒芜了。当年觉得漫长的四载时光，如今计较起来却是那样的稍纵即逝。青春因为迷茫而显得漫长，而时光又会过滤掉那种迷茫而还青春以本来的面貌。如果时光可以倒流，我想我还是会毫不犹豫地选择重新年轻一次，没有什么比青春更诱人、更有分量的了，我宁愿被那样的迷茫再次击中。

我不知道，是不是这样的时光流逝会让人变得冷漠，因为我感到这种判断正在我的身上应验。也曾有人问我：人越大，心不是越硬吗？可我始终不愿承认，我以为这种表象的坚硬不过是一种防御的伪装，内心变软的时候才会需要有一个坚硬的外壳，同样的，冷漠也是一种坚硬的伪装。还有人会诧异我这般的年纪何以如此喜欢回忆，在他看来，未来是更可期许的。而我觉得回忆也是一种检视与寻获，可以更好地指导未来，正如刘亮程所说："当我回过头去，我对生存便有了更加细微的热爱与耐心。"

我无法面对这样的失去而无动于衷，但也深知没有什么人、什么事可以轻易地宰杀他人的记忆，除了时间。有时候我甚至想着，倘若我在青岛买一套房子，面朝大海的那种，然后把自己重新安放回来，也安放到那种往日的生活里去，会否就能彻底治愈这种忧伤呢？我思来想去，得到的答案依然是不能够。

内心的创痛和忧伤可以被时间治愈，而时间带来的创口永远没有良药。唐代诗人赵瑕《江楼有感》云："同来玩月人何在，风景依稀似去年。"回顾我的十年岁月，大可改为"同来赏月人何在，风景依稀似旧年"，只是年年沦为旧年，而旧年却不复为旧年矣。

暮色苍茫

我从不掩饰对于黄昏的热爱,这几乎成为我的一种本能。我猜想,这与我在黄昏时分出生有莫大关系,或许就在那一刻,我获得了一种与黄昏兼容的基因,从此黄昏成为我人生的底色,或者说一种烙印。说实话,我不可能记得那个黄昏的任何情形,却也深知它必然隐匿于我身心的某个角落,成为我完整一生不可或缺的一部分。

我也是后来才知道,那一天,在那个寂寂无闻的溪坪,只有我一个人出生。这无疑是一件值得庆幸的事情。我想,倘或还有一个人或者几个人与我分享了那个黄昏,那么黄昏对我来说,一定会大打折扣甚至无关紧要了。这下好了,那个黄昏从此完整地独属于我。作为回馈,我啼音初试,如同独唱,必然也是献给那个黄昏唯一的、最好的礼赞。

说真的,每当夜幕降临,华灯初上,我不知道除了回家还有什么别的事情可做,这是我在孩提时就养成的习惯。我从不让母亲的呼喊声在黄昏的溪坪响起,因为我总担心黑夜会悄悄记住我的名姓,从此盯住这个少年的一生,进而将更多一些的或精彩或悲戚的命运交给我,而我,却是个只想在边缘生活的人。即便如今,因一些不得已的事情出门,我也会把心留在家里,我从来不在黄昏时分带它出门。

几天前,我下班回家,在等一处红灯时,一个骑着单车的少年忽然问我,这是哪里?我愣了一下,因为他的问话略显怪异。我问他要去哪里?他说去东单。我说,远着呢,这里是西单以西,你要往东往东再往东,然后往北。他又问我,哪里是北?于是我把北指给他看。这个短衣短裤的可怜的孩子,在雨后的黄昏里瑟瑟发抖。他注定不能在夜色降临前依约而至了,不管等待他的是一个姑娘还是一群兄弟。很显然,他把故都的九月看轻了,也把一场凉过一场的秋雨看轻了，他在黄昏里迷了路，在我看来，没有比这更糟糕的事情了。我没法给他提供更多的帮助，一旦红灯转绿，我会紧随人群穿过马路，我要在夜色降临之前赶回家里去。

三十多年来，我曾经无数次穿过苍茫的暮色回家，带着些许微不足道的收获。比如，我曾经用一根扁担挑着两捆稻谷下山，沉甸甸的谷穗，将我弯成弓的形状，山路的陡峭，则让我的腿脚颤栗得不能自持，几乎是在重力作用下狼狈地滚下山去。

我还曾用一辆小推车推着四袋苞谷下山，山路狭促而漫长，车子无数次栽进路边的草丛里，那时候的我，胳膊太过纤细，脚步也不够沉稳，致使推车如同摔跤，很显然，我还远非生活的敌手。而所有这些沉甸甸收获的时刻，总会让我无所适从，我不知道对此应该报以感激还是谩骂，于是常常恼羞成怒，一边在口里骂着狗日的，一边又在心底里萌生感动。当然，我能保证这些感激和谩骂都是虔诚的。

还有，我曾用一根自制的皮鞭，赶着一群羊儿回家。我有点受够了它们，它们啃坏了别人家的果树皮，又踏毁了一大片初生的禾苗。当然，这都是我的错，是我太贪玩没有看住它们，我的皮鞭绝不会在它们身上多落一下。它们费尽心力吃得膘肥体壮，到头来还不是为了满足人们的口舌之欲，它们已经够苦了。而事实上它们也确乎没有一丁点儿的愧疚之心，完全一副鼓腹含和的得意神情，丝毫不在意我的饥肠辘辘……

当然，更多的时候，我只是两手空空，没有任何值得带回来的东西，通常这时我会折一根树枝，拣几块石头，或者干脆在口里衔一茎草，我不想让任何一天一无所获、无凭无据地消失。

只是后来，不知从何时开始，我对这种卑微的收获感到惶惑并心存戒备。而且，随着年岁和阅历的增长，我对时间的感悟慢慢地不同了，我及时地察觉到了那个阴谋——时间从来没有，也从来不会均匀地洒向某个人的一生，这列永不停驶的列车会越行越快，直到将你完全抛下。它也曾慈悲为怀，慷慨地洒向我们的幼年，致使我们产生不切实际的错觉和幻想。然而很快地，它就将你掀翻在地，让你伤痕累累、幡然醒悟。说真的，我想象不出遥远的将来——当我老了的时候，时间会快成什么样子，究竟如一头猛兽，还是如一支飞箭？会否连告别都注定潦草？但我知道，那时的行动迟缓、步履蹒跚，极可能只是我们妄图造成时间变慢假象的拙劣表演。

我曾眼见过黄昏里的一次死亡，那个溪坪年纪最长的人，因为一些家庭的龃龉矛盾，吊死在隔壁兄弟家的一棵树上。我远远地看到，当人们背着他回家的时候，他的身体还是软的，这么说，是他审慎选择了在黄昏时分收割了自己无足轻重、了无牵挂的一生。这让我不胜哀戚，却也无比释然。或许在他看来一个白天总比一个黑夜要好过一点，他厌倦了、害怕了黑夜，于是趁着黄昏里的一点光亮出发，开启一段全新的旅程。又或者他早就懂得，黄昏才是贴近归途的美好时刻，这绝非一个冲动而草率的决定，而是不幸中的一点幸福。

当然，无论我多么喜爱黄昏，我也从不否定清晨的好处。古语讲"一日之计在于晨"，事实上，我记忆里为数不多的诗意的场景也多数与清晨有关。比如，那时候时常要早起推磨，我先是随母亲摸黑行路到外婆家里，然后像驴一般围着石磨转圈，我睡眼惺忪如同蒙眼。夏秋时节，繁星漫天，流萤时来，四下的虫声，稠密得如同一张声网，笼罩在溪坪的上空，仿佛一伸手就能触摸得到。我想，人类的嘈杂把白天占满了，是时候把夜晚还给它们了。我完全不怀疑它们是在共商国是，有激烈的争论，也有高调的附和，关于虫生的大政方针谁敢说没有包含高明的科学？我也有理由相信它们是在进行选秀节目，草丛是它们廉价的舞台，星星和月亮则是天然的舞美灯光，它们也许会选出"最美虫声"或者"声动溪坪"，在人类眼里无比卑微的那个，完全可能是昆虫界的超级巨星。

慢慢地，随着黎明前的一抹暗夜掠过，虫声静寂，人声四起，泛白的东山之上，只余下孤独的金星一盏。此时，我必会挥去所有的睡意，停下步子，微笑着望向东方，目送它渐渐隐没。那简直是我成长路上的指向明灯。说实话，那时的我无比痛恨这样的困乏和不堪，却也从不埋怨和误解命运的不公，我总觉得命运之神——如果存在的话，让我失去了一些东西，也必然会交还一些东西。世界上从来不会有完美的得到或者彻底的失去。那些原本使你恼怒和不堪的事情，如今不就变成无边的诗意与感动倾倒进你的一生了吗？不得不说，这些年少苦楚的经历给了我冷静对待命运的钥匙，使我慢慢领悟到，命运就像一场雨，它也不会均匀地洒向每一个人，更不会均匀地洒向某个人漫长的一生。

　　我总觉得，一个不能认真生活的人，注定不会懂得黄昏的好处，比起清早的勃勃生气与亭午的炎炎其光，夜晚更有一种情味意义上的温暖。季羡林说过："我在童年的时候，就常常呆在天井里等候黄昏的来临。"我之所以热爱黄昏，无非也在找寻这样的一种温暖时刻。由于父亲早逝，我自小与姐姐在外婆家里长大，连同外公与母亲，三代五人共同生活了许多年。无数个傍晚，炊烟成为我归家的讯号，黄昏带给我无尽的安慰，我不敢想象，倘若没有这些最初的温暖力量，我的人生之路会不会更冷一些。如今，外公外婆因为年老被接到了城里，而我与姐姐都已成家多年，分处于另外两个不同的城市。

　　我们被漫不经心的时光打散了。

　　因为工作的缘故，我行过许多地方的路，感受过大江南北无数的黄昏。不得不说，我偏爱草原的黄昏，我忘不了呼伦贝尔云淡风轻的黄昏，辽阔得使人惆怅，令人绝望；也忘不了乌兰浩特的漫天霞光的黄昏，强烈得如同末日，使人只想下跪。因为高山的阻隔，溪坪的黄昏没有辽阔的美感，晚霞出现的概率也微乎其微，这当然不免使人遗憾。但我仍旧最爱溪坪的黄昏，那必然要比别处早来一些的黄昏。只是我深知时光的凌厉，我不知道当故乡渐渐老去，故人老去，那曾经的独属于你的黄昏还存不存在。

　　曾经，因为溪坪的黄昏要比别处的早来一些，所以我必得早早地盘算好农活的时间，我精确地计算出耕种一畦地或者收割半亩庄稼的用时，力求所有的动作一气呵成、毫无凝滞，我千方百计地想要快一点结束一个白天的劳作。坦白地讲，这与收获没有一丁点关系，我从来不在乎有多少收获，就像我永远无法区分沉甸甸的收获与负累之间的差别。我所希望的，不过是可以安安静静地坐在家门口的平屋顶上，让夕阳照亮我的脸，完完整整地享受一个熨帖的黄昏。我会看见金星的另一张面孔——长庚星重新出现在天空之上，将它的清晨与我的黄昏重叠。

　　说真的，我不知道我人生的黄昏会不会因为溪坪的黄昏比别处的早一些而有所提前，我现在就时常感受到一些暮气的存在，自以为看透了生活的本底。但我深知，人生的路还很漫长，不能真正了解和宽恕黑夜的人，永远也不会成熟起来。

　　或许我还太过年轻，直到如今也还没有梦到过在黄昏时分回家的情形，而事实上我也从来不是一个幻想在黄昏里衣锦还乡的人，不管是时间意义上的黄昏还是人生意义上的黄昏。我只想做一个在黄昏里回家的孩子，回到一个怀抱、一个起点。关于人生，一万个人一定有一万个人生的意义和答案，而我的答案就是回归，回到起点也即到达了终点。我已预约了那个秘密而温暖的时刻——在黄昏时分回家，吹着调皮的口哨，路上有悦人的虫唱——是的，我知道，那是生命的赞歌，也是时间的挽歌。

浮生半日

算起来我搬到现在的住处已经有七年之久了，先前是一个人住，基本不开火，一日三餐都在单位食堂里解决。嫌客厅透光不好，两间并作一间，得了个较大的客厅，没有什么家具，除了卧室里新做的衣橱和床，就只有客厅里一组深色的电视柜，最大的感觉就是空旷。那时我正痴迷台球，也曾琢磨着买一张二手的球台放进去。幸好后来作罢，等家人都搬过来，又添了小女月亮，不得已母亲也要过来帮忙，五个人挤在狭小的房子里就很是有些热闹了。

楼下两层是商住房，三层住户的阳台外面都有一处平台，先前的房主用板材封闭起来，造出来一个几平方米的隔间。我在靠近窗户的一面横向里钉了一根晾衣杆，用来晾晒衣服倒也十分妥帖。只是出入需要通过一截高高的步道，很不方便。隔间往外的地方，有邻居家的窗户和抽油烟机的开口，只好留着，时间一长变得脏乱不堪，久之生出一些蒿草，夏天里竟也十分茂盛，更有甚者，长出来一株梧桐。我折断过几回，却不好除根，不几日就又长起来，像是赌气般，挺着硕大的叶子。于是就任其长大，绿油油的也并非没有一点好处，夏日里便可就着晏殊"楼高目断，天遥云黯，只堪憔悴"的诗句，体验"梧桐夜雨，几回无寐"的意境。当下秋意渐浓，已然很有几分憔悴了，大约再淋几场秋雨，就只剩下光秃秃的枝干了，我何必那么决绝呢？

今年的秋天也真是怪异，进到十月里秋雨一场连着一场，这在北方是少见的情况。洗过的衣服晾了几天也不见干，摸上去总是湿润着的。即便不下雨，天也常常阴沉着，人们从酷暑一下子跌进十几度的气温里，只好整日瑟缩着，又不甘心穿厚一些——将来更冷的天里如何交代呢？

周末里，没有紧急的事，就缓缓起身，寻思着张罗早饭。楼下有一家做粥的馆子，有丰富干净的早餐供应，油条、煎包、蔬菜盒子，各式的包子和黏粥，小咸菜、茶叶蛋、豆腐脑，一应俱全。最开始是爱吃他们家的油条，蓬松鲜亮，外脆里嫩，到后来或许是换了厨师的缘故，时而焦焦地硬着，时而又欠着火候，品质已大不如前。还有路口南面临街的那些小吃铺子，卖包子的柜台前一向排着长长的纵队，也有炒肝、焦圈、糖油饼等地道的北京吃食。如果时间够早，大可坐在槐树底下，就着矮矮的几凳，弓着身子吃一顿不打紧的早餐。可惜前些日子整顿违建，大多已不营业了。结庐和月亮爱吃庆丰的鲜虾馄饨，我就常骑车过两个街口去买。现场下锅，煮好了，用专门的塑料盒子盛着。再要上几两菜心的包子，搁在车前的筐子里，我百般小心地骑回去，到家时也会洒一小半的汤水出来。有时候早上贪睡，过了九点才恍惚醒来，就都指望不上了，只好自己下厨煮面条。如果再晚一些，就只能琢磨中午的饭食了。

  周末里一件重要的事情是买菜，拉着可折叠的买菜车下楼，穿过大厅的时候就镜子里看过去，好一副蓬头垢面的样貌。平日里我们梳洗打扮、西装革履的时候少，便觉得那时刻需要好好对待与享受。其实，蓬头垢面、邋邋遢遢的时刻亦然，未必便不是人人暗地里倾心的好时刻。我嫌超市里的蔬菜不够新鲜，而且付款的时候常常要排队，当然附近也有几家专营蔬菜的小店，窄窄的过道一般的小地方，蔬菜也常打着蔫，实在没有买菜的诸多乐趣。我们住的地方往北过一个路口有一个大的市场，菜也新鲜，可惜只开放半日，我只好周末里大采购，买一周用的食材。夏日里菜放不住，只好少买一些，结尾的两日就在别处添补。梁实秋专门写过菜市场的境况，讲到是"脏的集大成的地方"，"地窄人稠，阳光罕至，泥泞久不得干"。虽说不无精妙之处，现如今样貌却已经大为改观了，只是感觉一贯还是老旧的人间烟火的韵致。所说的市场，前几日休业装修，我心里倒暗暗祈祷它不要过于摩登，就此失了菜市场该有的样子。

  人们在市场的北侧，原先用于停车的地方支起一些帐篷，作为临时的替代。我拉着小车，混迹在人群里。人群中多是老人，他们不见得是下厨的主力军，大约上了年纪，没了太多的觉，如果不找点儿事情占着时间，日子必也过得无味。局促的菜案上堆叠着各式的新鲜蔬菜：个头匀称的西红柿旁竖着"生吃王"的招牌，其实味道已经大不如前了；所谓的有机菜花，素白鲜亮，由几片碧绿的叶子裹着，好一副可人的样子；还有河北的冬枣，照大小分成三份，以不同的价格出售；豆腐切成一致的方块，触手尚有温热，统统三元一份，据说质地紧致，但与小时候自家做的相比，实在差得太远。总有十分细致的人，慢吞吞地挑选着，有的是时间嘛！更多人则是随手一抓，称重，交钱，走人，一气呵成，极少有讨价还价的声音。个别商贩不免从斤两上占一些小便宜，算账的时候又大度地抹掉零头，大家已然习以为常。身处熙熙攘攘的菜市场里，再没有比这时候更能觉察人间烟火的况味了，也只有这时候才感觉到人生的那种踏实，所谓的理想与豪情其实脆薄无比，很容易就被拉回到现实里来。

我通常会有意绕一点路，从居民楼之间的小胡同里穿回去。途中深深浅浅的院子，都有好看的样子，分外让人有想象的意愿。大门上贴着"春色满人间，财源通四海"或"福与时共彩，人与物并春"的对联。我会猜测那些没有挂牌的院子到底是私家还是公家，紧锁的大门里究竟是何种别致的摆设。想起去年深秋从这里经过，见到某小区里一排金黄的银杏树，当真有一种摄人心魄的至美。当时担心有人阻我进去，只远远地看了几眼，之后却不免感到一种"去年今日此门中"的懊悔。早盼着今年好好欣赏一番，只是时日尚早，仍油油地绿着。

等早饭告一段落，我照例要带月亮去公园看鱼。前一日雾气弥漫，比较适合待在室内，眼下虽也是阴郁着，且漾着冷，但空气里透着清凉，大概并不妨碍游园。从家出门南行七百米，是北京大观园，原址为明清两代皇家菜园，1984 年时为拍摄《红楼梦》，照着书中的描述建造而成。近旁有个公园的好处就是可以领略它一年四季的不同样子，譬如眼下这金秋时节，就可以欣赏黄绿相间的树木及萧瑟颓然的荷塘，灰瓦红柱的廊亭掩映其间，说不出的气韵相合。月亮偎着我往池子里扔鱼食，漫看色彩斑斓的鱼儿争抢，倒不失为人生的乐事一种。等喂完了鱼，转道回还，见到"杏帘在望"的酒旗，就是李纨的住处稻香村了。《红楼梦》书里描述道："隐隐露出一带黄泥筑就矮墙,墙头皆用稻茎掩护。有几百株杏花,如喷火蒸霞一般。里面数楹茅屋。外面却是桑、榆、槿、柘。各色树稚新条,随其曲折,编就两溜青篱。篱外山坡之下,有一土井,旁有桔槔辘轳之属。下面分畦列亩,佳蔬菜花,漫然无际。"曾引得贾政有"归农之意"。眼前的稻香村,与描述倒也十分贴合,简朴得十分好看。关于李纨的原型,后人有众多猜测,但究属虚构的人物。可是望着眼前慕名参观的众人,竟觉得其人栩栩如生起来,倒似真有那么个人生活于斯、歌哭于斯,这大约就是伟大人物的伟大创造。

等到游园回来,稍做歇息,便着手做中午的饭菜。不料在拣洗花菜的时候被刀子划伤了手指,殷红的血迹渗出来。我喊结庐找一个创可贴给我,他竟然要挟我称呼他一声大夫。我忍俊不禁,只好捂着受伤的手指殷勤地喊他大夫,恳请他为我诊治。他小心地抽出一根棉签,又翻箱倒柜地找出紫药水,本以为他会熟练地轻蘸着紫药水给我涂抹,却不想他整个地往我手上倾倒,弄得整个指头上紫蓝一片。真是个悬壶济世的良心"大夫"!

好在于炊事并无大的妨碍,于是继续埋头切洗蒸煮。亭午时分,窗外已然喧嚣一片,与晨光熹微时真真两个不同的世界。那真是一个寂静的早上啊,不负我坐在电脑前面敲了半天的字,只是又觉察到脊背处凉得厉害,担心经年腰痛的毛病复发。起身去开空调,却找不到遥控器,最后在抽屉里找见,半响才觉得身子温热起来。天真的冷了,一年又快要过去了,我也跟着堪堪老了一些,又可叹竟不知哪里变老了。

忽然记起窗外还有两盆吊兰,是时候搬它们到屋里来了。于是,搁下炊事去卧室里开窗,秋风秋色扑面而来,想起里尔克的《秋日》:

谁此时没有房子,就不必建造,
谁此时孤独,就永远孤独,
就醒来,读书,写长长的信,
在林荫路上不停地,
徘徊,落叶纷飞。

辑二　结庐

　　美好和痛苦也是相通的,就像我前面写到的披星戴月推碾子、草露拭屐苦登山的情形,到如今忆起来,只有诗意的快乐,没有半分的痛苦与不堪。正如韩少功先生所言:"怀旧从来就是一种情感夸张,滤去了往事的痛感。"

——节选自《无寐》

无 寐

我似乎是个不容易兴奋的人,咖啡和茶通常会在我这里失效。我曾经做过一次"破坏性试验",结论是,只有在黄昏时分喝下两杯咖啡方才致我不能入睡。当然,酒是个例外,我常于推杯换盏之际原形毕露。而酒的缺点也显而易见,使人兴奋起来容易,沉睡起来亦快。总体说来,我不认为酒是什么好的东西。

我这人,心底里藏不住多少事情,也没有做过什么太过亏心之事,即便有一些,也都自己原谅了自己。我以为有些事情,不要寄望于别人的谅解,别人的心不应当成为我们操控和图谋的领域,学会和自己和解就够了。这大概是我能安然入睡的最大原因。其次,我现在想不起来要同谁竞争,工作上、生活里,竞技场上的对手只有自己和时间,而且我也不想快起来,只是希望时光能慢一些,再慢一些。

但万事无绝对,自然就有睡不着的时候。我就想事情,想一些美好的人和事,以及一些美好的意象。比如,会想到小时候早起顶着星光推碾子,或者进到山里劳作,任秋露拂衣,又或者伴着虫唱在黄昏里归家。那是一种怎样的虫子呢?丁零零,丁零零,在暮色的山里传得何其悠远,我是很想见一见发出这鸣声的虫子的。

也会想一些忧伤深远之事,但会及时打住。我已经懂得,有些事情没有来由,更没有底,自然不会有什么像样的道理。"圜则九重,孰营度之?惟兹何功,孰初作之?"时间从何而来,是否有尽头?心爱的故人去了哪里?是否真有我们不得见、不得往、不能感知的多维世界?不爱你的人,是否已有一些回心转意的迹象?这些都不需要如此用心去追问。通常情况下,不爱你的人,继续不爱你的可能性不会有什么变化。

我感到世界慢慢静寂下来，像是睡熟了。只听见自己的心跳和钟表的声音，噗通——滴答，它们相互应和着。我年少时精力丰沛，运动量大，心率基本为每分钟六十次左右，大约是健康的一项特征。这使我如同自带了一只钟表。只可惜，这钟表没能教会我如何管理时间，青春太多的玩味和琐碎让我忽略了心跳。至少在三十岁之前，我荒废了无数的时间，把它们用来消遣。而今，我三十有四，仿佛一下子扑进一个尴尬的年纪。古人云：三十而立，四十不惑。古人没有专门发明一个词语来描述和指代我这个年纪，大概因为他们也找不到这个年纪的确切特征，从而夹在而立与不惑之间的罅隙里，成为一段混沌而又模糊的时期。梁实秋说："我年过三十才知道读书自修的重要。"而我略愚钝，大概从三十二岁才开始懂得如何填满时间。我很是有些庆幸，这总不算太晚。

　　既然难得有一次失眠，便安心享受吧。我听到小女在里屋哭闹，必是近日里抱恙所致；又听到母亲急促地安抚拍打，仿佛打在三十多年前自己的身上；还听见妻细碎的鼾声。又想到明日里不必早起为小儿准备早饭、送他入校，竟感到一点微小的幸福。

　　我想，一个人，如果没有经历过失眠，将永远走不进夜的世界。翻开古诗词，关于失眠的诗词数量之多，曾让我惊骇。写下"无奈夜长人不寐，数声和月到帘栊"的时候，李煜难道不是在失眠吗？吟咏"灭烛怜光满，披衣觉露滋"的张九龄，不也正夜不能寐么？那些凝视"明月何皎皎，照我罗床纬"之人，闻听"砧声捣，蛩声细，漏声长"之人，感受"漫漫秋夜长，烈烈北风凉"之人，无一不是在暗夜里不眠不休的思念者、悲愁者、达观者。而最潇洒自适莫过于"雪夜访戴"的王子猷。《世说新语》载：王子猷居山阴。夜大雪，眠觉，开室，命酌酒。四望皎然，因起彷徨，咏左思《招隐》诗。忽忆戴安道；时戴在剡，即便夜乘小船就之。经宿方至，造门不前而返。人问其故，王曰："吾本乘兴而行，兴尽而返，何必见戴？"何其洒脱！

　　睡不着的我，也坐起"访旧友"。看朋友安的新作《金陵旧梦》，她写第一次游南京的情形，宿在秦淮河畔的小旅馆里瑟瑟发抖。奔忙之中，曾与同伴相约来年重游旧地，可十几载倏忽而过，同行之人早已各自天涯，甚至有一人已经离世，再没有故地重游。看化名"埃尔维斯"的同事写儿子"柯林"的趣事，钟爱虫族的小家伙不愿意毛毛虫变作蝴蝶，妄图找来一台吊车把茧吊走，令人莞尔。看在终南山上诗意栖居的画家二冬同好友高非写春联，柴房的上联是"汪汪汪汪汪根根儿"，下联是"嘎嘎嘎嘎嘎咯咯哒"，横批作：喵呜。他不喜欢"松香拂面，草露拭屐""竹雨松风琴韵，茶烟梧月书声"这类套路的对仗，认为是一种粗暴的行为。而"摇竹一身雨，摘花满袖香"则会让他眼前一亮。

我却更喜欢"草露拭屐"，因为那是我的真实经历和如今的记忆。此一刻，你会发现许多东西其实都是相互关联的，在不经意间就忽地相通了。美好和痛苦也是相通的，就像我前面写到的披星戴月推碾子、草露拭屐苦登山的情形，到如今忆起来，只有诗意的快乐，没有半分的痛苦与不堪。正如韩少功先生所言："怀旧从来就是一种情感夸张，滤去了往事的痛感。"

终于有了一点倦意，我屏气凝神，躺成大字，窗外俨有光透进来。我知道，街灯再明亮再耀目，也阻挡不了月光和星光入到我的梦里来。片刻过后入梦，梦到盏口大小的皎洁月光照在一截枯朽的木桩上。那一刻我感到，朽木马上就能生根发芽，然后立地成佛。

离 离

我喜欢园丁这个字眼,细品起来的的有一种恬静的况味,"园丁汲井栏,时时自灌溉",与树木亲近的生活,无论如何都是快乐的吧。甚至,我隐约觉得我的暮年生活或与此息息相关。是的,我喜欢树木花草,不是其中的几种,鼠李或者卫矛,乌桕或者黄栌,更没有此地与他乡的区别,而是所有的树木,一切的树木。

苏童先生在他的《三棵树》一文中对自己没有树的经历感到"怅惘"与"迷惑"。与苏童先生的没有树相比,我的确幸运多了,我成长的道路上似乎从来不缺少树,它们总是慷慨地捧出大片大片的绿意。

如果人生是一场电影,那么树就是重要的布景和道具,当我回忆过往,必然可以看到这样一些桥段:三岁时,无忧无虑,懵懵懂懂地对邻人之女献上初吻,是在一棵柿子树下;五岁时,蹲在野地里捉蚱蜢,看蚂蚁搬家入迷,不知山雨欲来,是在一棵杏树下;十岁时,与同学弹玻璃球胜出,为之四顾,为之踌躇满志,倏然望见自己村庄上空的炊烟袅袅升起,于是归心似箭,是在一棵柏树下;十八岁时,与心仪的姑娘一同爬山,半途歇息时看云卷云舒,想象不出未来的样子,却心甘如怡,是在一棵毛梾树下;三十岁时,在祖母的葬礼上久跪,听梵音声声,念缘聚缘散,不觉潸然泪下,是在一棵梧桐树下……

周蓬桦先生真是个树木的爱好者,关于树木文章的动听题目都让他穷尽了,比如《所有的树木》《风吹树响》《树叶一闪》。他描写一棵苹果树在风中翻动:"丰满的果实会偶尔在枝杈间闪现,像乡村妇女在草垛旁无意中暴露出她的乳房。嗯,很美。树叶一闪的样子,很美。"是的,草木的名字也很美,那些朴素的草木——大地忠诚的仆人和守密者,如果不知道它们的名字，实在是一件不可饶恕的事情。

我专门买过一本《中国常见植物野外识别手册》（山东册），萝藦、菝葜、薯蓣、远志、糙苏、君迁子、看麦娘、毛马唐、播娘蒿、小窃衣、水榆花楸、大花溲疏、北马兜铃、豆茶决明、华蔓茶藨子、小药八旦子、林荫千里光、返顾马先蒿、小花扁担杆……这简直就是从唐诗宋词里走出来的名字。

与我同好者绝非一二。冯唐说："所有春天的所有早上，第一件幸福的事儿，是一朵野花告诉我它的名字。"龙应台先生显然也不例外，她在一篇名为《杜甫》的文章里说道："草木的汉文名字，美得神奇。"她甚至将它们组合起来，串成美好的意象：一串红，二悬铃木，三年桐，四照花，五针松，六月雪，七里香，八角茴香，九重葛，十大功劳。又依照"人造斜坡上或傍边记录之植物"表里的名字，觅得一首《花间词》：

白花地胆草，东方槲寄生，刺桐，水茄，七姐果；
密毛小毛蕨，小叶红叶藤，山橙，岗松，痴头婆。

她让这些名字重新回归了诗词。不得不说，这些草木的名字美过人的名字，把如此多美好的名字掩在书本里，实在是人类的一种暴殄与浪费。

还是说一说我的树吧。

我出生时并没有去医院，午后母亲手里还忙着活，傍晚时分我便来到了世间。这是一件对我来说颇为庆幸的事，意味我的根没有旁溢，而是结结实实扎在了那个小院子里，如同我的那些树。

这是溪坪里典型的院子，多的是家榆、楸树和梧桐。另外是些果树，北屋的房檐底下，是一棵桃树，春天里开出鲜艳的花朵，盛夏里捧出金黄的果实。院门处与院子中间，分别种着两棵不同品种的杏树，一棵果实扁小杏仁却是甜的，另一棵果实硕而味美，杏仁却是苦的。还有一棵苹果树和一棵梨树，却只是开花，从来不会结果，但我并不在意这些。我四岁时父亲故去，便随同外公外婆一起生活。那是一个硕大的院子，有许多香椿和毛梾，还在屋后的斜坡上生着许多荆条，每年割了来在河水里浸泡，是编织筐篓的上好的材质。果树自然是有的,院子东头是一棵枣树,开米大的黄花,结花生般大小的长枣。还有许多的石榴,年年开出火红的花朵。而两棵苹果树,则占据了院子当中显要的位置,一棵是国光,一棵是金元帅。这些都是我成长路上的好伙伴,我为它们感到富有。

除了这些,在山上的几处责任田里,因为土地贫瘠或者地形陡峭,并没有种粮食,而是种着一些树。更因为不常去,且与别人家的夹杂在一起,所以并不很好区分,偶尔经过之时,母亲都会教我认识那一些树,如同结识一些新朋友。

"你看那一棵,长得多好。"她仰着头望向一棵毛白杨,"哪天我不在了,你要记得,这些都是咱们家的树。"可是,那时的我太"富有"了,根本不在乎这些树。

可是后来的事情,足以验证母亲的深刻。

那时的我,从来不会思考,树木在人的一生中究竟能扮演怎样的角色,自然也无法理解母亲何以对那些树产生那样的感慨。事实上,我会意错了树木,我以为它们从广袤的大地汲取养分,必然会长过我的生命,我似乎永远不会失去它们。而事实上,同苏童先生一样,我早已沦落为"不名一树"的地步。自以为富有的我,其实从出走故乡的那一刻起,就已经变得"赤贫潦倒"了。我义无反顾地从乡村冲向城市,也理所当然地失去了所有的树木。而今,在我生活的城市里,有数不清的道边树,国槐、银杏、毛白杨、鹅掌楸……还有公园里许许多多叫不出名字的名贵树种,它们同样慷慨地馈予我绿荫,却都不是我的树。

我曾经从故乡里带回来一株所谓的树,其实是一种蔷薇科的植物,我查了名录,学名叫作三裂绣线菊。为了使它容易成活,我精心修剪了枝叶,还特意将它种在一个硕大花盆里,想到有一天它长大了,不必再有更换花盆的繁琐。在我的照料下,它们很识趣地长出了几片绿豆大小的娇嫩叶子,仿佛在羞赧地同我打招呼。可是后来,小小的叶子还是萎落了,只留下一截干枯的枝杈戳在硕大的花盆里。其实我能理解,所谓"树挪死人挪活",我换个地方可能活得更好,而它就不一定了,它拒绝了这种花盆里的生活,终于被我的某种情结溺杀了。

　　还有我的那些果树，在搬家之后几乎无一例外地逐一干枯了。很显然，它们也误会了我，误会了人类，它们以为我在此扎了根就永远不会离开了，即便它们的生命长过我们也不重要，人不是会一代接一代生活下去么？它们与我靠得太近了，与人类靠得太近了，反而离大地远了，它们的根虽然还埋在土里，但已不需要扎得那么深那么远了。它们有些想当然了。"木晦于根，春容晔敷；人晦于身，神明内腴"，人也一样，人也要学会生活在边缘，毕竟离得远一些才是保持高贵的最好途径。

　　即便如此，我还是喜欢所有的树木，也钦佩所有的树木。它们根植某一处的大地，终其一生也毫无怨言，它们掌握着大地最多的秘密却从不喧哗，它们总是默默洒下一片绿荫，风吹树响更像是风的拷问和树的坚贞的一种对话。树也因此高耸入云，越来越繁茂。而人做不到这点，人虽然脚踩大地，吃动物的皮肉或者植物的果实，却终究与大地有了隔阂。而且，人类有太多的弱点，他们为情所困，为各种的欲望驱使，永远无法像树木那般虔诚，那般心如止水，也必然比树木更快地走向"枯萎"。

　　我想，一个人如果过了而立之年，还没有开始懂得遵从自然喜好和命运意旨的安排，那他就不会懂得生活，如果还会避讳谈论死亡，那他就根本不配懂得人生。古语讲"人生一世，草木一秋"，又指称将死的情形为行将就木，到底还是用诗意和自谦的方式道出了人与树木的关系。是啊，人活着的时候住在用树木建造的房子里，死后被放进用木头建造的棺材里，然后埋到地下，从此深根于大地，更有幸被微生物分解，化作养料变成大地的一部分，从此走向真正的不朽。

　　如果，可以给自己的人生电影谋划一个足够完美的结局，想必会是这样的桥段：N岁，与相爱的人并肩回忆过往，感到一些事越来越模糊，一些人慢慢被遗忘，而不觉黄昏将至、人生荒芜，是在一棵老槐树下。风吹树响，树叶纷纷摇落，而我也感到一点点凋零。夕阳筛下最后的一抹余晖，映照在我的身上，是的，我感到有些冷。

大　地

　　我可能真不是稼穑的一把好手——随着年岁的增长，于稼穑之事的疏离会让人感到一种仓皇。多年前我或许曾是个不错的庄稼人，天不亮就起床，熟练地操持各种与耕种有关的劳作：翻垦，播种，施肥，间苗，浇灌……费尽气力换取微不足道的一点收成。我也曾于暮色四合时分疾行在乡野的路上，是的，归家的路上。如今还能真切地体会到那种归家的急切，仿佛脚步再慢一些，我就会被拦阻在外面的世界，从此失去走进家门的资格。我何以有过那样细小的胆魄？我曾那么接近大地和大地上的一切事情，仿佛我也是生于其上的一株草，一株会行走思考的芦苇。

　　现如今谈起钟情黄昏的情结，我不再笃信是我出生在黄昏时分的缘故，而是与这种劳作的完竣有关。所有的劳作都该在黄昏时分结束，对此我不想做任何多一点的解释。那是一种使人印象深刻的记忆——我曾对农事劳动产生过恐惧与怨愤，直到如今都让人感到无比惶惑。那是祖辈们赖以为生的事业，于我似乎也颇相契合。那时候我的人生画卷正在徐徐展开，在生命最初亮相的地方，命运布设出一个辽阔大地的背景，我深深地融入其中，也在其中挣扎。可我还那么年轻，遮手远眺，未来依然有无数的指向。或许，这正是我不必对稼穑一事奉上虔诚信仰的资本。

　　这种近似投诉的牢骚，并非毫无来由。我在接近中午的时候醒来，本想开启炉灶，简单地烹一点吃食，却发现前几日买的四个土豆不见了，翻了半天也没有找到——或许是我付过钱后根本就没有带走，又或者是我遭逢了遇土而遁的人参果。我试图重新认识厨房，却见到贮藏的大蒜都长了长芽，一律变得轻飘飘的。它们貌似已不能再食用了，无畏做着生命里最后一点抵抗。我当然不会袖手旁观，于是找来一个盛装过海鲜的白色泡沫箱子，把盖子掀开丢掉，的确是个大小合适、深浅相宜的好容器。可是哪里有土呢？我把早先废弃的花盆统统聚集起来，墙角里的、阳台上的，它们装着深浅不一的土，每一盆里都残存有一截干枯的植物，依稀可以辨认出有月季、茉莉、凤尾竹……这些似乎都是我不善稼穑的确凿证据。

我在客厅的地上铺上一叠报纸，把所有的土都倾倒出来。其中有疏松轻便的夹杂着白色泡沫球的黑土，也有堆叠坚实的泛着白光的生土。它们或许从没想过这一天，为了一件在某人眼里崇高的事情而纠缠起来。而我也从未如此认真地观察过它们，那一刻，它们仿佛具备了某种托举生命的气力。可是它们实在太过硬实了，那种被遗弃多年的积怨的坚硬——我非得把它们弄碎了不可。我先是用一根长长的螺丝刀戳，不得法，又找来钳子把大块的一一夹碎，最后还是免不了用一把小羊角锤从头至尾敲了几遍，直到确信它们足以使几近枯干的蒜苗生根、拔苗、长大。

我真是许久没有这种耕种的经历了，往日的那种怨愤忽然变为一种冲动。然而这无助于缓释我的手足无措，我甚至不知道该把大蒜整个地种下去，还是将它们一一分开。我想，一个错误的决定随时会将自己置于一无所获的境地。相比之下，我更热衷于省略切实的情节，一眼望见结局。

或许我也曾认真对待过稼穑这件事情。那是我十岁的时候，或者还要更小一些，我曾认真翻垦过一块田地，就在半山腰外祖父的院子东边。它呈不规则的三角形，约莫有十个平方的样子。我想我的眼光真是不错，那的确是一块好田地，在向阳的山坡上，想必雨露不会亏待它，而且它就在我生活的边缘，足以获得孩子般隆重的呵护。更重要的是，这些年来几乎从来没有人翻垦过它，耕种过它，一直任其荒芜着，只是自发地长出了一些南瓜和扁豆——那是风不经意间丢下去的种子，它们遇到土地就迫不及待地生根发芽，在一个夏天里开出好看的花来。它们的藤蔓小心地穿过杂草，一点一点地试探伸展，最后找到地头上的一棵花椒或者石榴攀爬上去，把花开得高高的，像是一种郑重地宣告和演唱。我想它们太主动了点，但这没有什么不好。还有那些所谓杂草，人类不该在这样的荒地上区分它们，或许它们才是此地真正的主人。

那年夏天，我毫无来由地把这块小田从头到尾翻垦了一遍，为了使想象中的计划有一个好的开端,我特意将北屋后阴仄处的一棵荒生的花椒树苗移栽了过来。在我看来,这真算是它命运的一次伸张,它没有理由不对我报以感激。可是多年后我才隐约懂得,感激完全可能被怨念取代,一棵只愿开在逼仄偏远之地的花椒树,难道就如此稀奇么?写到这里我不得不提周梦蝶先生,这位诗人和隐者,六七岁时被大人问起志向,他举手在空中画了一个小圆圈,说道:我只要这样小小的一块地,里头栽七棵蒜苗,就这样过一辈子。

那时的我对农艺之事一窍不通,尚未学过对顶端优势的处理手段,我乐见我的花椒树苗肆无忌惮地疯长,仿佛正是于我的某种奖赏。可以想见的结果,它的确长得与众不同,地面往上是一截高高的株干,然后在半空里散开枝杈。与它有别的那些树,从脱离地面之处就开枝散叶,形成繁茂的开阔之势。我想,我三番五次的好意很可能使它陷于了一场谋杀,对此我无意开脱也不必开脱。至于我费尽气力,满怀期待垦出的土地,我忽然不知道该种些什么。西瓜么?似乎早过了适合的节令;豌豆么?算了吧,我的母亲在别处种下的足够几户人家吃了。事实上,我手头上没有种子,心底里也没有。我忽然就失去了播种的冲动,一场精心策划的农事戛然而止。

说真的,我不知道悉心种下的蒜苗能否换来一点像样的收获——我离真正的稼穑之事太过遥远了,而且我显然出手太晚了,它们貌似发出了蓬勃的叶芽,却更可能是一场无法挽回的告别。那些或直或弯或蜷的叶芽,在花盆里东倒西歪,如同四下里的张望,这足以让任何一种排列都失去意义。或许,我无需忧虑它们的指向,它们比我更清楚天空的所在,终有一天会长成一柄柄划破长空的利器,像剑也像戟。我把它们搬到向阳的窗台上,午后柔软的阳光会心地扑洒其上。与此照应的是一盆仙客来,因早先疏于管理之故,只剩下来几片深绿色的叶子,那些叶子太像一颗颗心了——心形的叶片是否在吐露一个秘密:它们早就与人类心意相通了。现在好了,心剑合一了,真是一种难得的默契。

有时候我想,这个城市太富有也太贫瘠了,贫瘠到没有多余的一捧黄土,似乎每一颗细微的土粒都有其主人。而更多的那些,深埋于坚硬的柏油路下、图纹精美的方砖之下、鳞次栉比的楼墅之下,同样没有一捧独属于我。我曾经那么富有过，在我遥远的乡下，所有的土地都敞开怀抱，它们物各有主却又似乎全无所属，它们因为慷慨而显得廉价。可是如今的我，竟几乎到了不名一土的尴尬境地。我居住在高高的楼阁之上，却更像是飘荡在某种命运的风里。

我们知道，英语里的culture一词，既指文化，又指种植。韩少功先生说过："我对白领和金领不存偏见，对天才的大脑更是满心崇拜，但是一个脱离了体力劳动的人，会不会有一种被连根拔起没着没落的心慌？会不会在物产供养链条的最末段一不小心就枯萎？会不会成为生命事件的局外人和游离者？"

我那年迈的外祖父，如今已经不能自理生活了。年前在他病重之时，一直吵嚷着要回老家乡下去，等到病情堪堪好转，也依然放不下天暖之日回家摘杏子的念头。还有我的祖母，依照当地的习俗，在她行将合眼的时候被席地而放，确凿的理由我说不清楚，却不免对此种"陋习"怀有过深深地愤恨。可是如今，我已然能够彻解，无论如何那都算是死得其所。当我们走向生命荒野的尽头，只有那些紧贴大地的东西才能予人切实的安慰。

是的，我早就盘算着一场关于未来的"阴谋"了，所有的一切都明确无误地指向我的归宿，我将回归到命运出发的地方。那时，我将满怀欣喜地与大地重新聚合，身体力行地躬耕出卑微的果实，在生命之链最原初的地方接管自己的生活。

先前读李娟的散文《大地》，这真是一个极好极辽阔的题目。很抱歉，我想不出比这更好更妥帖的题目了。她在文章的最后写道，站在她猜想中妈妈给她打电话的地方，想起妈妈在电话里问起她的话：你什么时候回家？对于这个问题，李娟无法回答，我也无法回答——我已经三年没有回到那个家里去了。我想没有几个人能回答这样宏大而艰深的问题，它可能需要花去一生的时间去寻找答案。我如今依然在急切地赶路，仿佛只有不停地行走，才会避免错失人生的某种资格。可我内心里又不无充斥着南辕北辙的一种彷徨——我究竟还能不能一步踏过那个门槛，走进往日的那个家里去，就像多年前我头也不回地一步踏出去，从此越走越远……

空空如也

  一个周末的下午,在忙完了所有的事情之后,我独自坐在会议室里看了很久的书。那是一间狭小的会议室,只够摆下一套供十人开会的桌椅——我坐在会议桌的一端,抬头望向两排空空的座椅,是的,一个人也没有。即便把座椅想象成一个个就绪的怀抱,也没人来成全那种热情,只会加重孤独的情绪。可是说真的,那一刻我并没有感到孤独。窗子大敞着,窗外喧嚣一片,依旧还是人类全面接管的世界。夏日里温煦却也凉爽的风吹进来,拂过我,又从另一侧的门里穿出去,我只感到一种透彻的平静。

  书,已经没几页了。密密麻麻的文字开始在我眼里晃来晃去——我发誓,我只是打了一个小盹,大概不足以容下一个睡梦的开头,就被一阵电话铃声吵醒了。是我儿子的电话,他言辞恳切地问我能不能带他去陶然亭公园玩一会。我明确地回答他,不能!我知道他在家里闷了一整天了,但我真的讨厌他三番五次地改变主意,在我看来这真不是一种好的做派。他继而辩解说这是答应过他的事情。我说,什么时候?他说是三个月前。——何其浮夸的一个答案,怎么会有这样的想法呢?抱歉,我并不记得三个月前有过什么郑重的承诺。当然,我很清楚这般年龄的固执,在这一点上,他其实特别像曾经的那个我——我是否也曾这样任性到将道理弃置不顾?

  我决意在日落前看完这本康·帕乌斯托夫斯基的《金蔷薇》,我总是在一本书将尽之时感到一种急迫,仿佛一个隆重的使命马上就能兑现。我也曾无数次试图克服却终不能摆脱,这是否是我独有的一种顽症?作者讲述他乘军用卡车从德涅斯特河上的雷布尼察去往蒂拉斯波尔的经历,半路上遇到空袭,匍匐在旁侧的卡车司机问他,您趴在子弹下边时,都在想些什么?会想过去的事吗?他说,会。卡车司机说,他也会,他会想起家乡科斯特罗马的森林，要是能够活下来，复员后就要求回家乡去当护林员，带着他的好脾气、好模样的老婆和可爱的女儿。他问帕乌斯托夫斯基，你们的森林棒吗？帕乌斯托夫斯基回答了他一个字：棒！然后作者开始"不厌其烦"地描述其家乡的森林——开着簌簌发响的有鳞片的蜡菊花的幼松林，树干上披着好似绿色天鹅绒一般闪闪发亮的青苔的白桦林……但说真的，我无意投身于这样一种详尽而细腻的描述中去，直白点说，我暂时进入不到他的情感中去，我找不到那种身临其境的感受。

终于，翻到了最后一页的《与自己话别》，我站起来，扑打一下身子，假装一副风尘仆仆的样子——的确，从书的开头读到结尾，很像是一次艰苦的跋涉。我合上书去关窗，见到楼下花园边缘处的人们，他们在修建一座国旗台，叮叮当当地响了一整天了。他们用红砖砌成内胎，外壁用花岗岩石板衬砌，看样子已有四十厘米高了，或者五十厘米？再远处是个不大的池子，喷泉是初夏时节最生动的部分。远远地望过去，虽然见不真切，却能想象得出池中半臂长色彩斑斓的锦鲤的游弋。我不知道用自由自在去形容它们合不合适，是的，我没法凭主观去臆会自然界的万物，特别是当人们自命不凡地对它们进行了改造之后。我最好沉默，然后回家。

"日暮酒醒人已远，满天风雨下西楼。"不知为何，如今的我心里始终充斥着一种告别的情绪，源源不断的人、事、物在同我道别，到底是谁，是些什么？我却又说不出来。或许只是我自己，又或许是所有的一切，像流水、日落那样，像书中的某个角色那样，在我不经意的时候不告而别。我也曾试图挽留，却终于无可琢磨，就像他们从来就没有真正属于过我一样——他们站在我心檐之下避过雨，天一放晴却纷纷四散而去。

在我写下这些文字之时，我重又翻看帕乌斯托夫斯基对其家乡森林的描述，在慎重地穿过"森林"之后，他说道："我想起这些地方时，只觉得一阵阵刺痒的疼痛，仿佛我已永远失去了这些地方，此生再也见不到它们了。"

我得承认，那个下午，我确实未曾留意到这句话，仿佛它们刚刚被说出口，还留有夏天特有的那种温热。

下　雨

"五一"这日预报有阵雨，果然。

起先是几个雨点，无碍我们在院子里闲谈。转眼间豆大的雨点骤至，打了我们一个慌乱。新洗的衣服还在晾衣绳上，马扎板凳散落在院子里毫无秩序，屋前空地上的棒子皮还没收，一旦来雨，必被雨水挟掠而去。姨娘抢了衣服往屋里跑，我拎着马扎板凳往厦子底下钻，姐姐顶着镔铁质的洗衣盆去收房前的棒子皮，雨点打在洗衣盆上，"咚咚咚"一阵脆响。我们像是遭到了"突袭"，雨点是如簧的飞箭，或是敌人"撒豆成兵"，洗衣盆成了铠甲，我则穿梭在雨里收拾马扎板凳，自然是武艺高强的虎胆英雄，拯救受创的战友。

我站在厦子底下朝手忙脚乱的姐姐吆喝："先别收了，把盆扣在上面！"家姐没有搭理我。是啊，棒子皮赤裸裸地摊铺在水泥地上，几乎是毫无防御能力，一旦雨不能如料想般一闪而过，鸡吃什么？鸭吃什么？

我们挤在大门的厦子底下看雨，听见许多人挤在四奶奶家的厦子底下说笑。他们遇上这样的急雨赶不回家了。再说了，太阳光还没走远呢，随时都会露出来，这简直就是太阳雨么！衣服淋了再洗，柴火淋了再晒就是了。下这样的雨，只会给人平添些许兴奋劲儿，没有人愿意郑重其事地躲进屋里去，除非有人睡着晌觉，那么这雨就来的正是时候了。

他们把雨看轻了，我想。

而事实上，他们的料想完全准确。雨来得快，去得也快。不一会，太阳就从云层里钻出来了，人们竞相从厦子底下钻出来，重新暴露在天空之下。

月　光

　　飞机在半空低徊，我在颠簸中看到一弯新月别在郑州的上空，像一枚古老而又别致的徽章，又像是不明下落许久了的一个微笑。

　　这样俯视月亮的机会不多，月光自下而上，来到你的近前，使人体会到一种异样的况味。我所目见的月亮并不明亮，被喧嚣的灯光强夺了光彩。然而，其别致终不能泯然于城市之间，如果那样，月亮还称其为月亮吗？

　　自从学了地理，知道月亮是地球的卫星，月亮之美就减半了。举头望月，新月或者满月，中天或者初升，月亮不再是锋锐的镰刀或者明亮的银盘，而是立正的球体，沉甸甸，引导你想到它的全部，什么微笑啊，小船啊，白莲啊，全都不见了，唯助于想象吴刚砍伐桂树的情形。

　　这就像是一个被勘破了的秘密，所有的神秘和想象统统变成了数理化般呆板的公式，岂不可惜！

　　自古以来，吟咏月光的诗词歌赋不胜枚举，此处只提现代人的月亮。韩少功的月亮不止一个，有时候是城市里一丸灰白的死鱼眼，有时候是别在乡村的一枚徽章。月光自然也不同，有时候完全等同于灯光，有时候则可以惊走飞鸟。贾平凹的月亮也不止一个，却是最神奇最简单，是长着腿脚的，四处游走的"好"，又是印在天空上的印章，因为有了这枚"印章"，连天空都成了它的，你说神奇不神奇？

　　我的月亮在哪里呢？在陈述的旧时光里，在回味乡野的天空之上，或者干脆半掩在黑魆魆的山影的后面。秋收时节，籽粒饱满的玉米摊在院子里，灯光下，母亲将它们一个一个剥开来，系在一起。父亲故世多年了，姐姐住在外婆家里，只有我，坐在母亲的近旁，一边端详母亲瘦削的脸庞，一边等月亮爬上来。十五的月亮总是晚来，漫天的繁星眨着眼睛，望眼欲穿。待到月亮从山后吁吁爬上来，天空顿时聒噪了，我也兴奋得欢跳起来。甚至连鸟儿都被惊飞了，很显然，月亮还是几百年前辛弃疾的那个月亮。

我想，金秋十五的月亮是最明亮，也是最骄傲的。

多年之后，一些人，一些事，远去或者淡忘，唯独记忆中的月亮依然铮亮，没有分毫的噪点。而如今，身处都市的我，已经看不到那么纯粹的月亮了，不是眼看不见，而是心看不见。文明越来越多地占据了我的身体，自然之美一点一点被挤占开去，当年的月亮，如同韩少功所言，"暗淡于无数路灯之中，磨损于各种噪音之中，稍纵即逝在丛林般的水泥高楼之间"，潦倒成都市里一盏无奇的街灯，使我痛心疾首。

生活中，我们一边走，一边得到和失去，唯独月光不离不弃，不论过去或者现在，穿过树影，穿过篱丛，抵达我们的身体和心灵，使我们心安理得，并萌生感动。

缓慢的冬天

我的怕冷，在先前是没被察觉的。或者原来的我并不怕冷，只是到如今才怕，然后这怕又被及时地察觉了。可是，我的怕从哪里而来呢，是外界强塞进来的，还是原本就藏在我身体的某个角落，在某个时刻忽然苏醒，让我措手不及。它们藏在哪里呢，皮肤之下？骨髓以里？或者并不存在的我的灵魂的深处，从飘渺之处生发，变成掷地有声的东西，实在让人困惑。我猜想我的前世是一种需要冬眠的动物，过了奈何桥，喝了孟婆汤，记忆本该被彻底格式化一遍，然而终于还是有些东西逃走了，于是留下来一些冬眠的冲动。

风，既然像是刀子和针，就不必对我这样一个本该冬眠却又从不冬眠的动物客气，它们毫无顾忌地戳在我的脸上，转瞬间把皮肤摧残，我仿佛听得见它们皲裂的声响。我知道我被伤害了，被冬天里一种看不见的东西下了黑手。

母亲或许也是个怕冷的人，她常说：热了还可以找个阴凉的地方歇息，冷了没处躲没处藏的。我知道她是被冬天吓怕了。她说，小时候晚上睡觉，会把开水灌进一个葡萄糖瓶子里用来取暖，往往第二天一早，瓶子就被结成的冰给撑破了。我疑心我的怕冷是遗传病，到现在才表现出来。我想既然不能冬眠，就应该用一种接近冬眠的方式过冬。于是窝在被窝里，或者蜷在火炉旁，像刘亮程一样烤馍干、吃咸菜，隔着玻璃看外面的世界。有时候，我走在寒风肆虐的路上，尝试着想象被冻死是怎样一种情景，我听过许多个人被冻死了的故事，却一直勾画不出那个情节，毕竟冻死这回事与我这个只是怀有冬眠冲动的人还有很远的一段距离，甚至连想象都难以企及。然而我猜想，这该是个缓慢的过程，热量一点一点从身体里逃出去，温暖一点一点从心底消失，逃到不为人知的所在，直到时间戛然而止。

这些年，冬天仿佛没有先前那样冷了，多年前房檐上又粗又长的冰柱子如今变得谦恭起来，漫飘的雪花像是失踪了许久的情人。也许是温室效应的缘故，也许又不是。又或许还是和先前一样的冷，只是我们的心变得温暖了。又能如何呢，这些在我的生活的边缘，并不重要。

冬天是一个漫长而隆重的节日，我们花费大把大把的时间为它的到来做准备。外公会把埋在地里的黑炭挖出来，母亲会去南面的山坡上担几担烧土，我会把田地里抱成一团一团的玉米秸秆拉回来，把没有晾干的玉米疙瘩摊在平屋顶上晾晒。窗户要钉上一层塑料布，自来水龙头要裹上厚厚的一层草苫子。即使大块大块的煤饼子被填进炉膛里，我依然埋怨这炉火不够旺，或者埋怨这房子攒不住热量，我发现自己在冬天面前变得日益不堪，甚至有些狼狈。

刘亮程说：在我周围，肯定有个别人不能像我一样度过冬天，他们被留住了。我担心我的祖母也会被某个冬天留住，她住在一间阴暗的让人有些绝望的屋子里，窗子用白色的纸糊严了，只留下一格镶着玻璃，可以在夜里察看没有院门的院子。她不必时刻盯着院门的方向看，她的孙子孙女们很少会在这样一个冬天的夜晚来看她。我曾想象在一个阳光温暖的午后，把祖母一屋子的东西全搬到院子里，晒热了再搬回去，或者干脆把屋子像布袋一样翻过来晒到酥干。我会把糊窗户的白纸全部扯下来，换上清一色的透明的玻璃，然后把炉火烧得旺旺的。可是，年复一年，窗户纸在积年的唠叨声里黄了，旧了，破了，碎了，换了一茬又一茬，而我依旧在这样的冬天里逗留片刻就走了。立冬的时候，我问母亲，祖母是否有足够的煤过冬？母亲说，有。于是我可以大胆地预测祖母不会被这个冬天留住了。我想，我的担心并不是多余的，我怕如刘亮程所说，寒风会冻坏祖母的一条胳膊，或是一条腿，然后慢慢地把祖母留在某个寒冷的冬天。我不知道祖母还会走过多少个冬天，她瘦小的身躯里藏匿的那点倔强的温暖，似乎给了我一些懈怠的理由。

寒 冷

　　我曾写过一篇《缓慢的冬天》的文章，写到了我的怕冷。其实我一直不甚清楚，到底是我真的怕冷，还是那些冬天原就很冷。直到如今，我仍信奉那样的劝谏，"我们不必费神料想人类最终会怎样走向毁灭——只消一丝冷峭的北风便足以斩断那缕生命气息。"我不喜欢在冬天出行，觉得凛冽的寒风并不欢迎任何一个人。相比而言，我更愿意躲进屋子里去使自己保持蜷缩的姿态——无论身体还是灵魂。即便再盛大的节日，也无法对我构成足够的引诱。这个季节，我不喜欢对外面的世界作任何的遐想。我想，我可能从此对那些热闹免疫了，仿佛那样的热闹越浓烈，我就越发地感到孤独。

　　那些节日统统不是我喜欢的，我愿意将它们拱手相让。

　　有时候走在路上，凛冽的寒风把我吹恼了，就不免愤愤地想，我为何要在这样寒冷的地方生活？我要到温暖的南方去，去到绿草如茵、空气温润的那些地方。尽管那里并不见得有我想象中的温暖，但我就是忍不住这样的冲动——我总是轻易地就忘掉了夏天的热，忘掉它们曾经同样把我结结实实地摁在屋子里。

　　说起来，我已经许多年没有穿过毛衣毛裤了，恼人的静电常使我觉得受到了莫大的冒犯。当然除此之外的原因是，我而今已很少感受到那种巨大的寒冷了。天一旦冷起来，我就不再骑车，接送孩子、上下班一概变作步行。我喜欢走在路上听着歌，任由那些老旧的旋律将我拉回到往日的岁月，并剔除记忆中的那些寒冷。况且那些旋律真是太美了，萦绕在我荒僻狭小的世界的上空，让人心都暖了。

　　在寒冬面前，我早就学会了做一个谦卑的人，房屋厚重的墙壁成为我最好的棉衣，暖气空调则是那温暖的棉絮。无论如何，而今的我仍能够诚实地道出自己的身体，那些枝枝杈杈的细微的感受。我还是那个一如既往惧怕寒冷的人，在寒风吹彻的路上踽踽独行，身边有很多人，又仿佛身边没有一个人。

低　眉

我近来夜半里时常会起来吃点东西，总也惦记着那几张煎饼。甚至特意买了各式样的咸菜，卷了来吃。很明显煎饼里掺了小米，不至于噎着嗓子无法下咽。看包装上印着"知青煎饼"四个大字，显然是在打煽情牌，又写着手工制作，我将信将疑地展开来，赫然是硕大的圆形，于是深信不疑，于是想到老家里母亲做的煎饼。想到又如何，如今身在千里之外，徒增点想象和念想而已。

一般说来，夜半里管不住口必致第二天胃里难受，那种难受很难用言语形容，非疼，非酸，自然也谈不上痉挛，总觉隐隐地，似有非有，在半空里飘浮着。可巧夜半里有台球比赛的现场直播，于是晚睡。

翌日，胃痛不明显，显然是晚睡起了作用。不算忙碌，于是沏了茶来温书，片刻，觉左手小指至手肘处寒意顿生，几至有些许麻意。我怅惘了，到底这些寒冷从哪里来的呢？我疑心夜半里，散兵游勇样的一点寒意从窗缝里挤进来，击中了我的左臂。我这样的疑心并非没有根据，如今谷雨时节，虽漾着一些冷，但到底几近夏天了，恰巧我的左臂睡觉时伸到被子外面，正对着窗户开的缝。我这样想，竟然觉得很是运气，因为，只是那么一星点的寒冷沁进了我的左臂而已，如果寒冷不是这么少，或者冻坏了我的别处，不是没有现在这样好吗？我想，这个冬天实在有些太长了，人们见面的寒暄都在说，难道还有假？如今，这点冷大概没处躲了，它想找一个安全点的地方藏起来，它仿佛深知我的办公室里透不进阳光，自然会"活"得长久些。我带着这点寒冷，仿佛更加无惧于即将到来的酷暑，乐意看它们到时候拼个你死我活。然而，这点寒冷既已选择了我的左臂藏躲，我想，自然也是种在我身体里的一个秘密，作为回报，我需要更多的沉默，而不是唠叨。

钱红丽女士的《低眉》，我寻了许久，起先是慕名，而今却是在我手里翻展了。一个大男人，读这么柔软的书，简直会有些莫名，然而，如此欣赏一个才女和她笔下的人情世故，又会有什么错？看到她写张爱玲的弟弟，被父亲打骂，起先哭一会，接着忘记了，独自去阳台拍球。感到莫名的心疼，我很难用言语表现出那样的心疼，特别是为别人。其实这样的心疼已经不止一次了，也不单单为一个人。大概一切受了委屈、遭了疼的孩子都会使我如此吧。我不清楚张爱玲的弟弟有多大，显然我将他想象小了。我盼这想象只是臆想，那样在我想起来时会宽慰些。

这又使我想起我自己来，不是现在的我，而是小时候的我。不知从何时，我开始习惯审视和回忆过去的那个我，也正是在那个时候，我不再轻易将自己混淆了。我怀疑，人的一生中，也许会有一个点，成为你成长过程中必有的蜕变，从此使你换了个身份。又或许，这样的节点不止一个，它们渐次出现，将你分割成不同的人，拥有相通但有区别的情感和思维。你通过批判和反思前边的那个我来获取成长的智慧和动力，同时又通过回忆和咀嚼过去来软化或硬化心的质地，使你变的多情或者冷漠。当我想到父亲早早地离我而去，使我本该汲取父爱的时光变得空洞的时候，当我想到从来没有一件独属于自己的玩具或者新衣的时候，当我想到母亲因为操劳生计而忽略我的时候，心竟然也会莫名的心疼。

然而事实是，那时候的我，并没有缺失阳光和温暖，甚至没有被星点的寒冷击中哪怕一根手指；也没有因此而生出多一些的羡慕和自卑，更不会无缘无故地心疼自己。我想，有些苦往往自己并不知觉，反倒于其中会意出了别样的幸福或莫名的幸运。

稍　逝

　　北京夜晚的大道是明亮的，照得如同白昼一般。小路上就不尽然，路灯节俭的光亮困囿于繁密的枝杈间，筛下一些明晃晃细碎的昏黄，不免阴暗了些，人们迎面走来，看不清彼此样貌，只得从走势上作判断，打招呼便成为切实的一个问题。我日日行走的菜园路倒也宽阔些，但大抵也是如此：路灯间隔得极远，两旁的树木纷纷从路的上头衔接起来，遮成封闭的廊道。旧城改造致使大片民房变作施工的场地，被高高的围墙阻挡住视线，也遮着些未知的丑陋，人走过，闻到一股陈旧腐朽的气息，那是一种极难根除的气味，必得一律推翻了重来才行。夜晚里行路须瞪大了眼睛，必要处要借着手机的光亮，免得踩中一些污秽的东西。由此而东的白广路更窄狭些，两头都是丁字路口，南北不过一公里的样子，只留了两条相向的行车道，骑车时需贴紧了路边才行。秋风一起，我就要坚定地变作一个步行者，任是多紧迫的差事也休想打动我，大不了紧赶几步路就是了，实在难禁秋冬日的寒凉。我每日里送结庐到学校的路口，望着他踱步缓缓地入校门，就折回来，沿白纸坊西街西行一段，再折到白广路上一路往北，途中经过六十六中的门口，沸沸扬扬的人群和车辆，好不热闹，但到底可以随性而行，不需要十分留神。

　　白广路的南口西侧是一家夫妻经营的商店，卖瓜果、蔬菜和日用品，大概常用的东西都可找见。平素里备着的菜余下不多时，就下班时绕道这边做一次采购，倒也有几分新鲜。进门正对面有一家做面食的铺子，因了拆迁的缘故从菜园路搬到这里来，做或细或粗的手擀面，一律裹着细细的面粉。也有馒头，却做得不够用心。最诱人是现烙的油饼，五元一张，单单少了些香葱作原料，想来不免为一种遗憾。门口结账的柜台上摆着江小白的白酒，精致温婉得如同糖水饮料一般，使人很有些慢酌的冲动。

商店前面是一处袖珍的公园，沿着白广路的走向呈狭长状，就里栽种着高大挺拔的银杏树，另有许多健身器械供人锻炼。虽说已入深秋，世间里到处漾着清澈的冷，但清晨里早有许多人出来活动。打羽毛球的人着半裤短衫，冒着汗，舞太极的则一身宽敞的缟衣，早晨斜斜的阳光照进来，无一不拖着长长的影子，如形影不散的魂魄。另有不知做什么项目的人，蹲在地上，一手勾头，一手从背后绕过去往脖颈方向里使劲地够，是一种特别的瑜伽吗？倒像是人赃并获，被铐在现场，令人忍俊不禁。太阳热烈地扑洒在银杏树上，浩浩荡荡黄绿相间的颜色，已经很有些蔚然可观的资本了。我急匆匆赶路，却也忍不住停下脚步，拍几张照。

　　前日，下班时天已黑尽，想着要买一些晚饭吃的菜，就沿着白广路西侧急急行走。商店门前的公园实在过于暗淡了，黑漆漆没有一点白日的生机，依我所见委实有添几盏灯的必要。我沿着外围人行的步道行走，见到有人借着手电的光亮围在乒乓球台的一角上弈棋，大概是"观棋不语真君子"的训诫的效用，竟就没有人声，只听见棋子击在棋盘上"嗒嗒"的激越与铿锵，从暗夜里传将出来。当真是一群痴迷之人，我先前就曾见过有人在雨天里撑着伞对棋，瑟缩在各自的伞底下，轻薄的塑料的棋盘在风雨里接受洗礼。另有一次是晚上九点多的样子，见到两人借着街灯的昏黄光亮埋头弈棋，不知沉浸在一种怎样的世界里。所谓"不为无益之事，何以遣此有涯之生"？信然。以上的几个情形实在难以辨别他们的相貌，便不很确定是否为同样的两个人，但大抵是不错的，如今这么痴迷的人也是少见。

　　除此之外，就只有几个借着商店的灯光在练器械的人。我大步流星地往商店里走，蓦然遇见一个男人瘫坐在地上，醺醺地在那里迷茫，口里说着含混不清的醉话。当真已来不及闪避，只得贴着他的旁侧疾走过去。真担心他会抓起酒瓶朝我抡过来——这个世界的咄咄怪事还少吗？可是并没有，他似乎醉得非常专注。对于喝酒我确有充分的体验，饮下的越多世界也就小了，变作恍惚着旋转着的一种妄诞，所以他闭起眼睛来——他真是醉了，只是还不够彻底。

　　我闪身扎进商店，见老板娘一副愧疚委屈的神色，果然是就此买的酒。

等我买完了菜走出来，有意做一番逗留，见那人的醉意又深远了几分，头垂在胸口，含混的言语宣泄变成低低的呜咽，两只鞋被远远地甩在身后，三瓶酒中似乎也只喝下了半瓶。

究竟何种的痛苦，令一个男人在大庭广众之下如此急切地醉倒呢？这般的年纪情爱的伤虽不可排除，但大抵最不合情理。是至亲之人的离去吗？我内心里厌恶这样的答案，却也暗暗地认同，不然呢？我宁愿他是为了虚掷的青春懊悔，作一种惨烈的告别的仪式，从此在生活里俯首称臣。人世间欲求的东西实在太多，痛苦也太多，从某种意义上说，酒未尝不是一种好的东西，可使人从世事中暂时抽离，只是到底还是要回到人间。不知为何，这几日我总是想起那个醉酒的人，依我三十几年来浅薄的经验说来，论到痛苦的事情，酒后的宿醉绝可算响当当的一种，便觉得买醉的方式不免是一种"饮鸩止渴"的愚行，理智下并不十分提倡。可是，除了醉一场又能怎样呢？倘若宿醉的痛楚是人人都有的体验，大约酒醒后短暂的舒适也不失为一种莫大的欣快，使人憔悴的脸上绽出一丝自嘲的笑也是好的。但愿他也能得到，即使稍纵如闪电——人世间哪得什么长久且美好的东西呢？

恹 恹

  这次的病痛是有许多征兆的,起先是口干,且打心底里想要吃一些水果。依先前的见解,唇上抹了两次药膏,也算处理及时得当,心下不免有几番得意。当晚又不避讳浅饮了几杯白酒,翌日里除一些腹胀的感觉外并没有其他的不适,便很有些侥幸的心态,以为躲得过的,岂不知早就行走在病痛的边缘了。

  我夜里睡觉的床紧挨着一组暖气,摸上去滚烫,躺下来便感到扑面的一股热浪涌过来,烤得人心里慌慌的。便找来一个抱枕竖起来倚在上面,也算差强人意。第二夜如法炮制,直到第三天的早上忽然觉得嗓子有一些干疼,必然是感冒的先兆无疑了。无奈之下白天里便趁着闲暇不停地饮茶,又含化一些清爽的喉片,只是并不见有好转。等到夜半里醒过来,竟然疼得十分厉害,只好起身来吃药,打着手电翻箱倒柜地找阿莫西林。我对这病痛原也十分熟悉了,总归是从嗓子开始,然后是喉咙,再之后是气管,依次疼过去病过去,中间会流清的鼻涕,最后是咳嗽。病去如抽丝,前前后后总要十来天才能结束。如若遇到恶劣的霾天,想必还要长久些。此过程即便不尽然,也必大同小异。只是我常常不愿吃药,抵抗过去自也不是多难的事情,只消多忍受几天的不堪而已。可眼下里就近年底,事情繁杂,且并不愿意担着感染给结庐和月亮的风险,不若早早地服药了事——人世间不得不屈服之事情总归不少有的。依旧有的经验,阿莫西林是见效迅捷的,再想到上火的症状,又接连服了四粒三黄片。就此快快地投床,却觉得十分清醒了,久久不能入梦,昏昏然觉得胃里不甚舒服。不知是药效的缘故,还是其他的,也不免会有些暗暗的担忧,以为服了不该的药或相冲的药——自命为医的坏处就在这里。

  翌日,早早地起床,有头重脚轻之感,整个背部酸疼得紧。又赶上较紧急的公务,来不及吃早饭,就匆匆往单位里赶。等到闲下来,去泡柠檬水,却又不得其法，切了两大片放到杯子里，酸味里倒渗出苦涩来了。原来是要放一点盐进去才好，可眼下里哪里方便寻到？又说添一点蜂蜜亦可，也是惘然。好在印象里有一瓶子从原样的蜂巢里刮下来的蜜，想来没有过期的担忧，于是从抽屉的深处掏出来。究竟是过了许多日子，先前浑浊不堪的原样的蜜，竟被明显地分成两层，上面是粗的渣滓，照理要放到嘴里不住地嚼，却总会留下一些韧韧软软的东西无法下咽。下面一半大概就是纯粹的蜂蜜了，只可惜被上面的一层严实地堵塞了，只好用切柠檬的尖刀搅碎了勾掏一些出来，和在水里，竟就觉不出如何的甜。倒是每一口都留下许多渣滓，塞进牙缝里，不得不时时唾出来，实在惹人烦厌。最后，实在忍不下满杯子沉渣泛起的样子，只好倾尽倒了重新来。新的切片投进沸水里，兀自飘浮着，像是一只钟表的表盘，只是没有指针，让人感到时光无声无息、无来无由地流淌。

嗓子的疼自不必说，想来并没有那么快复原，倒是脊背处的酸疼愈甚，摸一下脑门，却并不发烧。中午，怏怏地下楼吃饭，有意裹一件薄的羽绒衣，预备吃完饭结伴沿着门前的路走一个来回。好在天气有一种响亮的晴好，风也停歇了，街道异常的干净敞亮，仿佛落叶时节，清洁的工人也愈发慎重地行事。虽然已过了立冬时节，但大体上还是深秋的一幅图景，更有许多树木依旧绿意盎然，让人联想到人人中年时的静美样子。想到身边就有一些三十好几的人，不知何时眼角忽地变得柔和，眼神里也不再是浅浅的一种清澈。大约到了这个年纪，无论是谁，不单单在人生里开了窍，生活一时明亮起来，而且相貌也自然温和柔媚起来了。让人欢喜，却又不会过分地喜欢。

下午到医务室取了一些治疗咽痛的含片，见到白发苍苍的老人，颤巍巍地往布袋子里装药。真是好大的一堆药啊，使人感到余生里当然是要靠药物活着，而非粮食了。不免暗暗里为人生感到一些悲哀——我总也对世界持悲观的论调，正如木心说的："我是悲观主义么，我何止是悲观主义。"而我的好友阿甘并不赞同我，他现下里正读叔本华的著作，听他谈体会亦给我不少的启迪。他说叔本华的人生观很理性，但让人不得不承认或许这才是人生的本质，而不是那个美妙的梦幻或悲惨的世界。又说后半生因为遇到了叔本华，才知道该怎么活了。这无疑是人生里顶重要的一件事情了，无论如何都让人感到十分欣慰。

沉　吟

我向来无意于领教寒冬的囚禁，而是满怀赤诚翘盼春天隆重地降临，如同一种赦免。梭罗说过，在一个欢欣的春晨，所有人的罪孽都能获得宽恕，这是洗刷恶行的日子。于是，我憧憬着某个早晨，窗外吹起和暖的东风，树木和人在阳光底下舒展筋骨，冬眠的动物卷起一个冬天的长梦，重启生命的轮回。而我这个身体里藏匿了冬眠冲动的人，也跟着茫茫然醒来。我想起母亲说的话，她说，立春这日，挖米许深的土坑，把鸡毛倒进去，鸡毛会飘起来。因为这一天地气就上来了。

一个冬天远去，一个春天到来，我把经年的一些东西遗落在两者之间的缝隙里了，有的是微不足道的快乐，这一定是我不经意丢掉的；有些是剪不断理还乱的烦扰，这必是我漠不关心的结果；而那些经年的忧伤，我用力掷出去，希望它会被春天里一点新的东西替代，或者只是遮住。但我知道春天里那点冲动，并不能持久，我那经年的忧伤一样还是存在，只是离我远了一个春天的距离，因此，它们看上去像被缩小了。

我能察觉，多年之前的那次心痛已经悄然潜伏了许久，会在某个阴雨天里发作。我不知道它还要藏匿多久，或许会在某个春天的阳光里一寸一寸地融化，又或许会变成终身的痼疾，与我相伴一生。

我们总是忽略微不足道的快乐，而放大无足轻重的忧伤。

我想是该打扫一下屋子了。自结庐出生不久后迁到岳母家里去，这屋子已经许久没人住过了。尘土和忧伤一样，喜欢在罅隙里穿行，落在桌子上、地面上、床上。我赶它们走，去到别的什么地方。我想总有一个地方是它们该去的，但不是这里。我不喜欢这样的搅扰。

我把鱼缸里的水舀出来浇花草，之后换上新鲜的水。唯一的鱼儿每周进餐一次，却活得很好。我不会忘记原来的鱼缸里有N条鱼，它们互相攻击，斗得死去活来，最后只剩下这一条。这是一条何其幸运的鱼，它不善争斗却活了下来。我眼见着另外的那条一有机会就撕咬它，却没能活过它。现在好了，它独占了整个鱼缸，也收获了最多的孤独。

　　同样的情况还有家里的花。妻子嫌我不在家而养了许多花，我曾同她一起换过花盆，但情况并不乐观，或许因为土质的缘故，有几棵死掉了，只剩下一盆君子兰、两盆仙人掌和另外一盆不知其名的花。它们像那条鱼一样，坚持到了现在，得以继续享受阳光的普照。

　　我拉开窗帘，把阳光请进来。我抚摸沾满尘土的窗台，见到一些干枯的落叶和细碎的花。我把窗台拭了一遍又一遍，叶子和花却在我想象的角落里定格。眼下的心态，欣喜或忧伤，激动或落寞，甚至其他的夹杂在一起的难以名状的况味，终究要在将来某个时刻作古，变成我所怀念的样子。

所谓孤独

还有一次,我们一边吃着东西,一边谈论孤独的话题。话题是从王跃文先生的那篇《孤独这东西》引出来的。在座的几位都不是受孤独困扰的人,至少目前不是,我们在彼此的脸上找不见"孤独"二字。正因为如此,话题谈得轻松幽默。

其实,我也说不清到底何为孤独,我在先前文章里谈到的孤独,大概只是一种"为赋新词强说愁"的孤独。那次谈论之后,我开始留意关于孤独的文字和话题,我总觉得是时候了解它一下了,就像多年前我想要了解爱情一样。王跃文说,"永远是什么呢?就是孤独。""那是无论人们怎样相爱也无法驱走的内心孤独。"后来又看到借山而居的青年画家二冬写的:"有时候孤独不是因为人和关怀,而是因为生活和生命,亲人和爱人都填补不了这孤独。这孤独,是作为一个必须活着的生命在这个世界里的无奈和恐慌。"

如此看来,孤独这东西是先天的、绝对的、彻底的,是可以隔离却无从驱离的,是容许遮蔽却拒绝擦除的。它与热闹无关,与关怀无关,是一种内置的东西,像是电脑的操作系统一样嵌入我们的灵魂,一旦剥除,人的概念便不再成立。很显然,喧哗和嘈杂并不能根除孤独,但反过来呢?一个人过久了,是不是必然通向孤独呢?我想,是的。这似乎在我读周嘉宁的《一个人住的第三年》时得到了印证。她把自己一个人生活的情境敞开来,我从中看到了达观,也看出了挣扎,看到了内心的安和,却也切切实实感受到一种无法回避的孤独。

大概每个人都有一段独自生活的经历。我第一次独自生活是在大学毕业后,那时我留校工作,先是在老校区帮忙筹建学术交流中心,半年后被抽调去参与新校区建设。我早就听闻新校址选在了一处远离闹市的僻壤之地,但一直未能得见。终于，三月的一个下午，一位姓黄的同事去老校区办事，顺道用那辆旧式吉普车接了我去报到，连同一卷旧被褥和一些简单的生活用具。

因为条件所限，办公就租用了校址对面，几乎是附近唯一的一幢楼房，上下三层，划了个不大不小的院子。考虑到安全因素，安排有保卫处的人轮流值班，还养了一条德国黑背犬。等我报到的时候，已经可以在一楼北侧开火做饭，不必再吃地沟油做的盒饭了。出了院门是一条宽阔的马路，只是并没有公共汽车通行。

他们为我预留了一个床位，是和另外一位同事合住。第一天下班，当大家喊着结伴而归的时候，我忽然陷入一种深深地被抛弃的恐慌之中。我现在想来，或许这就是孤独吧。我无法接受这种工作与生活的无缝衔接，我从不会奢望它们之间有清楚明晰的界线，但无论如何都要有所区分。几乎是毫不犹豫地，我编造了一个不太像样的理由，跳上了回城的汽车。

经过几番周折，我到底在老校区找了一间单身宿舍，从此与那些同事们一起开车往返。一个人住，吃饭问题就变得简单而且恣肆。因为下班要赶一段路，学校的食堂常常指望不上，但就近有许多吃饭的小馆子，也有一些卖凉皮、肉夹馍和蛋炒饭的摊贩。不知为何，那时的我总觉得路边摊的食物要比食堂里的可口百倍。或许仅仅为了打发时间，我最常是坐着免费班车去宁夏路的超市底下吃一碗牛肉粉，搭配一碟爽口的酸辣白菜。吃完了还可以四处逛逛。总之很少做饭。记得后来，女朋友毕业，留给我一个电热锅，可以用来煮一些方便面，还曾摸索着发明了一种汤，是用熏制好的鲅鱼，掰碎了，和着紫菜添水煮，火候到了打一个鸡蛋进去，最后滴一些醋，我美其名曰鲅鱼紫菜蛋花汤。

因为住在校园里面，闲暇的晚上就去图书馆的阅览室里看杂志，也会和学生们抢座位看英文原版的电影。我记得就有《走出非洲》《金色池塘》，还有《狙击电话亭》和《罗马假日》。图书馆闭馆后就回到宿舍靠在床头看报，会买每一期的《南方周末》。有时走在灯光昏黄的校园里，想着熟识的人都已各奔东西，就会有一股厚重的孤独感慢慢围拢上来，像水一样将你整个浇透。我慢慢地学会接受它，也享受它——如果它真的就是一种孤独的话。

后来的一段独自生活的经历是我来北京之后，那时虽然已经结婚，却一直与妻两地而居。其实除了地域变化外，完全可以与之前那段独自生活的经历接续起来。至于我非要将它们分割开来，只是因为我已很少感到孤独了。细究起来，大概得益于一个全新的生活环境，又有一帮子同样独自生活的朋友。大约有先前那段独自生活的经历打底也是重要的方面。因为单位食堂三餐开放，完全不必为吃饭问题顾虑，倒是常常有一些应酬，也会三五结伴去到小馆子里喝一通酒。年轻气盛的年纪，难免就有喝多的经历。那时候住房刚刚装修完毕，为了散味，到家后我常常要开门开窗通一会儿风，不想有一次实在难受，倒在床上就睡着了，半夜里醒来，才发现房门大敞、房灯尽亮。也曾有几次将钥匙落在房门上的经历，还曾被窗缝里挤进来的凛冽寒风冻坏过手指。

人，或许一直都是生活在两种状态之间的。我们既忧心一生碌碌无为，内心又渴望过一种云淡风轻的平凡生活；既想投身于一种热闹，又口口声声追求所谓的岁月静好；我们人前光鲜亮丽，私底下却崇尚舒适随性甚至邋遢。生活中永远有不可调和的矛盾，态度上永远会脚踏两只船而不自知，灵魂里永远抱守见风使舵的痼疾。想想看，很多时候，我们不过是一个姿势站累了，身子的重心又挪到另外一只脚上罢了。

现在的我已经不常饮酒了，我感到自己正在往生活的深处走去，肩上的担子越来越重，面对的迷惑越来越多，这些都迫使我不得不用一种简单来对抗。大概已经没有时间感受孤独了。即便如此，每年的春节来临，我还是会固定与孤独相遇一次。因为父亲早逝，原先的家早已破败，自小照看我长大的外祖父母住在姨妈家里，妻子又往往要带着孩子们回娘家去。站在人去城空的北京城的街道上，我竟然感到自己无处安放，不知道这算不算是一种深层次的孤独呢。

或许平日里极少感受到孤独，反而更加忌惮于孤独，就像你最怕的壁虎，你很担心它们会忽然冒出来，或许就在下一个转角。这种东西总会让人感到一种莫名的慌张和恐惧。直到现在，当我一个人睡的时候，如果没有一些声音相伴，我还是会感到一种不安，或许这就是孤独在见缝插针地溢出吧。

程式化的日子过久了，我会想念那种简单——掺杂着孤独感的简单生活。有时候我想，莫不如不结婚，孑然一身过一辈子也没什么不好，到头来的结局，从某种意义上来说并没有本质的差别。或者可能，找一个同样不想结婚而又彼此爱过的人，生两个孩子，总有办法将他们抚养长大。假如生活重来一次，我想我依旧会无从选择，生活中有太多嘈杂的声音左右着你的想法，羁绊着你的决断，使你的生活只会在细枝末节上做出改良。于我来说，更大的可能还是会让一切事情顺其自然，早早地结婚，早早地生子，不必为某个选择左顾右盼、徘徊不前。或许，早年无数的细节已经注定了这样的一种生活、一种结果。

现在回想起来，我最早明确感到孤独是在高中的时候，有一年期末考试结束，离发布成绩还有几天时间，同学们纷纷收拾行囊回家去了。而我，因为离家较远，本想等出了成绩放了寒假再回去的，却不想一下子就陷入到了深深的孤独之中，于是赶紧跳上汽车，在一个风雪交加的傍晚狼狈地回到了家里。

我忽然很怀念那个身陷孤独却不知孤独为何物的自己，总是轻描淡写就摆脱了孤独，而且似乎从来都不会为未来着想。每当这个时候，我就想钻进哆啦A梦那样的抽屉里，当然不会有什么神奇的事情发生，但狠狠地睡上一觉，大概也能做一个带着疼痛的别致的梦。

辑三 | 人境

  我看到一只猫，蜷缩在酒店门口的垫子上，深深地睡着，安详而自足，让我感到一种巨大的抚慰。人类不该接管这样的时刻，只需要安静地做一个旁观者。

——节选自《冷漠》

余　烬

　　不止一次，我扛着满满一口袋山楂奔行在崎岖的山路上，狼狈且浮夸。可是有一回，我竟然感到脚步愈来愈轻松。起初我以为只是归家的兴奋抵消了一些重量，或者人生之路本就如此。直到有人喊住我——嘿，小伙子，你的口袋漏了！我急忙停下脚步转过身去，看到一个一个的红果，极富节奏地散布在过往的路上，像武侠小说里暗暗布设的记号。是的，上帝曾经向你掀起过命运的一角，抛洒过一个窥见生活真相的晦涩隐喻。

　　火，是我丢掉的又一个具象。

　　也许有人说，怎么可能呢？火，是如此的重要，天神普罗米修斯舍生忘死为我们盗取而来，世间从此有了光明。是的，我曾经离不开火：它把我的棉裤棉袄烤热，把房子熏暖，把食物烹熟，把黑夜照亮，把人心暖彻，皆我亲眼所见、亲身所感。梭罗说："劳顿的人在晚上注视着炉火，就会纯化白天淤积在他们思想中的残渣和风尘。"我也曾拥有过无数个这样的夜晚。

　　可是如今，如同月亮沦落为都市里一盏无奇的街灯，火也沦落为并不重要的角色。当电磁炉、微波炉代替了灶火，电灯代替了烛火，暖气空调代替了炉火，火就不再是必不可少的具象了。即便还有一些残存，我也能轻易地区分柴草的火与燃气的火，火柴的火与火机的火，或者烛火的光与灯具的光，炉火的热与空调暖气的热，甚至内心的温热与虚伪的寒暄。

　　我完全可以想象出没有火的生活了。

　　我曾经在一篇《雪地上的脚印》的文章里描述过母亲生炉火的过程，情形如同在重塑一个生命。有时候我想，除了不能行走，它与人何尝有本质的区别呢？烟在烟囱里穿行，等同于人的呼吸；火在炉膛里冲撞，如同人的心跳；废炉渣从炉膛里筛下来，形如人的排泄；而炉火上沸腾的水声，一定是它迫不及待的言语表达。在给予温暖方面，很难说它会比人类悭吝。

我依然记得那些冬天的早晨，偌大的世界仿佛只有被窝一个温暖的地方。这时候母亲会生起炉火，如同唤醒一位沉睡的故友。我真是怕极了那些冷，只好央求母亲倒提了我的棉裤，架在炉火上方烤热。又因为离火焰太近，空气中泛起一股淡淡的焦煳味道。我在急迫的催促声里完成穿衣的繁文缛节，就此开始一天的生活。

那时候，父亲离世不久，因为担心母亲夜里害怕，或者其他一些遮掩的理由，外婆就差玉英姨与我母亲同住。玉英姨是我小姨的结拜姊妹，两人同在镇上的果脯厂里上班，因为这样的便利，我经常可以吃到散装的山楂薄饼。那时的玉英姨只十七八岁，正是热衷于梳妆打扮的年纪，更因为身材高挑，皮肤白皙，竟不像是乡下的姑娘。而且，她还早晚抹一种"友谊牌"的雪花膏，藏在一个铁盒的锡箔纸下，散发出一种好闻的味道来。

"君君，快过来闻闻玉英姨香不香。"

我便扑进她怀里，凑到她刚刚洗过的脸上，闻那种桂花味的香。

那年月，停电的情形在溪坪司空见惯，一遇到风雨天气，村里的电闸就合不上了，非得等到风清日丽的光景不可。有一次，似乎因为要更换一个变电设备，竟然停了月余的电。那时正是我启蒙的年纪，玉英姨便燃起一盏煤油灯，在灯下教我识字和算术。我看见尖尖的火焰像一柄锋利的剑，青烟直上，如同剑下的一些灵魂出窍。母亲后来讲述我识字较早，大约与这些经历有莫大的关系。

不用识字的时候，玉英姨就会为我做夜宵——烤红薯片。她把红薯洗净，切成薄片，然后趁着炉盖子烧得通红之时浇下去一些冷水，"刺啦"一声过后，这所谓的烧烤器具就变得洁净无比了。薄薄的红薯片在炉火的炙烤下变黄变软，屋子里弥漫起一股馥郁的甜香。

停电的日子里，不会有人愿意躲在屋子里摸黑，总想着出去寻一些星光。倘或是暑伏时节，我们必然要出去撒野。我们去到祖母屋后的场院里玩耍，白日里榨油的余味缭绕，而傍晚时分灭熄的炉火还有余烬，祖母便把一些土豆扔进草木灰里埋起来，只是我们常常迫不及待，往往还没等熟透，就被我们掏出来吃光了。而这个时候，玉英姨会去约会，对象是我们村的电工阿城。他们毫无忌惮地坐在大路旁的石阶上，却说一些令人脸红的情话。

阿城真是顶会讨女孩子欢喜。他将一些用来缠绕电线的红色胶带送给玉英姨，心灵手巧的玉英姨则把它们变成一朵一朵的红花。

"君君你看，这些花，像不像火焰呢？"

"嗯，很像呢。"我同她一起笑。或许在她心里，阿城也如同一团火焰吧。

"他说会一辈子对我好呢，你说好不好笑？"她绯红的脸上漾着幸福的笑容。

虽然事情颇有些波折，但他们到底还是登记成了夫妻。自此以后，玉英姨就不在我家里住了，虽说就在我家的前院，但到底让我沮丧了许久。

后来的事情仿如电影，那时我已经是个三年级的学生了。一天晚上，我正在看电视，却忽然听到屋外人声鼎沸，而且分明有红光从窗子里透进来，贴着雪白的墙壁摇晃。

母亲急切地拉我出门，原来是玉英姨家的房子着火了。那是我第一次见到如此吓人的情形，火光如同一头羁绊不住的猛兽，直冲云霄，枣树和车梁树的枝叶在火的炙烤下迅速蜷曲，发出骇人的声响。我想，如果此时忽然起一阵风，那我家的房子可就要遭殃了。于是我趁着母亲不注意，偷偷跑回屋取出了我的旧烟盒和四角牌，紧紧地抱在怀里。

从来都是烽火为号，溪坪顿时变作战场，男女老少担着水桶从四处络绎赶来。漫天的火光里，我看到惊慌失措的阿城目光呆滞，一动不动。

很快地，火被扑灭。正当我庆幸没有风来的时候，却传出玉英姨被烧伤的消息。因为倒班的缘故，失火的时候她正在屋里睡觉，所以被火燎到了面部。几个月后，等我再见到她的时候，却几乎认不出了，她的半边脸像是被烤焦的塑料。

没有人知道这场蹊跷大火的原由，最早呼救的阿城也吞吞吐吐，语焉不详，于是只好不了了之。我起初以为这事就算完结了，却不想不久之后，阿城却同玉英姨离了婚。有几次我忍不住向母亲问起，却遭到严厉的呵斥。

后来的经历似乎无需赘述，我先是去到青岛求学，后来又来到北京工作。

就当我以为同火的具象缘分已尽的时候，却及时目睹了京城一次失火事件，据说是因为电线老化导致，同样的火光冲天，浓烟滚滚，我却有了另外一种心境。很显然，我并没有丢掉火，从来也没有。

最近一次见到玉英姨，是我祖母病重的时候。接到祖母病危的消息，我急切地跳上了回乡的火车。傍晚时分，当我出现在祖母床前的时候，她的病情竟有了一些好转。虽然依旧不认识她的女儿，却准确地叫出了我的名字。

我见到玉英姨站在那里，便过去同她寒暄。多时不见，她已然苍老了许多，我无暇也不忍问她的近况，只好聊一些祖母的病情。她说，近来祖母在昏睡里会说些吃语，几乎全是同一些已过世之人的对话。这情形虽然诡秘，我却想到了韩少功先生在《马桥词典》里的"火焰"一说，"火焰"似乎就是人的生命值的一种形象比喻，当一个人"火焰"低的时候（身体或精神虚弱）便会到达我们无法进入的一个空间，看到一些我们看不到的东西。

如我所料想的，祖母在我到家三个小时之后故去了。

说实话，先前的我，从来不会认真思考死亡，甚至避讳谈论死亡。即便早早经历过父亲和祖父的离世，我也只会觉得死亡是件遥远的事情。直到目睹了祖母的过世，使我终于有了谈论死亡的卑微资历和坦然心境。

人一旦身处广袤的空间，就容易思考一些深层次的问题，关于生与死的宏大命题常常无端涌上心头，这想必是我喜爱草原的正当理由，也是草原人豁达奔放的环境基础。不久前，当我在锡林郭勒辽阔的草原行走的时候，就忽然想到了死亡，禁不住思索死亡究竟是怎样的一件事情。是否如同一本书翻到了最后一页，或者如同一捧火抛却最后一点温暖，又或者如同一个星子闪完了，永远消失在暗夜里？不得不说，时间虽然残忍，却是这个世间唯一公平之事，死亡不过是对命运进行宣判的一次锤落，是挥向万般存在的手起刀落。

祖母离世的一刻，我欲哭无泪，只想去到屋外透一透气。我仰起头，望向寥落的夜空，仿佛看到一颗星子陨落了。而近旁的祖母的灶棚里，早已没有一星火光，可以适时予我些慰藉，心底里只余下一些诗句明灭不定：

求你，明亮的火焰，不要拒绝于我
你那切近的呵护与亲切的生命映像。
……
在你玲珑精致，散发光热的火堆旁，
世人可能围聚，而后沉入梦乡，
不再担心既往的忧伤前来造访，我们
则诉说着，身旁摇曳着那古老柴火的光芒。

而我分明感到，我的世界从此暗了一些、冷了一些。

芸 芸

1

你是否有过这样的经历?

有一天,我推着女儿外出,遇到一个四十多岁的女同志,她显然是我曾经认识的一个人,而且不止一面之缘,但恕我一时想不起来了。很显然,她也认识我,于是停下来寒暄,互道你好。

没有更多的话语。别过,我努力回想,却怎么也想不起来她是谁,叫什么名字?我们在何时何地有过怎样的交道?即便我扩大搜索的范围,时间回到大学、高中,地点回到青岛、淄博,对象扩展为菜贩、保洁员、网吧老板娘、图书馆管理员……甚至把她的面容想象成年轻的样子,却依旧一无所获。此间唯一的线索是,我仿佛与她有过一些不睦的经历,一次口角,抑或是一次意见的互不认同?却无碍我们相遇片刻的亲切之感。

我想,人的一生之中总会有一些这样的人,他(她)们或多或少地参与过你的人生,像是一幅素描背景的数笔勾勒,却因为层层堆叠而遁没不现,直到有一天,你忽然从反面发现了它们。

俄罗斯著名作家和思想家洛扎诺夫,以狷介和古怪著称。有一次,在送朋友去车站的路上,他看着大街上拥挤的人流,忽然质问:"莫非走在马路上的那些人,全都难免一死?这太可怕了。"

我也有过类似的"顿悟",就在那次"莫名"的相遇之后,我忽然思索:同根同源同种的我们人类,为何常常相向而行,却往往只是擦肩而过呢?绝不会轻易产生言语或者表情的你来我往，更不用说深入的了解和交往了。即便是那些有过一面之缘的售货员、服务员、快递员、驾驶员、乘客、顾客、食客、说客，不速之客……通常也只是过目即忘。如果你有幸成为达官显宦、巨富明星，那么更多的人将是你视而不见的行走的符号、有声的标签、无谓的定义，所谓的交往不过是逢场作戏，所谓的唱和更像是即兴表演。正如韩少功先生形象化的总结："他们是一些着衣的影子，一些游动的布景或飘忽的面具，其姓名如同假名，其言语如同台词，其服装如同伪装。他们让我们难以辨识也无须辨识，无法深交也不需深交。"

　　这也使我意识到一个小小的真理：越是普通的一件事情，其实越值得我们怀疑。它们通常以最普通的形式呈现，穿戴最好的伪装，却也隐藏了更大更深的秘密，更晦涩更诡谲的疑问。

　　其实我也知道，凭一个人的精力肯定无法做到同每一个相遇的人交往，甚而至于只是个简单的招呼。即便可能，似乎也得不偿失、大可不必。可是，这些"影子"和"面具"，生无可避地游走在你的世界，难道只是些生硬的视觉填空么，是否于人生毫无意义可言呢？

2

　　大概在我十五岁那年，有一次我去到山里摘花椒，那是溪坪最西边的一条山谷，它远离民众聚集的乡村生活，只消再走几步路，翻过山去就是另外一个叫作"海上房"的村庄了。

　　那时候的我，已经具备耕种劳作的丰富经验，总能准确盘算出完成一项农活的时间，如同写满一页稿纸，需要多少个汉字，多少个标点，几乎从不失误。可是那个地方实在太远了，偏偏年轻的腿脚又让我过于自信，把"远"想近了一些。而且夏至已过，分明一日短过一日了，而我却未曾察觉。我眼见着天一点点暗下来，而我还余下一个枝条没有摘完。这让我十分为难了，如果我即刻打道回府，天黑前是能赶到家的。否则，就势必要走一段漆黑的山路了。像这种三面围山的村庄，天说黑就黑了，根本不会同你打招呼。

最后，我还是决定摘完再走——我讨厌留下一点尾巴，这会影响我在心底里的悄悄庆祝，使我无法同别人那样理直气壮地宣告一项农活的完结，而且这么远的路，实在不值得我再来一次了。

摘完的时候天已经擦黑，而我这时才有闲暇专心想害怕这件事情，结果当然是更加害怕。白日里苍翠葱郁的树木此刻变成许多模糊的剪影，呈现出张牙舞爪的可怖面目。草丛里虫声四起，在我听来却如同警戒的呼号，让我愈发紧张。

终于出了山谷，天也回亮了一些，这让我稍稍松了一口气。我小跑着穿过一片高粱地，却忽然看见前面不远处的一个人影。我的心几乎要跳出来了，幼年时听怪力乱神，鬼怪通常都是这般现身。可是我没有选择，只能笃定那是一个正常的人，于是加快步子追上去。

随着距离越来越近，我渐渐看清楚那是一个比我大不了多少的姑娘，扎着粗粗的马尾，穿一件花布衬衫，挽着一个半大的箩筐。至于里面装有何物，我看不到，也不重要。那时的我认识溪坪的每一个人，而她显然不属此列。更为奇怪的是，她自始至终也没回过头来看我一眼，只是悠然自若地走自己的路，而我也就这么跟着她回到了村子。

那是我生平第一次深切感受到来自一个陌生人的温暖力量。

后来我隐约知道她叫于芳，是山谷那边的海上房村人，有一个表姨嫁到了溪坪。我猜测那天她翻山越岭只是采药，却同我一样误了时间，只好去到表姨家里住一晚。

那个夏天过完我就到县城读高中去了，之后似乎在某一年的寒假里遇见过她一次，记得她身材匀称，面貌十分秀美，更为难得是她皮肤白皙，这在乡下里是不多见的。再后来镇上办了个广播站，其中一个播音员就叫于芳，声音极为悦耳动听，只是我再也没有见过她。

3

我们言说某人，通常会称呼他（她）的名字或者绰号，从某种意义上说，名字和绰号没有本质的差别。据百度百科的解释：人的姓名，是人类为区分个体，给每个个体给定的特定名称符号，是通过语言文字信息区别人群个体差异的标志。

说实话，我不是一个对姓名敏感的人，而且随着年岁的增长，记忆力也开始减退。有时同旧友攀谈，往事叙着叙着就记不起某个故人的名字了，如同一件旧物丢掉了它的标签。因为工作的原因，我的手机里存有几千个人的号码，有些只是一面之缘，或许将来也不会再有什么联络，互留电话不过是客气的寒暄。甚至有些人，我已不记得同他见面时的情形了，莫名其妙地存了号码在手机里。这迫使我学乖了，开始机警地背着对方备注他（她）的单位或职务。我希望每个名字和号码都有实际的所指。

而有时候，我的手里只剩下一个标签。

自女儿出生，母亲就一直在北京帮我们带孩子。虽然无暇回去，但对溪坪的日常，她总能通过各种途径获得，然后细致地同我分享。比如，她会为某某（乳名）被同学欺负而辍学在家表示愤愤；会为某某因为领养的儿辈不孝而自挂东南枝感到悲凉；也会为不能亲临某某女儿的婚礼怀有歉疚和遗憾……可是她提起的那些名字，我却常常记不起来。我已经想象不出这些名字背后的那些具象和细节，它们之间的勾连被时光生生割断，再也揉捏不到一起。而我也禁不住开始怀疑，是否当熟识的人、熟悉的名姓渐渐老去，最终被陌生的晚辈、陌生的名姓占据，溪坪就不再是我的溪坪？

4

对名字的不敏感还表现在我经常搞混一些东西，比如分不清栀子与茉莉、洋姜与向日葵，还曾把狍子臆想成熊的样子。我忌惮那些音译的长且怪的名姓，比如记不住神山南伽巴瓦峰和加拉帕戈斯群岛，记不住《旧制度与大革命》的作者托克维尔和《A River Runs Through It》的作者诺曼·麦克林恩的名字，当然，我猜测怀此"病"患者不在少数，这可从满井那里得到印证。

满井是我的发小，因为小时候爬树掏鸟窝跌下来，从此成了瘸子，大概也因此一直未得娶妻。多年前我同北京的朋友说起家乡的野花野草，夸下了海口，只好电话里央求满井帮我寻一些别致好看的乡野之花。

后来，因为祖母的病我回过一次溪坪。满井一大早就到我家来了，见我还赖在床上不起，就站在院子里同我母亲拉呱。我穿衣出门，见到台阶上一只旧箩筐里盛着几盆花，才知道是满井专门给我送花来了。

尚君，你看这些花别致不？

我近前来看，有一盆开着雪白的花，是大花溲疏；有两盘是常见的山丹丹花，学名叫斑百合；还有几盆俗名酸溜溜的酢浆草。最后，他指着一盆开得正盛的花说，这是我托小舅子从铜鼓集市上淘来的，说是叫什么并蒂莲。

我见那一盆花，墨绿色的一簇叶子中间擎着一根细细的杆茎，顶上对开两朵大红的花。哪里是并蒂莲，分明是一株司空见惯的朱顶红，而且我严重怀疑是他把马蹄莲错听成了并蒂莲。

满井对我的纠正和失望浑不在意，憨憨地辩解说，大家都这么叫嘛！

即便如此，我不得不感激满井的用心。回城之后，我特意打电话向他表示感谢，却不想听到了一件悲伤的事情。他告诉我说海上房的于芳死掉了。据他说于芳的男人几年前就死了，他原本是要追求她的，而且于芳的表姨已经答应帮他的忙了。我的脑海里浮现出二十年前的那个黄昏，愣愣地听完他的叙述，心里充满了悲戚，又能怎样呢？我只能劝慰他世事难料，美好的愿望未必都能如愿。

5

就在前几天，我去济南参加一个水文化的专题研讨会。上午的会议结束，我刚走出会议室，忽然被一个女同志叫住了。

"嗨，你是峨乡溪坪村的尚君么？"她满脸堆笑地问。

我点点头，心里却十分诧异，毕竟在远离故乡的所在，有人准确地道出了你的生养之地是一件奇怪的事情，而且我从来不是什么名人。然而，接下来的对话却让我有些惊骇了。她说："你记不记得我，我是于方啊，二十年前，我在你们峨乡当过播音员的,我还收到过你的投稿呢。"

我顿时生出一身冷汗。于芳?这怎么可能呢?满井分明告诉我,与我同行过山路的于芳已经死掉了,为什么又忽然冒出来一个于芳,而且我眼前的于芳,皮肤黝黑,眼窝深陷,鼻子左侧还有一颗硕大的黑痣,这莫不是开玩笑么?

然而片刻之后,我就确定她是广播站的于芳了。她的声音是独特的。

经过一番"对证",我终于明白过来一个事实。所谓的于芳,其实有两个,一个是与我同行过山路、满井追求的"余芳",一个是曾经的峨乡广播员、站在我眼前的"于方"。而且不久之后我从母亲那里得知,海上房的余芳其实是个哑巴,这倒是让我找到了满井追求她的合理性。

于方热情地邀我喝一杯咖啡。经过交谈,我越来越确定二十年前我们相遇过。据她的描述,事情是这样子的:一个大雨天里,她去到溪坪办事情,正好看见我爬到一户人家的院墙上摘苹果,而我见到她后忽然翻下墙去跑掉了。她说的这件事情我是记得的,但如果让我来叙述,事情应该是这个样子的:那是我同学李国胜家的院子,因为他总是骚扰我暗恋的女孩,所以我就挑了个无人出行的雨天,企图给他家造成一些损害。其实我也没想好是要偷几个果子,还是彻底毁坏他的果树,我当时害怕极了。这时忽然有人踏雨而来,穿一件黑袍样的雨衣,生了一张黑黑的丑脸,顿时吓得我逃之夭夭了。

当然这是我心底的叙述。

望着眼前的"于方",我忽然不知所措起来。说实话,我不知道二十年前,如果不是她的出现,我会做出怎样的事情。更不知道,她的出现对我之后的生活产生怎样的影响。我想,恐怕不是一个果子可以概括和定义的,所以我也永远不会知道,过去的二十年,我的生活,究竟会更甜一些还是更酸一些。

花　语

母亲买早餐回来嘀咕了一句，原来是小区传达室换人了，由原来的一个小青年换成了一个花甲老人。"这种活就该让我们这把年纪的人来干，小年轻没这个耐性。"我"嗯嗯"表示同意。

出门的时候我特意向传达室里瞅了一眼，只见一个六十来岁的男人正在看报。头发花白，净面无须，戴一副与他年龄不太相称的金丝边眼镜，衬衣的扣子整齐地扣到最上面那颗。

"呵，上班呢？"

"嗯……啊！"我尴尬地挥了挥手。

别人都喊他老郑，时间一长，我对他也多少有了点了解。他本是陕西宝鸡乡下的一名教师，三年前老伴去世了。儿子怕他一人在家没人照顾，又怕他触景生情，就把他接到北京来了。听邻居说，他儿子是某某公司的总经理，就住在我们隔壁的小区里。

那天，我去传达室取信，见他在看秦腔的唱词。我说："郑老，研究艺术呢？"他呵呵一笑："什么研究不研究，接受点艺术的熏陶。"我说："你这是老有所乐啊。"他一摆手："咳，乡下人到老都闲不住，两天不工作就浑身不自在。"我这才知道，是老人闲不住才找了这么个活干。

我们漫无边际地聊了几句，他送我出门，顺便叫我看看他栽培的花。只见在传达室的墙根下，大大小小摆了十好几个"花盆"，有废弃的搪瓷缸，有半截的矿泉水瓶子，然而所谓的花一概只是手指长的嫩芽。郑老指着一盆略显枯黄的说："你看，这棵多么乖巧，一定能开出好看的花来。"我听得愣愣的，他赶忙小声解释道："这花啊，跟人一样，得鼓励。"

一天早上我出门，看见他正对着那十几盆花唱秦腔呢。

"同舟共渡非偶然,千里姻缘一线牵;西湖雨后风光鲜,柳雨桃烟好春天;游湖人儿细赏玩,你看那月老祠堂在眼前……"后来我才知道唱的是《白蛇传》的片段。

他见到我,停了唱,过来拉我去看他的花。果然,所谓的花已经有模有样了,其中一盆还开了紫色的花。

我说:"郑老,戏唱得不错,花养得也不错啊。"他呵呵一笑:"戏唱得好,花就长得好嘛。"我又纳闷了:"这有关系吗?"他说:"当然有关系,这花呀跟人一样,它是有思想的,你对它好,它才长得好。来来,你看这风信子,开得多漂亮,都是我唱秦腔的功劳。都说北京的风信子难开二季花,我才不信邪呢。"我越听越觉得郑老不简单。我们天天忙忙碌碌,疲于奔命,什么时候考虑过一朵花有没有思想呢?

我回头专门上网查了风信子的资料,才知道风信子是冷凉地区的植物,由于北京夏季温度较高,很难开出二季花来。等一季花期过后,若要再开花,还必须剪掉之前的花朵。

日复一日的忙碌,使我早就淡忘了郑老的豪言壮语。一天早上我出门买早餐,郑老突然把我喊住了。我回头见他和一个年纪相仿的女人在侍弄花。他朝我挥挥手:"尚君,我的风信子开出二季花来了!"我一听来了精神,难道花果然有思想,听听秦腔就能开花?我想过去看看,却突然觉得没了必要。我对郑老说:"恭喜你啊!"郑老呵呵笑了半天,这才转头忙碌起来。

回去的时候,我突然觉得花一定是有思想的,听得懂念唱,听得见私语,谙熟人情冷暖,彻悟自然造化,兴许比人的思想还要高超。我又猜测那个女人的身份,说不定是郑老新找的心上人呢,我真是替郑老感到高兴。

进门的时候,突然想到风信子的花语:代表着重生的爱,忘记过去的悲伤,开始崭新的爱。这或许也是一朵花的思想吧。

消失的匕首

直到现在，我对精致的利器都怀有一种复杂的情感。

或许人人都有一个武侠梦，我从小的理想就是得到一柄宝剑，然后开始劫富济贫、仗剑走天涯的人生之路。说实话，那时候的我，无法想象没有一柄剑的人生，如同没有情人的私奔，注定到不了天涯，也注定会走向万劫不复的孤寂。最不济也要有一把带鞘的匕首，我不会轻易露出锋芒。我不喜欢刀，刀没有对称的美感，也无法兼容我的个性。

我年少时常常起早同母亲去山里劳作，为了节省时间，往往要起个大早摸黑行路。有一次，我们去山里摘柿子，黑黢黢的山里，各种树木的剪影，因为缺少细节而现出森然欲搏人的姿态。秋月西沉，玉露生寒，没有风声，没有虫唱，我也从不奢望从露水里发现卑微的一点光亮或者安慰。寂静有时比嘶吼更加让人害怕，它会让你感到身无凭借、无处藏躲。因为忌惮黑夜里一些未知的东西，我特意揣了一件所谓的防身器物——一把切豆腐用的刀，白铝的质地，几乎没有刃，完全跟利器沾不上边。为了使它看上去更像是一把匕首，我还特意在它尾部的孔隙处系了一条红绸带。不得不说，在那个秋露凝重的瑟瑟清晨，我第一次感受到一把刀传递出来的温暖。

那是个叫作溪坪的地方，我整个的孩提时代就是在那里度过的。它地处鲁中山区，属泰沂山脉北麓的中低区，地形逼仄，土地贫瘠。准确一点说，溪坪是一个完整且独立的村子，掩映在一条三面皆山的山谷里，余下东方敞口的一面，一条叫作荆溪的小河蜿蜒流过。

溪坪村北有山名曰吊河顶。据载，早年山上曾发现嵌在石头里的铁环，相传为远古时用来系船之用，加上"吊河顶"如此暧昧的称谓，赫然是沧海桑田的有力物证。然而稍有常识的人都清楚，我国人工冶铁大致始于东周时期，其时溪坪所在的齐地，"尊王攘夷"的口号早已喊响，稷下学宫想必也已人头攒动。我年少时曾与伙伴们攀上吊河顶多次，传说中的铁环遍寻不到，只在一处岩石上见到一个圆形孔洞，想必就是传说中的"系船"之地了。后来几经寻找，又在一处更高的地方见到埋设在大石里的铁件，其上有数字和字母的组合编号，想必只是测绘所用的标记罢了。

在我看来，溪坪可称得上世外桃源了。虽说家家户户都有院落和大门，却常常只是搭一把锁，其功用大概只是防止禽畜"串门访友"，或者也有一些装饰的用途，毕竟没有大门的院子多少有些奇怪，而一块"幸福之家"的牌匾就气派多了。更有甚者，只是用一些荆棘圈在院子的四周，再植一点花草，权作一隅领地的素笔勾勒。所有这些是否可算作夜不闭户的样本表达呢？乡下人没有什么贵重物件，丢了捆柴的绳索或者担粪的箩筐，大概也不会心疼，拾到的人自也不必归还。至于劳作的用具——镰刀、机凳、杆钩……完全可以堂而皇之地在野地里过夜，需要的人随时可以取来应急，绝没有事前征得同意的意识和必要。所有这些是否是另一种境界的路不拾遗呢？

我十四岁进县城读高中，一个月才能回溪坪住一晚；十七岁去到另外一个城市读大学，就只能利用寒暑假期与故土亲近了；再到如今，我在北京安家落户，因工作诸事常年不得回去。毫无疑问，我与溪坪渐行渐远，它注定会沦落为我生命里一个琐碎的意象。这是我后知后觉的履历里，为数不多的被及时察觉到的一件事情。

我想，即便我不失去它，它也会失去自我，如今的溪坪，早已不同往日了。

只是，无论溪坪的样貌如何变迁，在我的记忆里就只有一幅固化的图像，比如它会包含以下的意象：沉溺于原生态和后进；盛产茅草房和斑驳的土墙；钟情柴草垛和咸湿的猪圈；排斥整洁和秩序……那时候，通往村外的唯一道路总是一成不变，遇到雨天就泥泞不堪，雨过天晴，厚厚的胶泥被太阳晒干，直愣愣地戳在地面上。我们踩着汽车碾出来的花纹辙痕去荆溪里摸鱼，也会背着父母逃学去河边上游泳。那时的荆溪还没有桥，全凭几块首尾相继的水泥板渡河，遇上伏天里洪水泛滥，在镇里上学的孩子就要大人背过河了。好在溪坪人朴实本分，没有逞强的愣头青会强行渡河，自然也就没人被洪水掠走。而我们小孩子喜欢看水,一律擎着雨伞在岸边看人过河,及至见到上游漂下来一些瓜菜、皮鞋、破烂的水桶,就兴奋地一阵叫喊。

我那时年纪尚小,依旧在村里读低年级。作为班长,责无旁贷掌管着学校大门的钥匙,每日里必最早一个到校开门。巴掌大的院子里,种着许多蜀葵,但因为听闻蜀葵易招蛇,所以并不喜欢。院子西侧有两间房,却不知怎的用石块砌住了门窗;东侧是一个刷成绿色的窄门,常年保持关闭的状态,近旁胡乱堆放着一些废弃的胶皮管。只有北向的一排旧房子作为教室和办公室,却因为早年做过一段时间的仓库,弥漫着一股浓浓的汽油味儿。教室对面是高高的围墙,贴着围墙有一排笔直的侧柏,偷翻院墙时可做极好的凭借。出了大门,是几棵粗壮的毛白杨,高耸伟岸,绿荫蔽日,每到黄昏时分便有无数的麻雀在树上聒噪,只闻其声,不见其形,我怀疑它们是在开什么讨论会,或者是如同小人书上的"诸葛孔明舌战群儒"。

大约在我三年级的一个早晨,我惯常早起去开门,却见到许多人如麻雀一般围着一棵杨树聒噪,我用尽气力挤进去,赫然发现一把匕首扎在树干上。奇怪的是匕首并没有穿过任何的书信或者纸片,这多少与电影里的情节有些不符,如同一个晦涩的隐喻扎进溪坪的身体。我相信溪坪没人有那样的臂力,可以徒手把一把匕首扎进一棵合抱的树里,无论那把匕首如何锋锐。

你完全可以想象,这件事情——发生在平静的溪坪,会是多么荒诞、多么轰动。然而奇怪的是,并没有人报警,而且匕首也在那个闷热的午后悄无声息地消失了,只余下树上一处并不显眼的刀疤,如缄默的口。第二天,已经没有人谈论这件事情了,仿佛有人夜半里下达了守口如瓶的命令,以至于使我一度怀疑,这是否是一件真正发生在我生活里的事。说实话,我曾有过得到那把匕首的闪念,但隐隐透出的一丝不祥的气息让我望而却步。至于匕首去了哪里,似乎没人知晓,我也只是偶然从傻子阿香口里听到一个答案:它被一个没有婆娘的人拿走了。

我隐约感到一件大事离溪坪越来越近,我开始无比留意溪坪的变化。可是几个月过去了,偌大的村庄没有人失去一只胳膊或者一条腿,哪怕是一绺头发。唯一死去的那个人也属于寿终正寝。这多少让我有些沮丧,我甚至会恼羞成怒地幻想：也许有人的确丢掉了身体的某个部分，但隐在层层的衣服后面，决计不会让人看出来。只是后来，任凭我如何追忆，也没有排查出哪个男人说话的声音变得尖细，或者胡子变得稀疏。

后来，渐渐地，我把这件事情忘却了，毕竟成长路上从不缺乏新奇的见闻。等到再想起来，已是近来的事情了。那天，在我百无聊赖回忆过往的时候，忽然毫无来由地想到了两个人的死亡。

一个是我外公同母异父的弟弟，我称呼他二姥爷。那是个喜欢喝酒、终生未娶的黑瘦的男人，常年在外务工，每隔一段时日就回到溪坪来，由我外婆炒几个菜，孤独地喝几盅酒，然后借着酒劲说一通混账的话。说实话，除了喝酒骂人这件事情，他并没有什么别的劣迹，而且还时常给我带一些县城里的吃食，只是我对他从无好感，且还时常与他拌嘴。后来在我读初中的时候，就忽然传来了他的死讯。据说是醉酒后去放羊，失足跌进河里淹死了。我母亲小时候被他照看过，因此殡葬的时候哭得极为伤心，而我，不知怎的，竟也莫名哭出了一些哀戚。

另一个是我本家的一个长辈，年轻时被人怂恿，夜晚跑到荆溪河边偷看女人洗澡。那时正是"严打"的时期，经不住同伴们反复的恫吓、调侃，竟成了精神病。那时的我上下学必得经过他家，常看到他双手提着裤子，无头苍蝇般焦躁地在院子里做布朗运动。我因为害怕，每回总是先探出脑袋看一看，然后一下子跳过去，仿佛那里有一束伤人的光，随时可能击中你脆弱的神经。因为没有成家，他一直同鳏居的长兄一起生活，却常常传来他们打架的声响。后来有一次，他同兄长去山上摘山楂，莫名从树上跌落下来，竟就摔死了。

说真的，我无法说出两个人的死亡同匕首现身的那个早晨有什么勾连。事实上，偌大的溪坪，也没有一个人对两个微不足道生命的逝去表露过半点的疑问，很显然，他们的生命终结于意外，却死得其所。

如今的我，早已过了"仗剑走天涯"的无畏年纪，我不再需要一把长剑或者带鞘的匕首，甚至对黑夜和寂静也有了更深的理解。我开始懂得白天并不会比黑夜更安全，如同平静的溪坪永远不会排斥隐秘的事情发生。

我明显地察觉到了那个阴谋，自己正在失控般从尖锐走向圆滑，从单纯滑向狐疑，我不得不接受这样一个事实：曾经温暖的匕首消失了，再也找不回来了。

蓝色翅膀

不知为何,我至今仍对那件事耿耿于怀——一场风无缘无故吹走了我的斗笠,像一个并不高明的玩笑。

那时候我大概五岁,与姐姐一同随外婆去山上摘花椒。外婆那时还很年轻,但一直有浑身疼痛的毛病,所以那是我记忆里她为数不多的上山劳作的情形。盛夏时节,白日漫无目的地悠长,我禁不住烈日的炙烤与蝉鸣的聒噪,便早早地嚷着要回家。因为半途上有一段悬崖边上的路,外婆不放心,只好罢了手里的劳作带着我们回家。然而,就在我们行至悬崖边上的时候,忽地起了一阵风,竟吹走了我的斗笠。

我像是毫无征兆地被人弹了一下脑壳,就见着我的斗笠,在空中翻了几个跟头,然后像一片树叶一样越飞越远,直到被悬崖半空里一片斜坡上的荆棘勾住。我被这出其不意的一幕惊呆了,愣在那里半天没有动弹。

我真是懊恼极了,我应该老老实实把绊带系到下巴上去的,是我小瞧了烈日下的风,于是风及时地报复了我。它精心选择好地点,果断地下手,准确地把我的斗笠抛到了一个无比尴尬的地方。说实话,当时如果我攀着绳索探下身去,并非没有够到它的可能,但我那时太胆小了,我不想为它冒这样大的险,尽管那是我的斗笠。

"算了,回头让你姥爷赶集的时候再买一顶就是了。"外婆说道,显然她也束手无策。

那是我专门从集市上挑选的一顶斗笠,于我有着特殊的意义。那天,在我斗胆向母亲提出要买斗笠的时候,她出乎意料地说:"是该给你买一顶斗笠了!"是的,有了自己的斗笠,就意味着我不再是一个小孩子,至少可以算半个劳力了吧。可是母亲带我转遍了整个集市,也没找到孩童款的斗笠,只好买了一顶大人的。我把它戴在头上,分量轻轻的,是用苇篾子编成的。

现在好了,我必须与我的斗笠告别了。我想,它最终会在烈日和雨水的反复作用下慢慢腐烂,同大地连在一起。它是否想到会死于一个玩笑或精心策划的阴谋?

外婆是裹过小脚的人——我怀疑这也是她不务农活的原因之一,又加上我情绪低落,因此回家的路走得极其漫长。等到了家,收拾妥当,外婆又差我去买盐。这是我极喜欢的差事,多余的钱可以买一包瓜子或牛皮糖。等到我蹦跳着来到小卖铺的时候,却看见许多人拥在那里争吵。我走近前来,见到一个人被围在中间,却因为戴着一顶斗笠看不清他的脸。然而很快地,在一帮人推搡之下,斗笠掉落,我认出来那是阿城。

我忽然联想到了一件事情。那是不久前的一天,他忽然来找我的外婆,先是站在门口寒暄了半日,终于低声对我外婆说:"婶儿,我有个事要同你讲讲,我最近很害怕。"外婆似乎早有准备,拉着他进了南屋,同时支我去院子东头喂一喂羊。我佯装答应,却是趴在门上偷听他们讲话。他们的声音很小,努力了半天也只听到玉英的名字。玉英是我小姨的结拜妹妹,一起在镇上的果脯厂里上班,平日里喊我外婆干娘,亲如母女。

回到眼前的景象,我看到他们很快从推搡变成了扭打,而且认出其中一个是玉英的表哥,这基本印证了我的联想。他们三拳两脚就把阿城打倒在地,然后对着他猛踢猛踹。奇怪的是,周围的人虽然都罢了手里的活,却只是停在那里观看,并没有一个人上前制止。而我,突然不受控制般地冲上前去,使劲掰开那些粗壮的腿往里挤,我分明听到了围观人的惊呼与急促的脚步声,但我一点也不睬这些。因为他们并不知道,那顶正在被踩踏的斗笠,正是我那顶被风吹走的斗笠,我清楚地看到了上面的标记——一对我用圆珠笔勾画出的蓝色翅膀,像两条蓝色的火焰。

宝　藏

　　我小时候喜欢埋藏一些东西。三两枚锈迹斑斑的铜钱，一沓方正的四角牌和旧烟盒，或者还有写给暗恋的女生的字条，郑重地装进一个旧的铁皮盒里。这大约是人的通性，也是所有动物的通性。依我看来，贵重的东西就应该埋在地底下，那里最安全，也最可能接近不朽。至于埋藏的地点，有我家院子的杏树底下，有山上责任田的地头，还有一些挖空心思想出来的角落，好教他人休想找到。然而，也许太过用心，结果到最后常常连自己也忘记了。

　　人，总是这样，算计别人的时候太用心，到头来往往把自己也给算计了。

　　说实话，我从来没有预想过什么时候会把它们再次挖出来。但我知道，总有一天我会需要它们，因为它们弥足珍贵。即或将来我不记得，那也没什么，溪坪的大地生养了我，我总该回馈点什么不是？

　　那时候我是村子里的孩子王，常常是我还没起床，小伙伴们就三五成群地进到我的房间里，一律坐在小板凳上等我醒来。我也总是很仗义，偶尔让他们参与一些不很重要的埋藏。

　　可是对这些，满河却向来嗤之以鼻。

　　满河算不上我的朋友，至少不是要好的朋友。我们都觉得他来路不明，就像一件商品没有标签一样。尽管我们伙伴之中也有一两个是抱养的，但大家都晓得来龙去脉，而且亲生父母的居所也不会太远，总还定期假扮成五花八门的亲戚上门探看。可是满河不一样，他的母亲是外来的，没有人知道她的来历，也听不懂她的讲话。据说是十年前的一个冬天，她企图跳河，恰巧被经过的方亮叔救了下来。之后不久他们结了婚，又过了几个月，满河就出生了。

　　这是大家都知道的秘密。

那时候正热播《外来妹》，偏巧满河的娘又同主演陈小艺有几分相像，我们便私底下为她取了个"外来妹"的新称呼。

因为这些经历，我们都对满河抱有偏见，他也因此不合群。我们捉迷藏、玩弹弓，他就远远地靠在柴草垛上，抱着一件不知从哪里得来的毛绒玩具，已经脏得失了本色。他远远地偷看我们，一旦目光与我们相遇，就飞快地躲开。这种羡慕的眼神只会让我们玩得更加起劲。过年了，我们都要走姥姥家，穿着新衣服，拎着大包小包的吃食。而他呢，他没有姥姥姥爷，也没有舅舅姨娘表哥表姐。很显然，上帝忘了把另一半重要的东西给他。

"你们这个算什么宝贝，"他说，"我爸埋的才是宝贝呢，祖传的宝贝！"

说完他马上意识到失口吐露了一个天大的秘密，我分明看到懊悔及时惩罚了他。可是当我们起哄说他撒谎时，他又极不甘心地奋力辩解："反正我是听我爸亲口说的，你们不信拉倒。"

"不会是你爸做梦的时候说的吧？""就是，什么宝贝啊，我看是婆娘的红裤衩。哈哈。"满河不再辩解，也不离开，只是歪过头去不再看我们。我倒是有些怀疑"外来妹"兴许就是因为什么宝贝才嫁过来的。不管怎么说，以方亮叔的样貌，无论如何也是配不上她的。

不久之后，凡是有满河参与的埋藏都被"盗挖"了，我那些"珍宝"无一例外散落一地。我很有理由怀疑是他干的，但心底里总觉得这是一种理所应当的结果，这一下，我们算是扯平了。

关于满河口里藏宝的事情，我不知道别人是否相信，自己却控制不住对这件事有更多的关注。因为他家离我家不远，我会有意无意地往他家中眺望。有时候也会找个理由去到他家院墙外溜达。依我多年藏宝的经验，我想象不出，除了院墙根外还有什么别的藏得住宝贝的地方。偶尔，我会看到有泥土新翻的痕迹，免不了猜想是他们又挖了一些出来用掉了，实际上不过是准备栽种一棵椿树苗罢了。

此后不久，一件意外彻底把满河的生活撕碎了。在整修溪坪集体井塘的时候发生了塌方事故，造成两死，其中就有方亮叔。再后来，"外来妹"就带着满河改嫁了他地。那时我长了些岁，不免为此生出一些悲凉，但一想到满河在溪坪活得如此孤独，又觉得对他来说，未尝不是个好的结局。

无人居住的房子，很快就朽塌了，也不见有人来接管整葺，只是任其荒芜，如同溪坪身上的一块疮疤。这情形在早年的溪坪并不常见。我有理由怀疑其地下真埋藏了什么奇珍异宝。

自那之后许多年，我没有再见到满河回来，或许他对藏宝一事也是不信的，又或许从来就没有这样一件事情——所有的一切都是他凭空捏造出来的，这根本就是一个黑色的幽默。

就在我几乎已经忘掉这个少年的时候，溪坪忽然来了一个打铁匠。一个半百年纪的粗糙汉子，腰上系着一块油亮的皮质围挡，黑黑的脸膛将苍白的须发衬托得愈发显眼。随同他的是一个戴着鸭舌帽的少年，因为围着一条毛围巾而看不清他的样貌。虽说已近深秋，却还不至于如此寒冷。起初我以为是他身体虚弱的缘故，可是从他帮衬的架势上，显然不是。而且，话也不多，完全是在汉子的指挥下做事情。

母亲让我去打一把锄头，先前细小的锄头已经不合我的手势了。而我也正好可以近距离观察一下那位少年。并不算是意外，我看到了他眼角上的那条疤痕。是的，他就是满河，可我并没有戳穿他。

等到暮色四合的时候，我看到他们停了手里的活，收卷起了摊子。如我所料，满河没有跟着汉子出村，而是去到了他曾经的家——那一处荒芜的疮疤。只见他围着倾颓的院墙走了两圈，却仍旧没有进到院子里去。昏黄里，我分明听到了一声低沉的叹息。直到此刻，我才确定，此地是一直埋藏着珍宝的。

随着最后一抹余晖散尽，满河摘下围巾，对着旧居的大门深深地鞠了一躬。他似乎发现了夜色中的我，坚毅的目光望过来。而我，看见那个昔日的少年，口里衔着一尾卑微的稗草。

疑似脚印

回到老家的当晚，满井来找我聊天。从天擦黑一直聊到夜深，说是聊天，大部分的时候却是他在说，我更像是一个倾听者，言语也只是"嗯啊哦"之类的语气词。满井从村东聊到村西，从天南讲到地北，仿佛没有一件事情他不知道。我疑心满井有些神通，否则耳朵不灵光的他何以知道这么多的事情？

满井出生的那年恰逢大旱，所以周老爹给他取了"满井"这个名字。十二岁那年因为掏鸟窝从树上摔下来，一只耳朵失聪，另外一只听力严重受损。满井走后，我陷入深深的思索，最后的结论是：要么满井果然有神通，要么他讲的都是子虚乌有之事。

第二天起床才知道夜里下了雨，见槐树叶儿上还挂着水珠，想来是雨停了不久。我出门来，无意见到院门外的高台阶上赫然有一些脚印状的泥痕子，倘若果真是某人的脚迹，那他想必在此徘徊了良久，或许还曾踮起脚扒着院墙向里窥望过。是谁呢？因为昨天满井的事情，我忽然变得谨慎而警觉。他会有什么企图呢？这些年来村子里非但没有刑事案件，即便丢衣服、丢锄头这类的事情也鲜有发生，至于谁家的菜少了一棵，或者果子少了几个，则完全等同于没有发生，谁也不会在意。

中午时分，我到近旁的菜地里摘菜，竟又见到沿途的一串脚印，从柏油路旁的泥地上突然出现，经过一段矮矮的坡道，最后消失在绿油油的菠菜丛中。没有折返的痕迹，仿佛逃遁到地底下去了。我围着菜地转了一圈，见到少了几棵葱，新翻的泥土表明这是雨后发生的事情，极可能同那串不知所往的脚印有所勾连。如上所述，我向来对这类的事情视而不见，然而刚刚建立起来的警觉，却使我潜意识里对这件事情不能等闲视之。然而又如何呢？一点线索也没有。

　　吃过晚饭，满井他们喊我去村口的河里游泳，我欣然应允。月光下，我们赤裸裸相对，没有丝毫的羞涩，仿佛时光倒转回到了二十年前。同样是浸在水里，但心情是不同的，他们浸去的是一身的汗水和劳累。而我，浸开的则是对过往生活的怀念，打着怀旧的底色，既矫情又真诚，既脆弱又顽固。我低下头来，像韩少功先生那样见到月光在身体里流淌，仿如脱胎换骨一般。

　　折回的途中，我再一次见到了疑似的脚印，就在我们游泳之处不远的河床上，中间隔了半人高的芦苇一丛。我神情一震，半晌里说不出话来，直到满井咧咧地将我推走。

　　我忽然确信有人闯进了我的生活，他企图偷窥我的一切。譬如河床上的那些脚印，因为中间隔了半高的芦苇，无疑是最好的窥视的角落。甚至他还动了我的菜，向我传递挑衅的信号。

　　睡觉前，我把这些告诉了母亲，母亲却只是冷笑，在她看来我是神经过敏了。夜半里，我躺在床上辗转难眠，心想，或许母亲是对的，从来就不存在这样的一个人。清早的"脚印"或许不是脚印，菜地里的脚印或许只是个穿了父亲鞋子的孩子，拔了我的菜之后抄近路跳墙走了，而河床上的脚印，因为是在月光下，很难辨清是何时留下来的，或者只是哪家姑娘洗衣的时候踩出来的。

　　谁知道呢？在城市待久了，想必我敏感的神经已与这不设防的乡村生活格格不入了。

后来的知情人

文根是我初中时候的同学，同级不同班。初中毕业后，我读了高中，而他，因为照顾生病的母亲，只能辍学。

这次回老家，我给文根捎了两罐荷兰产的营养粉，他母亲因为脑血栓卧床多年，如今已完全不能自理。文根非要给我钱，我不要，争执了半日，最后我说，你不是倒卖二手书嘛，让我拣几本吧。

文根把一张旧床单铺在院子里，然后把几麻袋的旧书全倒了出来，小山包一样。我打眼看了一下，除了教科书就是作业本。我本就没期待能找到什么好书，只想拣几本抵得文根的谢意就成。

文根见我翻了半天也没拣出一本，急得直挠头。后来他儿子山木说，叔，我还藏着半袋子呢。说罢从灶棚的梁上拽下来一个编织袋。等倒出来一看，果然是些大部头的文学名著，有陀思妥耶夫斯基的《罪与罚》，有塞万提斯的《堂吉诃德》。我捡起一本《沉思录》对山木说，这可是总理常看的书啊。山木憨憨一笑，后来我才知道，这些都是他偷偷从收来的旧书里挑出来的。

我想，何苦"抢夺"孩子的书呢，于是随手挑了几本新一些的，余下的让山木收起来好好读。就在这时，我忽然瞥见一本没有封面的书压在书堆的最下面，好奇之下翻出来看，原来是路遥先生的《平凡的世界》。

这一下勾起了我遥远的回忆。

那时候，《平凡的世界》是校园里最畅销的书籍，我们班只有谢小东有一本，那是他在城里的表姐寄给他的。到后来几乎所有的同学都看过了，唯独他不肯借给我，我自始至终不知为何，到现在也还像个谜一样困扰着我。

我翻开书，竟见到扉页上歪歪斜斜的一个名字：谢小东。

我一下子呆住了，激动地拉文根过来看。你看你看，这是谢小东的书啊，谢小东，大长脸那个。文根嗯了一声，他并不知道我与这书的种种的渊源，自然不知道我为何如此激动。文根说，谢小东在镇上开了一家五金店，生意挺红火，一对双胞胎和山木一个班。

我随手翻了一下，又发现了一张纸条，是那种常用的田字格的作业纸，已经微微泛黄。我打开来看，同样的笔迹写着歪歪斜斜的两行字：晓涵，我是不会把书借给尚君的，谁让他骂你是胖妞呢。

我噗嗤一下笑出声来，十几年前的那个谜，如今终于有了一个温暖的答案。

再看，另一行写着：天知地知，你知我知。

我突然觉得自己像个不速之客，无意中窥看到了别人的隐私，并为此感到深深的不安。是不安做一个偷窥者吗？却又觉得自己是个名正言顺的知情人，多年的时光终于将本来的答案交还。想想那时候的爱情，青涩而单纯，那些郑重其事的喜怒哀乐，曾经那么真实地掠过我们的生活。

这纸条显然没交到"晓涵"的手上，一个谜解开，另一个谜继续，平凡的世界也许就是一个谜接着一个谜的，没有人知道所有的答案。

回到北京，我把那本《平凡的世界》摆在书架上最显眼的位置，而纸条，我把它装进信封里，用左手写了歪歪斜斜的两个字"晓涵"，放到妻子的梳妆台上去了。

雪地上的脚印

对乡下的寒冬,我至今都怀有一种恐惧,如果说有什么解剂,生炉火的情形该是其中之一。

母亲对生炉火之事驾轻就熟,她会把所有的引柴杂乱地丢在地上,最先是轻的柴草,然后是玉米芯,"哗"的一声从荆条筐里倾倒出来,再之后是干硬的劈柴和酱渣块被扔在地上,铿然有声。所谓的酱渣块,是把花椒种子磨碎炒制后榨油的存余,被压成短的圆柱体,形如缩小的磨盘,经了秋风的磨砺,变得坚硬无比,是比块煤耐烧许多的优质燃料。

待一切准备就绪,你会听见柴草弯折的清脆声响,它们在母亲粗糙的手掌中迸发出最后一点倔强。而暴脾气的火柴,总会及时发出压抑已久的怒火,最终引燃一炉子的温暖。

容我在此详述一下炉火生起的情形吧,这是我经历的最具烟火气息的温暖了。随着轻的柴草引燃,跳着舞蹈的火焰被塞进冰冷的炉膛,再覆上炉盖。这时候,会有数秒的沉默,你会看见淡蓝色的烟气从炉盖的罅隙里挤出来,上升,上升,最后堆积在屋子的顶棚上。片刻之后,你就会听见火——如同决堤的洪水,从烟囱里奔涌而出。

因我此时多半还在浅浅的睡梦里,所有的一切仅以听觉和味觉的方式传来,不免掺杂着些许梦境的飘渺,到底令此情此景有些想象的余暇了。

我闻到淡淡的呛鼻的味道,睁开眼看见蓝色的烟气弥漫在顶棚上。顶棚是用经年积攒的报纸糊就的,久之泛出鲜艳的古铜色。我那时已能认一些字,依稀记得有粮食增产和妇联大会的报道,除了几张《人民日报》和《解放日报》外,都是山东当地的《大众日报》,只是我那时还不识得那个繁体的"众"字。

我同母亲讲,这烟也懂得看报呢。母亲报以浅笑,却淡淡地说一句:下雪了，快起来看。我顿时兴奋莫名，于是钻出被窝趴在窗台上看雪。

母亲适时地把劈柴塞进炉膛里，火，像是不安分的勇士，在炉膛里左突右冲，弄出虚张声势的阵阵轰鸣。等到母亲把酱渣块塞进炉膛，生火的工序才算完结。她站起身来，扑打一下手，见到我光着膀子，便佯装出一副恼怒的样子，偶尔也会凑过来对我拍出"凌厉"的一个巴掌。烟气渐渐散去，屋子一点一点暖和起来。我照例先看到窗子上结成的霜花，当真是天工巧夺、千姿百态。我想，窗玻璃真是个神奇的东西，魔法般变出了迎风摇曳的芦花，晶莹剔透的火焰，绮丽别致的雀羽……一夜之间，造化如此惟妙惟肖。

我不忍毁坏了这美丽的霜花，只好从融化了一点的地方望出去。见得风烟俱净，天地皆白，俨有零星细碎的雪花飘落，更因为是在寒冬的早上，四下寂静，杳无人声。而窗台外显然已经有鸟儿光临过了，它们细小的足迹印在厚厚的雪里，使人颇觉意境深远，情趣盎然。灶棚上的积雪堆叠得如同新鲜的奶油，与棚子下面焦炭的黑形成昭然的对比，从颜色里渗透出来的冷与热的感官差别，会让人深思良久。伴随着将近年关的几声寥落的鞭炮声响，我看到苹果树上一团雪寂寂地跌落，正好落在树下的尿罐子里。我想象尿罐子一定结了冰，会在我尿液的冲击下不断变换声调，最后某处被刺出一个洞来，发出钝钝的声响。于是，冬天的早上变得绘声绘色起来。

有件事说来颇难为情，那时的我贪图省事，常常站在窗台上解决"小号"问题。这个冬天可真是冷啊，我拉开窗户，风便毫不迟滞地挤进屋里来了，仿佛它们对这个机会觊觎良久了。趁着母亲出门的空隙，我爬上窗台，头顶几乎磕碰到窗户的上沿了，或许我真的就要长大了。我一只手抓着窗框，开始对着窗外撒尿，热热的"金汤"，冲破形同虚设的纱窗，将触及的雪倾尽融化，冲出一条深深的沟壑来。

终于要起床了。母亲将烧得通红的炉盖挪开来，炙热的火苗钻进我的倒提着的棉裤里，将一切能及的线头烧焦，散发出一种好闻的焦煳味道来。

穿棉裤的过程简直是繁文缛节。母亲先是趁着热气劲儿将棉裤套在我的腿上，然后抓着裤腰的两边整个地把我提起来，悬空的刹那里，我感到身体慢慢滑落，最终沉陷在温暖的窠臼里。当然这还不算完，因为担心我冷，外婆会将棉裤的裤脚做得细而紧，于是掖裤脚也变成一项漫长而繁杂的工作，每回都会在母亲的一声叹息里结束。等到这些都就绪，照例是比身高。母亲说，麦收的时候还不如我高，如今竟然比我高了呢！母亲把这"呢"字拖得冗长，仿佛带着无尽的感慨。我低头瞅了一眼十几厘米厚的草褥子，咯咯地笑出声来。

我出门去，先是爬到鸡舍顶上看我刚才的杰作。我想，从窗户之外去审视，必然会有不同的体验，然而结果却索然无味。于是去看尿罐子是否如我想象般结了冰，而当苹果树上一团雪花毫无顾忌地钻进我脖子里的时候，我终于还是会心地笑了。

此刻的溪坪静寂无声，仿佛听得到雪落的声响，甚至青烟从烟囱里逃走的声响都清晰可辨。此种情况下，你必然能想象出一只鸡的尖叫会有多么刺耳了。我忙瞥一眼鸡舍，料想是某只蠢笨的鸡睡梦里从架子上摔下来了，或者是老鼠偷吃鸡食，惹了它们的惊吓。

然而，我分明见着一行模糊的脚印从院子门口一直延伸到鸡舍里去了。

娘，有人偷鸡呢！我瞬间做出另外的一种判断。

母亲淡淡地"嗯"了一声，拍打着手不紧不慢地从屋里出来。她绝不相信会有人偷鸡，因为在这个山沟沟里，绝没有人会偷鸡。即使谁家的鸡鸭鹅少了一只，也只会怪黄鼠狼嘴馋，或者鸡鸭鹅自己迷了路。

谁呀，快出来吧，里面多脏！母亲弯下腰朝鸡舍问了一句。只见一个年岁与我相仿的男孩子从鸡舍里钻了出来，头上顶着几根干瘪的麦草。我躲在母亲身后，看到他害羞地低着头，不断摆弄着棉袄的一角，而袄袖子上则抹着大片鼻涕结成的嘎巴。我禁不住笑出声来，因为我的袄袖子上也有同样的嘎巴。

母亲摸摸他的头，转身进屋取来几个鸡蛋，塞到小家伙的手里。小家伙显得惴惴不安，终于抬起头羞涩地看了母亲一眼，算是一种答谢。母亲说，快回家吧，小心冻坏了。小家伙讪讪地出了院门，转过满井家的屋角走远了。

我问母亲，那是谁，怎么没见过呢？母亲说，她也不认识，兴许不是我们村子的。我又问，那他为什么要偷咱家的鸡蛋？母亲一边去关鸡舍的门，一边漫不经心地说，谁知道呢？

　　是啊，谁知道呢！我也跟着念叨起来。

　　等我们进屋来，烟气已然不知所踪了，炉膛里的火也偃了声息，如人入中年，突然变得深沉且深刻起来。窗子上的霜花也不见了，只余下一些细密的水珠。窗外的风景渐渐清晰，阳光终于刺破云层，穿过窗户，扑进屋子里来，我感到整个世界顿时万丈光芒。

你来看此花时

我们调侃说,一个人从懵掉状态回转过来通常会问三个问题:我是谁,我在哪,我在干什么?而现实里,当人们从睡梦里醒来,多半也会自问:几时了?就是这几个司空见惯甚或令人忍俊不禁的疑问,却隐含着人生的一个宏大命题。

我想,存在感大概是人类永远无法剥除的一种属性,是我们挣逃不掉的一种宿命。我们无时无刻不被时间和空间的概念纠缠着包裹着笼罩着拘控着,如同蜗牛背负的重壳,既是一种局限和负累,却也是人生的仰仗。我想象不出剥离了存在感的人是什么样子,大概会像断线的风筝一样无所依凭,自生自灭。

人类似乎也从来没有中断过对这种存在感的究问,屈原在《天问》的开篇就问道:"上下未形,何由考之?冥昭瞢暗,谁能极之?"用现代文表述就是:天地尚未成形之前,从何处产生?明暗不分混沌一片,谁又能够一探究竟?

说实话,我曾认真尝试过想象宇宙诞生之前的样子,我渴望绘织出空间之外和时间之前的状貌和形态,可是我想象不出来。我可以接受空间的无限延展和时间的无限延伸——即便在那些浩茫的时空里我注定缺席——却难以接受没有一个确凿的源点,一个完满的起始,一个可以遮手远眺的来处。

七月的某一天,当我坐在喀什地区宾馆的窗前,望见夜幕慢慢合围的时候,仿佛忽地顿悟了(很可能是一种顿误)。我想,想象不出来的那些就是一种无,是一种亘古不易的寂灭。对于一个从来没有降生到这个世间的人来说,所有的一切就是一种无——彻彻底底的无,无边无际的无。同样的,对于一个行将故去的人而言,即便他可以潇洒地说一句"我曾经来过",也终究无法免于陷入这种令人绝望的无,陷于一种"最深邃的裂缝、最神秘的破碎、最难解的灭绝"(龙应台语)。

说到无,就不能不谈有。关于宇宙的万物构成,早在两千多年前,庄子和惠子就有过争论。惠子说:"至大无外,谓之大一;至小无内,谓之小一。"他认为宇宙中的万物是由最基本而不可再分的粒子组成。而庄子则认为,"一尺之捶,日取其半,万世不竭"。科技的发展终将慢慢揭开这神秘的面纱,人们发现了被统称为"费米子"的12种物质粒子(它们都各自拥有一种反物质粒子),它们归根结底是一个个的能量体,这也契合了质量和能量可以相互转化的事实。就目前人类的认知所言,物质再不能分割成比这些基本粒子更小的东西了。

据量子力学的观点,宇宙中的能量是不连续的,空间长度上有一个最小的维度,时间上也有一个最小的不可再分的时间。换句话说,我们的宇宙中的一切都可以看作是数字化的,理论上都是可被计算的。而物理学史上著名的双缝实验显示,一个量子尺寸的粒子只有在它被发射和被侦测屏障捕捉的时候才是存在的,其他时间,它们只是一种概率波。什么是概率波?我想,可以理解为一种消失,一种无。大而言之,量子力学导向的结论,就如同创立了主观唯心主义的哲学家乔治·贝克莱所说:"存在就是被感知。"没有感知或者观测,一切都不是真实存在的。

霍金在《时间简史》中曾说,宇宙大爆炸之后的宇宙膨胀速度如果有 10 的 18 次方分之一的误差,那么宇宙就将不复存在。而生命出现在宇宙中的概率更是微小到可以不计(据说大概只有 10 的 123 次方分之一)。

那么,我们如何来理解这种精确呢,这难道不是我们陷于一种巨大的设计之中的确凿证据么?我们的世界到底是一种真实的存在,还是只是另外一个宇宙创立的虚拟世界?如果我们的世界注定虚幻,那么芸芸大众的人生还有什么意义?

我想,人类或许远比自我想象的还要脆弱,或许永远都不可能触碰到所谓的终极奥妙。这种认知的局限是显而易见的,所谓的正途,很可能只是歧途。虚幻世界的设定似乎让人窥探到了破解生死难题的可能,但这到底也只是一种宏观的存在，似乎永远无法关照到每一个具体的人身上，使其拾获长生的禀赋。但我认为，这种绝望映照下的真实人生的喜怒哀乐其实更有意义。如同刘小枫先生在《沉重的肉身》里说的那样："个体命运是身体的偶在差异带来的。从来没有重复的命运，亘古至今飘落的每一片花瓣，都有自己不同的飘法和落处，因为每一个体的身体都是偶然的亲在。每一个体身体的偶在命运，都是亘古无双的唯一一次发生。"

我老家溪坪那个叫满江的花匠，是我的发小，他有个女儿叫二凤，从小就喜欢同他一起种花。八岁那年因为采集花的种子从悬崖上滑跌下来，一时间不省人事。虽被紧急送到镇里的医院，却被告知已无力回天，只好拉回家去准备后事。可堪称奇的是，她竟缓缓苏醒过来，没过多久竟又能自己蹦跳着上学了。

在那之后不久，我有一次回老家。傍晚时分坐在门口的厦子底下乘凉，忽然听到门外矮树丛后面窸窸窣窣的声响，我悄悄走过去探看究竟，就见到二凤站在一丛学名紫茉莉的花前，大概是在采那些像地雷一样的种子。

我静静地看她，并不想打搅她的兴致，直到她抬头望见了我，羞涩地喊了一声"尚老师"。我说，不用喊我老师，我不是老师。她却有点不知所措，之后怯怯地说，你要不让我喊你老师，我就不知道该喊你啥了。而我一时也想不起来让她喊我什么，只好报以一个无奈的笑脸。

你知道这叫什么花么？我问她。

知道啊，就是地雷花嘛。

你说得对，不过它还有另外一个名字，叫夜饭花。你看它一开花，就到了该煮晚饭的时候了。

她眼睛一眨说道，你看你懂得那么多，不是老师才怪呢。

我竟无言以对，只好继续看她采那些黑色的种子，直到手里再也攥不下，同我道别后欢快地跑走了。

我这才得以细细赏看那一丛紫茉莉，统统栽种在一座用废弃的红砖垒造起来的花坛里，大概是母亲有意栽种的。那么大一丛艳丽的花，我先前却没有发现。更因为刚刚下过一阵雨，花叶之上还带着许多细密的水珠，愈发显得娇艳无比。

忽然想到王阳明在《传习录》里的文字："你未看此花时，此花与汝同归于寂；你来看此花时，则此花颜色一时明白起来。"

所谓"一花一世界"，人生何尝不是一场赏花的旅程，我期望所有来此看花之人都能被花温柔以待，被世间的一切温柔以待。

冷　漠

读龙应台的《香港笔记》。她在香港大学做讲演的时候，谈到张爱玲笔下的冷漠。比如张爱玲写香港沦陷后的"欢喜"：

"我记得香港陷落后我们怎样满街的找寻霜淇淋和嘴唇膏。我们撞进每一家吃食店去问可有霜淇淋。只有一家答应说明天下午或许有，于是我们第二天步行十来里路去践约，吃到一盘昂贵的霜淇淋，里面咯吱咯吱全是冰屑子。"

休战后的张爱玲在"大学堂临时医院"做看护，她完全不动感情地录下悲惨世界的图像：

"病人的日子是修长得不耐烦的。上头派下来叫他们捡米，除去里面的沙石与稗子，因为实在没事做，他们似乎很喜欢这单调的工作，时间一长，跟自己的伤口也发生了感情。在医院里，各个不同的创伤就代表了他们整个的个性。每天敷药换棉花的时候，我看见他们用温柔的眼光注视新生的鲜肉，对之仿佛有一种创造性的爱……"

她写黑洞般幽深昏暗的人性，写人生的荒凉：

"时代的车轰轰地往前开。我们坐在车上，经过的也许不过是几条熟悉的街衢，可是在漫天的火光中也自惊心动魄。就可惜我们只顾忙着在一瞥即逝的店铺的橱窗里找寻我们自己的影子——我们只看见自己的脸，苍白，渺小：我们的自私与空虚，我们恬不知耻的愚蠢——谁都像我们一样，然而我们每人都是孤独的。"

我在大学时曾有一套安徽文艺出版社的四卷本《张爱玲文集》，淡绿色的封面，只是几乎没有读过。这些年来几次更换住处，早不知丢弃在哪只箱子里了。然而又确信是带在身边的。一个月前，恰巧有朋友要借，于是翻箱倒柜地去找，果然在一个堆放旧物的抽屉里找到了，却只有三本。龙应台提到的文字皆出自张爱玲《烬余录》一文，我翻开其中的一本，果然就有。龙应台说《烬余录》像是一个历尽沧桑的百岁老人所写，而当时的张爱玲不过区区二十四岁。

　　张爱玲的文字是极好的。旧的人，旧的事，旧的书页，人心也跟着变得沧桑起来。但自来没有无故冷漠的人，冷峻近于刻薄的文字不过是生活浸出来的悲凉罢了。龙应台到底还是有所保留，她虽然特地选取了张爱玲对待将死病人的一些情节，但没有写后来的事情：

　　"这人死的那天我们大家都欢欣鼓舞。是天快亮的时候，我们将他的后事交给有经验的职业看护，自己缩到厨房里去。我的同伴用椰子油烘了一炉小面包，味道颇像中国酒酿饼。鸡在叫，又是一个冻白的早晨。我们这些自私的人若无其事地活下去了。"

　　真让人感到一种彻骨的寒意。我虽一贯相信文字具有某种极端的魔力，但当这股寒意切切实实迎面而来直抵心底的时候，依然让人有种惊疑不定的错觉。其实，文字背后的那种冷峻倒还在其次，我之所以感到如此不安，是因为不久前，有人也曾说我人情淡薄，大概在他眼里我是一副封闭而又冰冷的样子。实话讲，对于这种冷漠我先前的确是察觉到了的，如今好了，两相对照，大概是确凿无疑了。

　　但我内心里偏又拒绝接受这样的判断。我曾问起过一些相熟的朋友，他们同我相处时的感受，竟一致说我很温暖，用流行的话讲当是妥妥的暖男一枚。这些判断虽不十分确凿，大概也并不十分离谱，至少在对待那些陌生人时我会有一种和善，而在一些投缘的人那里，我也常常有知无不言言无不尽的良好表现。所有这些让我心里有了几分底气。可是，到底也有一些人——其实也并不在少数，你同他心底里感到十分亲近，也觉得他和蔼可亲、公道正派，却在言语和行动上无法同他亲密起来，总觉得有什么说不清道不明的东西横搁在你们之间，以致没有同他谈起或谈下去的必要。如果这种谈话不幸演变成某一方的侃侃而谈，大概不免要陷入一种面目可憎的境地。这时候，冷漠就变得十分必要了——我何必担着事后懊恼的自责呢？

比起那种可谅的虚伪，我更愿意信赖沉默，使我永远站在边缘，随时有抽身而去的自由。我真是受不了那种无话找话的尴尬，让人感到羞愧。于是内心里断定，这种拒斥虚伪的心理导致了沉默，而言语的沉默又导致了内心的冷漠——也许这就是我在某些人眼里的样子。

同样的，我似乎越来越不会同情了。四川茂县发生山体垮塌的当天傍晚，我们就赶到了现场。昏黄的暮色，熙熙攘攘的人流，太多的拥挤，却没有一点热闹——所有的人都保持着一种克制。说真的，我没有感受到那种巨大的切肤之痛。我不知道拥挤的人流里有多少同我一样，或许我是唯一一个这般冷漠的人，使我突兀地站在人群之中，仿佛这种冷漠随时会被揭发、被鞭挞。我想，一定有什么东西阻断了内心同世界的交流，是视觉的那种阻隔么？那些人被命运的"洪流"深深藏匿起来了。是那种于事无补的绝望带出来的释然么？在我看来，那些如一团一团微火的人，已经被巨石、泥土掐灭了，再不会被重新点燃。我第一次感受到那种同情心的匮乏，并为此感到羞愧。

会议结束的时候已是深夜了，所有的人仍旧没有散去。我踩着绵软泥泞的道路爬到车子上，借着惨白的一点灯光开始吃盒饭，饭早就冷透了，让人越吃越冷。吃完后又陷入深深的沉默。车窗外，有些人准备挑灯夜战，更多的那些同我一样在等待，在等待什么呢？一种巨大的未知围笼过来，又仿佛不可违抗的某种结局在一一闪现。

第二日再去的时候，已经有遗体被挖出来了。现场的边缘聚集了许多遇难者的家属，悲怆地哭声在空中回响，我一边假装若无其事地行走，一边又忍不住看向他们。到底有什么东西触动了我，使我感到一种命运无常的悲哀，禁不住眼含热泪。

谁愿意做一个冷漠的人呢？我企图从所有的事情里找寻出一些证据来。直到有一天，我忽然在写作这件事上发现了一点回应，或许一切的书写不过是一种抗辩，如同沉默的另外一种表达，我仿佛只想借着一些文字的编排把内心翻出来给人看，"你们看，我也不全是个冷漠的人，我的心也是热的"。我想证明，这种冷漠不过是拜服在命运之神面前的谦卑，从而使言语和行为变得俭省——年过而立的我已经开始懂得遵从命运意旨的安排了。

我无法忘记茂县县城的那个早上，起身出门看到的景象——四周险峻的高山耸立，隐约可以见到远处雪山尖尖的顶，洁白的云朵萦绕其间，一切还是熟睡的样子，使人想到岁月静好、现世安稳的美好祝愿——曾经温暖过张爱玲的话语，或许真的在某个时刻闪现过，进而变成内心里永恒的一瞬。我看到一只猫，蜷缩在酒店门口的垫子上，深深地睡着，安详而自足，让我感到一种巨大的抚慰。人类不该接管这样的时刻，只需要安静地做一个旁观者。我想我会永远记得那个早上的寒冷，也记得那个早上一只猫带给我的那种温暖，这种温暖与我内心的微火遥相辉映，仿佛它们在彼此招手：你看，我在这里，我在这里。

天荒坪老斑鸠

假如,我们的人生只是一册预先写就的电影脚本,所有的情节都一览无余且无从更改,我们该当如何自处?是随波逐流,将生活过成一种敷衍的仪式,还是重重地扔下命运的脚本,拒绝戏剧演出的台词?

我向自己提出这个问题的时候,正独自踱步于宾馆的窗前。此时,阳光斜斜地照进来,深褐色的地板闪着明亮的光芒,风从阳台门的窄隙里穿过,草纸色的窗帘随风鼓荡,有一种生命的律动感。我早就习惯了隔三差五的出差生活,尽管我并不喜欢。书桌上的手机外放着一首不知名的钢琴曲,没有歌词的那种,旋律美妙却也不无喧闹。床头柜上摆放着我正在读的书——美籍华裔作家特德姜的科幻作品:《你一生的故事》——我的问题显然就源于这个故事。在这样一个无所事事的中午,我忽然觉得有些可笑,那种孤独感带出来的夸张式的无聊让人有自嘲的冲动。叔本华说:"只有当一个人独处的时候,他才是自由的。"我们生而向往自由,自由已成为生活中恢宏的追求,却又无不在自由降临之时感到一种无助的惶惑。

这时,一只灰扑扑的鸟落在了阳台的围栏上。我忽然有些不知所措,只好停下足步,屏住呼吸,企图将自己藏匿起来。我从未在如此近距离的地方察观过一只自由的飞鸟。我们之间虽隔了一道玻璃门,但它显然已经察觉到了我的存在。我并不知道它意欲何为,但它注定因此而无法专注了。我细细地打量它——那是一只老斑鸠,颈部黑白相间的花斑,如同扎染技法的头巾,使它有别于其他的鸟类。我固执地认为它的体型不够匀称,脖子显得长了一些,脑袋又小了一些,同"斑鸠"的字眼给人的感觉相符,那是一种无法用文字表述的朦胧的感受。

它不住地向我侧目张望,看上去是如此不安,以至于让人怀有歉意。它并不信任我这个人类，尽管我无意左右甚或主宰它的命运。我想，或许是我太自以为是了，事实上没有谁可以从我这里获得足够多的安全感，我并不值得任何一个生灵的信任。终于，它还是扑棱棱地飞走了，优雅而稳健地落在对面那栋楼的屋脊上去了。我也长舒一口气——是的，我得承认那才是它该去的地方。

这是一个庄园式的宾馆，有大小八十几栋独立的小楼。前一日，我们奔波了近十个小时，直到晚上十点多才抵达这里，放下行李后又急匆匆跟人去领会议的材料。所有的事情办完之后，我围着院子走了一圈，却完全不辨东西，尽管许多地方都亮着灯，却无助于看清任何东西。所有这些让人感到一种混沌的状态，那种生命之初的茫然。直到翌日清早出门，才看清这个硕大的院子，即便人工斧凿的痕迹明显，也让人觉得十分惬意。宾馆所在的镇子叫作"天荒坪"，扑面而来一种苍茫历历的感觉，莫非与一个郑重的誓言有关？春日迟迟，花繁草盛，清脆娇俏的鸟鸣声从枝叶深处纷掷而出，愈发婉转人心。

怎么说呢，这些年来，我始终在暗暗寻觅一个理想的地方，作为晚年余生托付的居所。依我所见，这里的确是一处值得向往且留恋的地方，或许我不该在一个漆黑的夜里匆匆而来，又在一个暮色四合的傍晚匆匆离去，它值得为人斟酌玩味。甚至间或传来的一声鸡唱，都让人倍感亲切。可是，当你真正尝试将自己代入其中，却又感到一种排斥，那种与故乡无法接洽交感的排斥反应。即便无比亲切的鸡唱也无助于消解这种拒斥，这是与生俱来的劣症。

我穿过玻璃门来到阳台，虽说天色有些阴沉，气温却让人倍觉舒适。极目远眺，崇山峻岭，茂林修竹，活脱脱从《兰亭集序》里跳出来的景致，细究起来，山阴会稽之地确离此不远矣。

阳台对面那栋形制相同的楼，窗牖紧闭，大概无人居住。此间相隔虽远，但对面玻璃门上依然清晰地映出了我的身影，情形如同隔岸相对的两个人。我们互相打量着对方，说不上亲切也谈不上陌生。不再年少的脸上笼着淡淡的忧郁——那种人生历练或经验积累带出来的遗症。看过了人生百般旧事，无疑会让人愈发敏感，又或者是我生来就有的一种禀赋，也许我该为此报以感激。有时候我会为人类的某种无知感到痛心，又不免以为是自我的一种愚蠢。我总是这样矛盾，却又觉得无从避免，是的，没有完美的解决方式，死亡更不是，那只会是一种逃避，远非接近真相的答案。

我甚至无法掩饰对于鸟鸣的兴趣。我曾写过一篇题为《关关》的文章，当时写道："我渴望某一刻，能从一只鸟——不管是什么鸟的一声啼叫里听出悲喜，进而窥探到天地之间深藏的那个秘密。"我试着从声音的来处寻觅它们的影子，终于见到一只嘴形细长，头顶着凤冠羽毛的鸟，大概就是僧守仁笔下"青林暖雨饱桑虫"的戴胜。我不知道哪一种鸣叫对应这娇小别致的身形，却无碍于从中——哪怕是极短暂的一声啼叫中——听出或悲戚或愉悦的情绪。我想，作为一个音符，它已经够长了，观照时间的无始无终，我们的一生未尝不是稍纵即逝的一瞬，在这白驹过隙的一瞬里，我们何尝不是承受了无尽的悲欢？

关于语言，乔治·斯坦纳说，"语言有它自己的边界，语言与另外三种表现形式——光线、音乐和沉默——接壤。""只有音乐才能达到真正严格交流或符号系统的两个标准：自存一体（不可诠释），而又立刻能为人理解。"这难道就是我企图从一声鸟鸣中听出悲喜的缘由？相比之下，我写下的这些文字，是否正是自我愚笨的一种反证，或者于人类而言都是如此。

我有理由相信特德姜读过斯坦纳的《语言与沉默》一书，后者在《沉默与诗人》一文中断言，"语言，尤其是以印刷体先后顺序的形式出现时，或许是一种有缺陷的、暂时的代码。"《你一生的故事》中的外星生物"七肢桶"的书面表达（又称"七文"），正是类似于斯坦纳描述的传统语言边界之外的数学方程式或者音乐舞蹈的标记符号。它们没有固定的组合次序，其条件从句也没有优先顺序，书写者在写下第一笔之前，就已经知晓整个句子的布局了，他们写满一张纸，只消一眼就能将全部内容尽收眼底。这样的书写习惯，同人类线性书写的思维是迥然不同的，进而导致两者感知世界方式的差异。人类背负"因果论"的逻辑，未来需要此刻的选择次第展开；而"七肢桶"则是拥抱"目的论"，在看清了所有命运注定的结局之后，他们选择全神贯注去遵循去执行，用无数个"仪式"去填满时间。

小说中，女主角、语言学家露易丝在"七文"的影响下拥有了预知未来的能力，她一瞥之下，过去与未来就会轰轰然同时并至，闪现的片段拼凑出了她的"未来记忆"。可是，我深知在人类的现实世界里，自由意志的存在与预知未来的能力永远相悖，二者之中我们只能选择其一。

有那么一个时刻，我忽然觉得对面紧闭的窗牖后面也有一双眼睛，它在暗地里察观着我的一举一动。无论我如何努力地掩饰，也无法阻止心事的一一暴露。如此说来，它或许早就轻易地察觉到了我的不安？那种面对未知命运的忐忑与惶恐，而我显然无法如老斑鸠那样振翅逃离。很显然，自由意志最终会导向结局，却无助于让人看到结局，这是我们为自由必须付出的代价。

然而，如果结局只有一种，那么是否等同于结局早已注定？艾斯林·沃什执导的电影《莫娣》里有一句台词：The whole of life already framed, right there。有人将其译作：人生冷暖，早已被框印在窗外。真是绝妙的翻译。如果真是这样，或许我该为我的不安感到不安才对。它吞噬了所有的答案，我将从此不必再问"为什么"。

辑四 | 心远

我久久不能入睡，仿佛这点缝隙让我再也无法在雨天里稳稳地藏住，又好像这点缝隙也是我内心的一道裂隙，它不知何时被什么东西或什么人打开过，从此无法愈合，不时渗进一些隐隐的不安——那种从远古时代就有的惶恐，你永远无法驱散、无法回避。

——节选自《夜雨》

存 在

有时候，我会被自己带入一种情绪。那是一种难以言说的情绪，目光、耳力、思想，越收越窄，直到对许多东西视而不见听而不闻，形同一种躲藏。从这个层面来说，或可理解为一种专注。我最常遇到这样的情绪，是在坐车的时候，看着车窗外一闪而过的人和物，仿佛时光被压缩了，一切都变得不成比例。此时，我常常放弃抵抗，任由这种情绪弥漫开来，缓缓地将自己裹紧。

每当这个时候，我会忍不住想一些所谓宏大而艰深的问题，肆无忌惮地想，漫无目的地想。

比如，时间从何时开始，到何时终止？开始之前、终止之后的又是什么？是否开始就是结束，结束就是开始？我想象不出来。

空间是否有边界？边界之外的又是什么？是否此地即为彼地？我想象不出来。

丑恶和良善，是否有清晰的边界？哪一个更接近生命的本原？"放下屠刀，立地成佛"是否只是自欺欺人的一种宽慰和开释？我想象不出来。

梦为何物？是否是高维空间的一种隐秘投射？是否真有脱离物质形态的无形生命存在？我想象不出来。

看贾雷德·戴蒙德写的《枪炮、病菌与钢铁：人类社会的命运》一书，谈人类的发展、粮食的变迁，谈粮食生产和狩猎采集的演变和对立，谈植物和动物的驯化。我会想，人类何以没能进化得可以反复长出某个器官，比如牙齿。人类文明的产生和发展是必然还是偶然？又将何去何从？是否宿命早就写在所谓的终点？很显然，人类远不是完满的存在，甚至更像是一种背离。

有时候，我更愿意思索所谓卑微细小的问题。

时值早春时节，我们的车奔行在陕北高原的黄土地上，所过之处，见到许多废弃的窑洞散落在枯树荒草间。它们被羊肠小径勾连着，如同一只只干涸的眼睛，使人感到扑面而来一股苍凉悲戚的情绪。我仿佛看到许多旧的人、旧的事、旧的时光，慢慢倒退，渐行渐远，最终被遗落在天地之间。我想象不出每一口废弃窑洞背后的人和事，也没有权利以主观判断臆测和定义那些故事的悲喜色彩，荒芜的背面很可能就是一片繁华。

这自然让我想到了我的旧居，那曾经温暖的所在，如今却以断壁残垣的姿态闯进我的梦里来。毫无疑问，我的根是扎在那里的，而它却那么快地滑向了荒芜。是否从此以后，我的根只能漂泊，再无法汲取大地的供养？我忽然很羡慕那些择一城终老的人，他们将一生藏于一个所在，将根深深地扎在一个地方，用一生温热那片土地，也被那片土地温热。

年轻如我们，为何曾经那么执着于诗和远方？我甚至已慢慢了解到，所谓的人生经验，从来不会予以后来者更多的启示，有些事情，不经历一遍就永远不会懂得。如果可以重新选择，我想我会情愿躲进一个小地方，把自己缩小，缩小，再缩小，恬然地过好自己的一生。

福克斯的动画片《霍顿与无名氏》，讲苜蓿上的一粒灰尘里藏着一个大世界——"无名镇"，镇上的居民为避免家园倾覆而不懈努力，最终在一头大象的帮助下找到了安居之所。这可能关涉到宏大与卑小的对立统一问题。庄子笔下有"不知几千里也"的鲲鹏，也有"触氏"和"蛮氏"所在的蜗角。这让我相信，在某些方面，大与小其实并没有根本的区别，小至至小，就是一种博大，就是无穷无尽的浩瀚。

在写到蜗角的《杂篇·则阳》一篇里，有一段戴晋人对魏王的问话，其中一句是"知游心于无穷，而反在通达之国，若存若亡乎？"翻译成现代文就是：知道使自己的思想在无穷的境域里遨游，却又折返于人迹所至的狭小的生活范围，是不是感到怅然若失、无可捉摸呢？

就在此时，汽车知趣地驶入一段隧洞，眼前的风景忽然消失，黑暗会心地接管了我游心太玄的莽撞思索，及时阻止我进入到更艰深更虚妄的游离之态。昏黄的光影里，我忽然想到了古希伯来那句著名的谚语：人类一思考，上帝就发笑。

时　间

汽车在清冷的街道上奔行,我望着窗外萧瑟世界里透出的一点鹅黄,本能地感到天地之间诚恳的春意来临,而乍暖还寒的经验却又使我对这样的判断心存疑虑。或许,人生经验的弊端之一是会对某件事情的降临做反复而又冗余的确认。

车缓缓地停在一处红灯的前面,闪烁的红色告诉我需要等待大约四十秒的时间。于是我忍不住望了窗外一眼,百无聊赖地走了个小小的神儿。等我再转眼去看,竟然只剩下三秒的时间了。

这吓了我一大跳,心中的倦意被一扫殆尽。起初我以为只是时光女神瑞亚对我开的一个小小玩笑。哦,这真不是个高明有趣的玩笑,它竟然让我感到脊背发凉。我怀疑有什么东西在我的时间上做了手脚,它趁着我走神的当儿,偷走了我半分钟的时间,又或者瞒着我做了一件见不得人的勾当,而我却无处投诉。

我无法不怀疑在别的场合——比如在梦里,它对我做过同样的手脚。否则那些早上,当我睡眼惺忪地醒来,何以会感到如此疲乏呢?而且,梦里的那些情景,那些情绪,如此真切,如此让人动容,却又为何省减了那么多的细节,变成一个故事的摘要、一个电影的简介,或者一个人一生的勾画?或许只是,那个偷走我时间的东西,本该在我熟睡的时候下手,是我的倦意无意卖了个破绽给它,以致让它的阴谋,在一个初春时节的白昼里被察觉了。

说起来,我不是个寸阴是惜的人,年少轻狂之时,总以为有大把的时间可以挥霍。而且,时间自有它的法则,任谁也无法左右它的流淌,这似乎是我为数不多的及早明白了的一件事情。

我并没有养成记日记的习惯,年轻时的我,总能记住纷繁庞杂的事情,以及那些细枝末节。还有那些人，何时予我恩惠，惹我爱恋，以及生过的芥蒂和嫌隙，我都记得一清二楚。这自然不需要日记的帮助。可是近来，我忽然发现许多往事开始变得模糊、变得混淆。甚至有些事情，彻彻底底地从我的记忆里消失了，如同从来没有发生过一样。这会让我在觥筹交错共忆过往之际陷入无比尴尬的境地。所有这些，迫使我越来越信赖纸笔的力量。只是我不再记什么恩惠或者仇隙，那些已经变得微不足道。我只想记下近日里需要做的事情，譬如，外套的袖口丢了一个纽扣，或者单车的某个部件需要加装一个固定螺丝。

我自然算不得一个珍视回忆的人，回忆能予人温情，也能戳痛人的伤疤，唯一的幸运是我们的回忆能够"滤去往事的痛感"（韩少功）。我最始的记忆大概是四岁，我竟然因此很羡慕那些两岁起就有了记忆的人。倘若我那时能用心一些虔诚一点，料想也可以记得祖父和父亲更多的音容笑貌，使得我的人生旅途一路行来多一些从容和胆魄。很可惜他们在我刚刚记事的时候就故去了。

我曾一度对时间产生过怀疑，我很难理解人类为何发明了时间这么艰深晦涩的概念，讴歌它、膜拜它、痛斥它、谴责它，却无不深陷于它的骗局而不自察。倘若有一天，当我们发现时间竟就并不存在，又当如何自处呢？我想，我实在没有必要为这遗失的半分钟过分声张，人之一生能盛载的东西无非就是那么多，就像每个人的影子。

汽车徐徐而行，我看到路旁嬉戏的孩童和踽踽而行的翁媪，时间在他们的脸上缓缓地流淌，但我深知时间对他们来说是不同的。同样的，对长生无疆的灯塔水母和朝生暮死的蜉蝣，对愉悦欣快中的我们和煎熬疲乏中的我们也是不同的。时间从来没有也从来不会均匀地洒向某一人某一物的一生，在这一点上，时间本身也束手无策。

韩少功先生说："记忆就是生命的本质，是每一个人最后的贴身之物。"当你老了，立在夕阳下蓦然回首，你会看见影子越变越长，记忆也越积越多。待到日薄西山，你豁然发现，瑞亚女神不光偷走了你的半分钟，她还要将你所有的东西都拿走——在你影子最长的一刻，连同最后的贴身之物。

是的，像是一次结局早已注定的锤落，无法幸免，无从申辩，永不翻案。

夜　雨

我的床头左侧紧临着一处雨水管道，碗口粗的一截白管子，直直地从天花板通到地上。虽然有些突兀，但装修的时候我还是觉得不必要将它包裹起来——我向来不很在意这些事情。后来"依山就势"将一个简易书橱贴着它搁放，倒也不无妥帖。

下雨的时候，雨水穿行而过的声音会清晰地传出来——这简直就是大自然的传话筒嘛。我完全可以从其间雨水的流淌辨别出雨势的大小。蒙蒙细雨之时，你若不留心倾听，根本察觉不到声音的存在，雨水是贴着管道壁偷偷滑下来的。再大一些就能听到细细的如涓涓溪水的流淌，摸上去有一些微微的震颤。倘或是一阵急雨，则哗哗如集市上鼎沸的人声，好不热闹。等到暴雨倾盆，则一派万马奔腾般的飒踏之声了，仿佛其间有无数的人在合围厮杀。

什么阵势的雨我没见过？

年少时放暑假，必得同母亲去山上摘花椒，好像整个假期里再没有比这更重要的事情了。这真是一件极讨人厌烦的差事——赶在一年里最热的季节，早出晚归，日晒雨淋，驱散不尽的蚊虫的叮咬，而花椒树到处是尖利的刺，还得时时承芒刺之痛，到底让人坐不得、急不得、逃不得。我那时仗着年少，光着膀子一晒就是一天，直到阳光再无法将我晒得更黑一些。为了赶进度，总是在天擦黑的时候才回家。于是我就常常盼下雨，雨天里就可以坐在门口的厦子底下专心地看雨，也看人。

有时候人在山上，乌云就来了，半边天空被遮蔽得密不透风；山风也跟着来了，把树刮歪，把斗笠刮跑，把人心刮飘。

我兀自乱了阵脚，开始盘算"还刀入鞘"。

而母亲总会淡然地宣称雨下不起来，仿佛一切尽在她的掌控之中。是啊，即便真的下起来，缩在伞底下等雨停就是了，雨停了，尽可以晃一晃树上的雨水，一切继续。再说了，这浩大的山野之间，到处都是躲雨的地方：守山人住过的旧石屋里，往日微火的余烬尚在；险绝内凹的岩洞，藓草萋萋，躲进去便可专心致志地看雨，也并非没有一点乐趣。路途迢迢，为了躲一场雨而回一趟家，实在不是划算的事情。

可是有一次，雨实在太大，闪电一个接着一个，巨大的响雷不断地在山巅炸响，震得人心也无处掩藏。又逢着暮色将近的时候，所有的人再也忍耐不住，纷纷从山野之间冒出来。那些方才还只闻其声藏身入林的人，魔法般地汇聚到山底的大道上，鱼贯而行，蔚为壮观。他们急切地赶路，柔弱的道路很快就被踩坏了，泥泞到几不可行。我穿着一双旧拖鞋，越走越沉重，像是穿着两块大泥巴，又因为裹着稀泥的脚太滑了，绊带经不住反复的冲击，不时从鞋底滑脱出来。我只好抖个机灵薅了路边的蒲草垫在鞋里。

我那时真是恨透了这种年复一年、永无止境地劳作，就像漫长的生活望不到尽头。仿佛无论过去多少年，我还得过这样一种平凡得近似卑微的生活。

原以为经历了那么多场雨，我的内心会从此"也无风雨也无晴"。比如雨天里，我不再手脚忙乱地将那些所珍视的——收归屋内，收进心底，而是常常将它们遗忘在屋子外面——淋一场雨并非多大的一件事情。我想我终于学会在雨天里专心躲藏了，做一个人生的冷观者，而不是冒冒失失地在雨中奔忙。

可是前夜的那一场雨真的让我领教了。

那真是一场堪称磅礴的雨，仿佛一生的雨都下在了那个晚上。傍晚时分还是一副下不大的乖巧样子，却忽地在夜半里原形毕露。一边是雨水管里的绞杀嘶鸣，一边是屋外大雨击地的激越，让我一下子清醒起来。并没有夹杂着雷声，我内心里却生出一种深深的紧张，我好像从来没有遇到过这样急切的雨，下得如此专注，下得如此决然。尽情处，我甚至听到雨纷纷接续起来，从天到地变成一种流淌，声音也变作连续的，变成一种铺张，没有初始时的嚣张，却有一股无法攘挡的气势排山倒海般直扑过来。

我摁亮了灯，起身来细细察观雨水管道。几年前的那个夏天，也有这样的一场雨，雨水来不及流淌，开始沿着楼层连接处的缝隙往外渗，顺着雨水管的外壁淌下来。更有甚者，有一些雨水渗进了楼板的罅隙里，从天花板的另一处渗出来，自此留下一道清晰的裂纹。这情形在一个月前又出现了一次，我已然有应对的经验了——我把一条毛巾系在雨水管的中间，可以吸纳渗漏出来的水。而这一次情形没有那么糟，并没有出现渗水的情况，真是一种幸运。我分明感到这一次的雨更大一些。我怯怯地开了厨房的门，隔着纱窗望出去，夜色删减了明晃晃的雨线，只看到茫茫的一片，大概是雨水击在地上后腾起的气浪。

我久久不能入睡，仿佛这点缝隙让我再也无法在雨天里稳稳地藏住，又好像这点缝隙也是我内心的一道裂隙，它不知何时被什么东西或什么人打开过，从此无法愈合，不时渗进一些隐隐的不安——那种从远古时代就有的惶恐，你永远无法驱散、无法回避。

而我也终于看清了一点生活的真相，更倾心于过一种纯粹平凡的生活。

我丝毫听不出这雨停歇的意思，仿佛就这么永远地下下去，直到将这个世界毁坏。这让我愈加紧张起来。我无事可做，只得老老实实地躺在床上，而就在我将梦未梦之际，恍惚听到雨声戛然而止，几乎没有一点过渡，就那么直直地扬长而去，不禁让人怀疑只是个梦中的情形。

翌日出门，见得世间一番澄澈明丽，细细碎碎的云散布在高远蔚蓝的天际，大概就是沈从文先生笔下"使人只想下跪的高空明蓝的天"。《道德经》言："飘风不终朝，骤雨不终日。"古人诚不我欺也。

退　却

我对秋晨有一种固执的迷恋。七天假期的第六天,大风,我准时从睡梦中醒来——荒诞的梦从来不会缺席,也不会戛然而止,而是被现实一点点吞噬,直到再也打捞不到任何细节。说实话,我喜欢在一个无所事事的早上缓缓起身,慢条斯理地做一些不打紧的事情。比如,穿上宽松的外套,坐在电脑前面敲几行字。或者,下楼去走一走,顺便买早餐回来。

我附在熟睡的妻子耳边,开玩笑地说了一句:我离家出走了。往常,周末的早上我加班或者买菜出门,她都要问一句我的去向,可是这次她睡得太熟了,没有任何回应。

下楼,沿着白纸坊西街一直往东,过两个路口,就有一家包子铺。我赶早去买结庐和月亮爱吃的鲜虾馄饨,顺便再要两屉菜心馅的包子。秋日的早上,世界难得的安静,只有间或刮起的风把树吹出骇人的声响。我下意识裹紧衣衫,仿佛这样就能躲进一个安全的世界中去。前方不远处,一辆银白色的别克汽车停在路旁,车头紧紧地顶在一棵粗壮的槐树上,我自然十分佩服这停车的技艺了。等我走到近前,却见到车头的保险杠已经折断了,左侧的车窗整个地开着,调频的声响隐隐地从车中传出来。一个男人,正歪着头仰靠在车座上酣睡。他睡得如此专注,仿佛沉浸在另外一个世界里。

等我买完早餐回来,再路过那里,已经有几个养路工人在近旁开工了,而车里的人,依旧保持着原有的姿势。也直到这时我才发现亮着的车灯,在灿烂的晨光中发出昏黄的光亮。

我大概可以猜测出是怎样的一种情形了。过去的那个夜晚,上演了怎样离合悲欢的故事?当席间一欢,繁华落幕,又当如何收场呢?对此我一无所知。而且,出于某些原因,我也不知道能做些什么。

我怔怔地走在路上，风，从背后吹过来，顷刻间，黄的绿的槐树叶子从我的身旁急切掠过，它们贴地而行，宛如衔枚疾走的赴敌之兵，仿佛转眼间便可直捣黄龙，胜利而归。我终究无法置身事外，倒十分地像一位将军了。可是很快地，风向散了乱了，细碎的树叶纷作鸟兽散，终于变成溃不成军的一幅景象，让人感到十分沮丧。等到过另一个路口，忽然一阵风起，万千树叶迎面呼啸而来，让人感到一种不能由己的紧张。我停住脚步，在风中站立了许久——我想，或许我应该从中感到一些人生的失落才对，又或者不必，我不知道。

如今的我时常感到人生的某种退却，比如无法自如地睡懒觉，无论夜里睡得多迟，一早醒来就辗转难眠。又比如，经常沉浸在对过往生活的追问中，仿佛因为一个人的离去，所有与他有关的时光都变得珍贵无比。我小心翼翼地打捞，生怕被伤感的深渊囚禁。也因为这层缘故，重新开始写日记。可是，终究没能养成记日记的好习惯，总是隔了几天才凭着记忆写下几件所谓的"大事"。有一次，我怎么也记不起不久前的一天发生过什么，我试图从微信和短信的记录里寻觅出一丝线索，可是并没有。我无法忍受这样无凭无据的空白，只好写道：我把这一天弄丢了。

然而，有一些时刻，无论过去多少年，却总是让我记忆深刻——是的，我已说不出那是何年何月何日的事情了，但这并不重要。比如，早年随外祖母上山劳作的路上，忽然被风吹走了斗笠；比如，二十多年前那个夏天的早晨，一把匕首深深地扎在学校门外的白杨树上……

又比如，我如今居住的小区，因为紧靠着一处公交车的总站，每天夜里都会传来一个男人指挥倒车的声音：

"倒倒，左打一点……"

那时，结庐还没有上小学，一天晚上，在我讲完了故事许久之后，他忽然提出要求，想看一下倒车的情景。我只好满足他的好奇，拉开窗帘，抱他站到窗台上。说真的，我已经记不得那天是否见到了倒车的情形——虽说车站离我家极近，但中间有树木的遮挡，要想瞧得真切也非易事。可是，我却记住了那晚漫天的月光，照得世界明晃晃的。

这个夜晚因为这件事情而变得别有诗意。怀旧可以滤去往事的痛感，其实，何止是痛感，它会把美好之外的其他东西都淹没掉、消释掉。记忆有时并不任由我们的目的支配，这对人生十足是个别致的长处。我拥有许多这样的时刻，它们早早地、牢牢地在我的记忆中落了座，它们没有急切地向我吐露什么，而是如同一个一个的隐喻，耐心地等待我心悦诚服地领受。终有一天，它们会站起身来，笑着讲出真相。

秘　密

之一：企图

搞文字的人多半都会有些神经质，表现在比他人多一份外物对内心隐秘的投射。他们往往能从一声鸟的鸣叫里听出悲戚，从一片落叶里眺见人生零落的余欢。譬如，关于天空，刘亮程写过一首《挖天空》的诗，在诗里他的父亲母亲，还有一村庄的人都在忙地里的活，而他却举着铁锹，站在院子里挖天空。在他的想象里，天上有他的一块地。而韩少功笔下的天空，有密密的蜻蜓飞绕，有燕子盘旋，各种云组成的无限纵深，他需要屏声敛气，沉着应对，才能防止卷入天空中巨大的合围和厮杀。还有青年画家张二冬，在他的诗里，胳膊向天空一挥，气流旋转，如同搅动河水。

不知为何，我也常常陷入这种蹊跷陆离的状态。

夜半里醒来，又迷迷糊糊地睡去，半梦半醒间听到"嘀"的声响，从稠密的寂静里传来。那音量刚好漫过你的耳力，如同漂浮在跃动的梦之边缘。

我向来很少因为声音的搅扰而难以入眠，所以并没有急切地想要找出这声音的来处。依我的经验判断，大概是结庐的某件玩具，因为电池电量不足发出的提示。然而，这声音却没有固定的节律，长则半分钟，少则十几秒，让我忽地觉得，分明是一个有生命的物体，在万籁俱寂的夜半发出了孤独的叹息，又或者像是《霍顿与无名氏》里那粒尘埃上的生命发出的声声呼救。

翌日，归家，开门的时候，忽然听到走廊上传来"嘀"的声响，简直有些粗暴，以致让我感到一种冒犯。我久久地站立，不断变化方位以寻找声音的来处，终于断定是邻居新近装在门口的监控探头，不知何故无节奏地发出一声声的"嘀"音。而那个黑色的探头，如同一只戴着墨镜的巨眼，正目不转睛地盯着我看，仿佛我那些不为人知的秘密倾尽被它看穿并记录在案。只是我不知道它是否可以解读人心，连同生活里那些挣脱不尽的喜怒哀乐。

很快地，我领悟到这不是一种公平的对视，于是急切地选择了退却与逃避。事后我想，倘若沿着这监控探头的布线溯源而上直到另一端，有人刚好目睹了这一切，他（她）大概会以为遇到了一个神经质的邻居，正怀有或将要怀有一些不为人知的隐秘的企图。而由此心生的惴惴，或许远非窥而得之的劳绩所能偿抵。

我这样想着，竟然感到了一丝复仇的快意。

之二：隐喻

多虑大概是读书人的通病之一，在我看来，多虑意味着自寻烦恼。美国作家贾雷德·戴蒙德的《枪炮、病菌与钢铁：人类社会的命运》一书的确会让人大开眼界，而副作用之一是会使人异想天开。譬如我会想，人类的产生究竟是一星火花的偶然璀璨，还是上帝之手的有意为之？人类的命运是能够自我主宰，还是从来就陷于一个巨大阴谋的设计之中？更大的可能，世间的万物受制于一组宏大法则的笼罩，无法挣脱，无从回避，这法则是否就是上帝的另外一张面孔？

而我思虑最多的是，人类何以不是完美的存在，甚至连想象都瞻望弗及。从硬件方面枚举，我们的基因里残存着太多原始的致病基因，它们看似毫无道理却又不无道理地代代相传，生生不息；我们无法像单细胞动物那样分裂生殖，而是陷于爱情或婚姻的繁琐程序，期间充斥着背叛与猜忌；我们身体大多数的器官受损后不可再生或者复原，不得不背负着百般的残缺了此余生；我们没能进化出飞翔和潜水的本领，甚至不能通过自我屏气的方式谋杀自己，这看上去真是一种莫大的讽刺。大概可以印证王东岳先生所讲，人类不过是自然分化的结果，而分化同时意味着残化。

况且，我们还要面对诸多人性的弱点，如佛教教义里的贪、嗔、痴，天主教义中的七罪宗：傲慢、嫉妒、暴怒、懒惰、贪婪、色欲、暴食。至于更多的耿耿于怀、怙恶不悛、顽钝固执、自私自利……足以将人类贬斥得体无完肤甚至一无是处。

可是说到完美，即便穷尽我们所想，大概也想象不出完美的人类到底是个什么样子。这在某种程度上证明，缺憾才是世间的真理。

不得不说，人类真是一种奇怪的存在，我不知道他自居万物主宰的权杖何在。

我曾在洗澡的时候，以为窥探到一个艰深的秘密。那时的我无论如何努力，甚至反复改变方向和路径，也很难用手摸到后背的一块区域，姑且称之为"身体的盲区"。这曾让我十分诧异，很难想象我们的身体之上，会有双手不能触及的地方，像是一种可恶的遗弃，让人感到沮丧。我抱怨一定是上帝太过粗心，从而造就了人类这么显而易见的不合格的产品。然而，我很快意识到，这或许是上帝有意埋设的一把钥匙——它可以打开人与人之间互助相爱的巨锁。哲学家弗洛姆认为，利己主义与孤独是同义语，而人不可能在与外界毫无关系的情况下实现自己的目的。

这何尝不是一种隐喻。

法国大革命时期曾有过关于上帝存在与否的讨论，丹东的同伙裴恩说过："只有消除生命在世的不完善，才能证明上帝的存在。"而我以为，从洗澡时窥探的隐秘来看，上帝似乎又是存在的，只是他别有一番用意，他通过纷呈的不完美，从而成为了不在场的在场者（韩少功语）。

访　客

我家厨房几乎每年都会遭遇一次蚂蚁的袭击，仿佛只是两餐的间隙，它们已然密密麻麻地占领了橱柜的台面，而且建立了"营地"和"要塞"，指定了进出口与路线。它们中的一些口里衔物，仿如训练有素的兵士衔枚疾走，又俨然明目张胆的窃贼，堂而皇之地四处抢掠——那些食物的碎屑，它们认为于我无用了。是的，它们有些想当然了。我照例用物塞住那些微小的洞口，可转头发现它们已然开辟了新的通道，以至于情形如同"打地鼠"。所有这些使你不得不怀疑它们预谋的良久。我想，倘若每年记录它们出现的日期，想必会是同一天。

这让我感到了一丝慌张，为莫须有的暗地里于你的小小密谋，更为面对密密麻麻的小小生命时的无所适从。很显然，我无法将那些小小生命一一请出所谓的"我的领地"，也不忍心无端置它们于死地——这是我多年来对生命思索和理解的结果。

不只是蚂蚁，有一次，兴许是受了灯光的诱引，一只壁虎，穿过通风管道，从洗手间的顶棚上掉落下来。它先是企图"原路返回"，却因为壁砖光滑而不得上，只好瑟缩在墙角里。很显然，我们都受到了惊吓。说真的，我对许多人惧怕的许多种类的动物都毫不惧怕，单对如壁虎这种四足长尾、灰灰软软的东西怀有一种非理性的恐惧，就连它们的图片都要刻意躲避。这下好了，家里没有别人，只有从头皮麻到脚心的我，与这只小虫四目对望了。

还有一种叫作"蛾蚋"的飞虫，状似苍蝇而略小，时常出现在洗手间的墙壁上，令人不胜其扰。我晨起洗漱，竟就见到一只伏在壁上，我没有理睬，却不想在晚归洗手时又见到它，一律伏在那里，竟是一动没动。惊异之余我不禁要问，生命短促如它们，是否认真对待过自己的生命，并思考过生之意义呢？

曾几何时，我缺乏对生命崇高的尊重与深刻的理解，比如年少时会毫不犹豫地用弹弓瞄准一只鸟雀，或者用弓箭射杀一只鸣蝉，并坦然享受"中的"的喜悦；面对"烹羊宰牛"的情形也多半"且为乐"，欢腾的雀跃多过同情的怜悯。正如韩少功先生所言："为了自己的生存，为了自己一种富足、舒适、安全的生存，我与我的同类一直像冷血暴君，用毒药或者利器消灭着它们，并且用谎言使自己心安理得。"

曾几何时，我又开始为打死一只鸟雀或蒸煮虾蟹而怀有深深的愧疚与不安。是的，"逢擒则奔，蚍虱犹知避死，将雨而徙，蝼蚁尚且贪生"，古人讲"君子远庖厨"，虽有些眼不见为净的伪善，但到底是有所不忍的。

我曾经尝试过素食，这源于我在火车上看过的一篇文章。文章列出了素食的种种好处，比如可以减轻体重、益寿延年，等等，而字里行间吸引我的却是四个字——异致体验。我为这难得的异致体验戒了一个月的荤腥，似乎也确曾获得过明心静性、理得心安的妙感。但我深知素食必然是一条循序渐进的漫漫长路，别致的感觉尚构不成我从此素食的充分理由，其间必然还有其他的意义所在。

那么，是什么呢？我想到底还是对于生命的理解与通感吧。佛家讲求"无缘大慈，同体大悲"，视一切众生与己身同一体，而生起拔苦与乐、平等绝对之悲心。只是年轻如我，生活和书本尚未赐予我足够的丰富，使我依然在一些念想之间摇摆和怀疑，而不能彻悟。黑格尔说，"不管在理论上对单纯的生命多么重视，在实践上谁不打死苍蝇"。是啊，面对恼人的蚊蝇，我举起的手何尝有过半点迟疑呢？

太过寻常的事情反倒让人难以找到思索的入口。由于工作的原因，我时常奔波于出差的路上，那些僻壤的所在，通常是旅行者不易到达也不屑到达的地方。说实话，我喜欢坐在车子上掠过山野的感觉，只有这时，我才会心无旁骛地陷入对世界深深的思索之中，才会与"无情有性"之论心意相通，从而成为独属于我的时刻，也成为上天赐予我的秘密时刻。在我眼里，窗外的一切变得栩栩如生，那些青山，从未如此妩媚，如此广袤；那些花草，也从未如此魁伟,如此崇高;那一刻,斗转星移、枯荣更迭未曾如此深具哲理、引人入胜;所有的一切,也从未"情与貌,略相似",使人深切感受到"一花一世界,一叶一菩提"的幽深的妙境。那一刻,一朵花,一茎草,与你有了一样的悲戚,一样的欢快,促人生出不切实际的念想,让人忍不住思索生命的意义。也正是在这样的时刻,我真切感受到人生的哀荣其实与花草的枯荣并没有什么本质的区别。

倘若空间有无穷彼岸,细微处永无止境,是否可以从渺小里看到辽阔,刹那里见到永恒,进而从卑下处瞥见神圣呢?是否更小的小其实是更大的大呢?所谓"处众人之所恶,故几于道",不就是告诉我们越卑微越接近生命的本质吗?

有时候,我会忍住不去想生命所谓的意义和最终的答案。因为当你跋山涉水,千辛万苦,找到了生命的意义和答案,极有可能所谓的意义就是毫无意义,所谓的答案其实是没有答案,一切不过是自以为是的人类自欺欺人、庸人自扰罢了。

关　关

　　韩少功先生的《山南水北》是我甚为喜欢的一本随笔集，也是第四届鲁迅文学奖的获奖作品。作为为数不多的手边书之一，我闲暇时常常翻看，且受益颇多。

　　少功先生向往"融入山水的生活，经常流汗的生活"，于是"扑进画框"，毅然选择做一个农民。基于此，他对大地上的一切都怀有深厚而朴素的感情，笔下的花草树木、鱼虫鸟兽无不透露出其对万物的深深怜悯与透彻理解。比如此书中，写鸟的就有三篇，分别是《晴晨听鸟》《鸟巢》《忆飞飞》，其中《忆飞飞》里写一只叫作"飞飞"的幼鸟，不知因何原因从巢里掉落，被他与妻子救起抚育，又被送回挂在树上的人工"豪华鸟舍"里，却不料几日后死在了一个水池里。他推测是因为飞飞还没有学会飞翔，一次失足足以致命。但他又设想飞飞是死于母亲优胜劣汰的"崇高而决绝的谋杀"。及至后来，夜深人静之时，总有一只鸟在树上鸣叫，久久不歇。最后，少功先生终于听出了叫喊中的凄切，并说道："一个夜晚因为有了这种呼唤，有了这种凉透心底的忧伤和绝望，才会成为真正的山乡之夜。"

　　无有独偶，龙应台先生在她的《目送》一书——亦是我的手边书之一，也写到了这种撕心裂肺的鸣叫。这种巧合，有时会让人惊讶，以至于让人疑心他们是"串通"好了的。

　　两篇的题目分别作《寻找》和《忧郁》，其时的龙应台寄住在香港一个不大的岛上，料想应是薄扶林一带，我按照她文中所写的经纬度查找，竟然指向了珠海，想必是错的。她写道，从二月第一个礼拜开始，薄扶林的杜鹃开始二十四小时不歇止地啼叫，如泣如诉，"悲哀响彻海天之间。它使我紧张、心悸，使我怔忡不安，使我万念俱灰，使我想出家坐禅"。以致这杜鹃的哀鸣使她患上了"春天忧郁症"。

我平日里读书不多,但"无有独三",恰巧我手边书里还有一本写到了鸟鸣的书,就是刘亮程先生的散文集《风中的院门》。他在《鸟叫》一文中写道,年少时的夜晚,因为贪图凉快而睡在牛圈棚顶的草垛上。想事情,睡着,醒来,如此往复。有一天,他听到了一只鸟叫,独独的一声接着一声,让他有点怕。终于,第七声鸟叫之后,他不敢再听下去了,"好像每一声鸟叫都刺进我的身体里,浑身的每块肉每根骨头都被鸟叫惊醒",简直把孤独和寂寞叫出来了。他又写道,尽管鸟不住地叫,听到鸟叫的人还是极少的,很少有人停下来专心听一只鸟叫。

事实果真如此么?为什么古往今来,那么多人听到了鸟鸣且记录在案呢?且不说"关关雎鸠",你看,仅就杜鹃而言,古诗词里简直俯拾即是,李白的《宣城见杜鹃花》写道:"蜀国曾闻子规鸟,宣城又见杜鹃花。一叫一回肠一断,三春三月忆三巴。"白居易在《琵琶行》里写道:"住近湓江地低湿,黄芦苦竹绕宅生。其间旦暮闻何物,杜鹃啼血猿哀鸣。"至于王安石的"生涯零落归心懒,多谢殷勤杜宇啼",秦观的"可堪孤馆闭春寒,杜鹃声里斜阳暮",等等,哪一句不是情真意切,肺腑之语?

我生长在乡间,从来不缺少鸟鸣。这杜鹃的啼叫每年春天也必有耳闻,可我为何从来没有听出一丝悲伤,甚至是一丝忧郁呢?难道仅仅因为其时年少,只知其名为布谷,而不知杜鹃、子规或杜宇等别称的缘故吗?而且那些故事,你从来没有听闻过,那些诗词,也从来没有吟咏过,凭什么听出悲伤或忧郁呢?又或者杜鹃的种类繁多,只是你孤陋寡闻呢?可我遍听了近十种杜鹃的鸣叫,仍旧一无所获。

刘亮程、韩少功、龙应台,从西北边陲的古尔班通古特沙漠,到华中潇湘的汨罗湖畔,再到高楼林立的东方之珠,几乎跨越了大半个中国,他们都听到了鸟鸣,也都听出了悲声。至于诗经、唐诗、宋词、元曲里的啼与听,一定是漫漫历史长河里极好的点缀。那么说来,此事必是无疑的了。

可是,人与鸟鸣相通的密码在哪里呢?说实话,我渴望某一刻,能从一只鸟——不管是什么鸟的一声啼叫里听出悲喜,进而窥探到天地之间深藏的那个秘密。然而，即便我听不出，也找不到与鸟鸣相通的密码，大概也并不代表我麻木不仁、铁石心肠吧。

我年少时曾经喂养过一只羊，一只纯白色的雌山羊。有一年，它一胎生下三只小羊，当时就夭亡了一只，另一只也奄奄一息，而且母羊不予哺乳，眼见是要放弃它了。我不忍见，于是把它抱进屋里，放在厚厚的蒲团上，又找来棉被盖上，企望它能活下来。夜半里，月色如水，万籁俱寂之中还能听到它咩咩的叫声，然而天明时再去看它，却已经夭亡了。同样的情形在大学毕业后还经历过一次，当时的女朋友也即现在的爱人，逛街带回来一只小狗，甚为乖巧可爱，我们称其"苏苏"，取苏妲己美貌之义。然而没几天它就开始闹病，虽经多方诊治，但终究死去了。因这些不胜悲戚的经历，自此之后再没有养小动物的念想。

那么好了，大而论之，人与动物相通的情感密码是什么呢？

不得不说，人真是一种奇怪的动物，一边因为一声无端的鸟鸣或咩叫而心有戚戚焉，一边却大啖烤乳鸽烤全羊而大快朵颐。倘若我的那只小羊没有夭亡，而是长成一头健硕的公羊，最终依然逃不脱人类的饕餮巨口，那么作为人类的我的怜悯，与同为人类的某些食客的垂涎之间的矛盾，如何调和呢？为何情感上的共鸣如此容易，却在饮食上如此决绝、如此坦然呢？所谓人性的悲悯之情不过是眼不见为净的伪善，无论如何解释，人类也摆脱不了在自然道义上的亏欠，所谓解释更像是人类的一种狡辩。

少功先生在《感激》一文里，"检讨"自己一生会吃许多的鸡鸭鱼肉蛋，是一个不大喜欢人类的人道主义者。他说，大自然是公正的，最终赐给人类以死亡，而后被微生物分解变成腐泥，可以肥沃广袤的大地，从而把心中的感激变成回报世界的实际行动。

我想，或许，这就是一部分的答案吧，只是还不够解释那些古道热肠的虚伪。说真的，我并没有答案，上苍也从未给予我小小的暗示。

敌 手

近来月亮总是喊怕,有时是因为墙壁上的动物贴画,有时是对着昏黄灯光下的毛绒玩具。连续两日夜半里哭闹,你只得睡眼惺忪地抱她在怀里安抚。老人认定是受了惊吓,要我们采取一些措施,具体是:待月亮熟睡时,取小碗一只,盛满小米,再蒙上一块布,倒过来提着,在她的头上左右各转三圈,口中还要念念有词。据说很有效。妻依例照做,果然第三日就没有再哭闹。当然,我对这些是不太相信的,我虽也笃信有些东西在我们的认知之外,却不包括这些。据我的推断,大概两岁半是人生一个重要的时段,比如不再常常尿裤子,可以利落地说话,清晰地表达个人意愿,等等。就月亮害怕这事来说,或许缘于她对世界有了新的认知和深的思索。如果说先前的怕,只是一种本能的怕,那么现在的怕,则是一种更高层次的怕,是看到图形后的认知联想,是一种脱离了基底的,升华了的怕。

说到怕,我想应该是一种比孤独更本原的东西,似乎更应该同永远画等号。据百度百科的解释,怕是内心对事或物的不可预见性及其所可能带来的后果或者影响超出或者可能超出自己本身的承受范围时所表现出来的本能反应。它是人类的第一个深部感觉,甚至腹中的胎儿也会对大的声响做出怕的反应。我未尝见过一个正常的成年人有不怕的,即便如小说里的行者武松,借着十八碗的酒劲,见到大虫,也不免"被那一惊,酒都做冷汗出了"。倘或有人说他什么也不怕,甚至连死都不畏惧,那大概连他的心也已经死掉了吧。

懂得敬畏的人是值得称道的人,怕是对自我、对生命的一种尊重。

说起来尴尬,我最怕的一种动物是壁虎,这大概属于怕中超出自己本身承受范围的一面。其他的如蛇、鼠、蟾蜍、蟑螂一类,虽说见之亦让人颇感不适，却不至有"心脏打结，脑子发晕，恶心感和恐惧感从脚板一路麻到头盖骨"（龙应台语）的感觉，而壁虎却是一种能让我疯疯痴傻、怨怒气短的东西，即便只是见到它的图片和塑料玩具，也足以使我避之唯恐不及。我猜想这多半与我儿时的经历有关，它们曾经在我爬树掏鸟窝的时候掉进过我的衣领里，还曾在我半梦半醒间跌到我的枕头上来。但更大的可能是，造化早已在我的基因里植入了畏惧的芯片，写下了胆怯的代码。这没有什么可抱怨的，毕竟人总要有些弱点才行。

年幼的我感受过许多的怕，却不包括父亲的离世，直到生活一次次地提醒我。有一回，大概是我六七岁的时候，晚上母亲要去一位长辈家里谈分地的事情，而我却早早地入睡了，她只好把我一个人锁在屋子里。待我醒来，不见有人，更不得出，趴到窗户上往外看，也只看到寂静的乡村的夜晚，没有尽头的一种黑暗。我害怕极了，只好瑟缩在墙角里哭泣。直到母亲回来，把我抱进怀里，说一些安慰的话。

父亲离世之后，我一日三餐皆在外婆家里吃，晚饭过后我常常会一个人穿越半个村子回家。倘若月色皎洁，树影婆娑，如人在侧，倒也好说。遇到漆黑之夜，仅凭一只昏黄的手电，是照不亮多少前路了，总觉得有什么东西尾随于我的身后，怀抱着不可告人的秘密，使人忍不住回头去看，反反复复，却什么也没有。起初我以为这怕只是暂时的，它会随着我年龄的增长而消减甚至消失，而事实并非如此。这是一种本能的怕，是一种来自原始基因里的提防和戒备。

与此相验证的是睡眠。即便如今，倘若我一人睡时没有一点声响做伴，就会感到一种深切的不安。我单位先前的值班室，由于卧房狭窄，床头紧挨着门口，无疑会加重这种不安的情绪。有一回我屏气凝神，好不容易进到睡梦的边缘，忽然一声清脆的裂响从门板上传来，似乎还有一点震颤的余响。那实在是不起眼的一点声音，放在白天里绝不会被人察觉，因而无可置疑会被忽略掉。可是在这寂静无声的深夜里，这一声裂响彻底将我惊醒，它生生把我从梦的边缘拉了回来，刹那间勾起了我的恐惧。我睁大眼睛望过去，一切寂静如初，什么都没有发生。我想我这是怎么了，外屋的防盗门紧锁着，楼下还有警卫站岗。里屋的门因为要随时接听电话而敞着一点缝，难道就是这一点缝隙使我产生了恐惧吗？我开始猜想这一点声音的来由。我想，一定是热胀冷缩的缘故——天气预报说夜里要降温，一定是冷空气从窗子的罅隙里钻进来，冻坏了门。那么说这该是门的尖叫。我想这声音背后一定有什么来头，它试图隐藏什么，却被我这个深夜里的不安者发觉了。我想起《瓦尔登湖》里"那个传遍了新英格兰的故事"，我甚至怀疑这门里也藏了一条硕大漂亮的爬虫，在门还是一棵郁郁葱葱的树的时候它就躲在里面了，那分明是它的叹息或者求救的呼号，难道它也期待"从最烦琐的社交行头和庆贺陈设中脱身飞出"？而我显然对此一筹莫展。

一个人一旦闭上眼睛，他周围的界限就变得模糊了，给人的安全感也会降到最低。我始终觉得每个人的身体里，一定有一些深藏的恐惧，会被微弱的一点声音催化、放大。或许正是这点不起眼的声音，撕下了你所有的体面和伪装，使你的灵魂赤裸裸地呈现。我想，我会选择做一个知敬畏的懦弱者，而且我深知没有什么是时光的敌手，甚或只是招架之力。

尘　埃

我每晚都做梦，相似的梦。没有什么像梦这般，可以让我回到过去，回忆也不能够，它太过真实，倔强的理智会冲淡另外一种真实。从某种意义上来说，梦是我们通达过往的唯一凭借。

又一次，我梦见同旧亲故友攀谈，就站在故乡的打麦场上。一切都是旧的——旧的人，旧的事，旧的寒暄和旧的叹息，一词一句都是老样子老腔调。仿佛那个场景只是被就地封存，只消我在梦里呵一口气就能接续。紧接着我看到旭日东升，整个村子被缓缓点亮，笼罩在一片金光之中。高耸的白杨树，朽塌的柴草垛，破旧的茅草房顶，以及所有的人和他们的言谈，统统凝固，被镀上一层古旧的金色，即便在梦里也让人有种极不真实的感觉。

我甚至来不及告别，转身就往山上跑，就像年少时追赶野兔那样。我想在故乡被阳光完全照透之前看它一眼——只要一眼就够。我知道，一旦被阳光照透，所有的一切就会还原成本来的样子，肮脏的变回肮脏的，杂乱的变回杂乱的，那些故事的结局再也无法更改，那些龌龊的旧事统统被揭发，暴露在光天化日之下。我跑啊跑，我的腿也还是年轻时候的腿，它们不知乏累，像一匹野马踏起许多尘埃。到底是幸运，我看到了想要看到的东西，而且比想象中的还要壮美，尽管只是那么短暂的一瞬。

"野马也，尘埃也，生物之以息相吹也。"野马是什么，是游气，还是只是野马？尘埃呢，是挣脱不掉的凡尘俗世，还是电石火光的刹那芳华？

一个梦也能点燃往日的情景。前年冬天，因为想要实地察看一下包虫病（一种寄生虫病）的防治情况，我们计划去一趟四川甘孜的石渠县。那是个极偏僻的所在，有全国海拔最高的县城（4200米），以致被人们称为"太阳部落"和"生命禁区"。当地的同志甚至建议我们开春以后再去，一旦大雪封山，路就行不通了。几经斟酌权衡，我们还是决定趁着天气晴好时走一趟。

由于距离成都和甘孜路途遥远，我们只得先飞西宁，再转飞玉树，之后又驱车三个小时才到达那里。那真是一次紧张而又缓慢的行程。我们一边急匆匆赶路，一边又不得不放慢所有的动作以减轻高原反应。这迫不得已的一份郑重，使人具备了某种不可言说的敬畏属性，从而显得格格不入。我们显然不属于这里，这里也没有准备友好地接纳我们。深冬时节，枯草遍野，除了湛蓝的天空，一切都包裹在一层苍茫的金色之中。仿佛我是个迷途之人，误打误撞闯进了另外一个世界。

我们沿途看到许多野犬，漫无目的地在野地里游荡，天高地迥，它们毫不关心我们这些外来者，它们一定知道我们从不属于这里，也绝不会留恋这里，永远不可能同它们抢夺地盘。而那些红脸膛的藏民，他们保持着非常传统的藏传佛教信仰，故而与野犬相安无事，以致野犬越来越多，四处可见。包虫病很大一部分便通过这些野犬的粪便污染地表水和浅层地下水，再通过多种途径使人感染并深受其苦。

我们边走边听当地干部的介绍。在一个停留点上，一些上了年纪的妇女聚在一起讲她们的遭际，有的干脆掀起衣衫，展露她们因病致畸的肚腹，连同干瘪的乳房。很抱歉，我难以描述她们的表情，更无法抵达她们的内心世界，这种相隔比地理的相隔更加难以逾越。

我们在县政府简陋的食堂里吃午餐，大蒜的辛辣无法冲抵高原反应的不适感。我草草地吃了两口，便慢慢踱到门口，看食堂主人的一双儿女，在门外的空地上欢腾跳跃，肆无忌惮地做着让我羡慕的动作。我听不懂他们的对话，却能感受到他们内心里的小小幸福。他们是这方土地的主人，而我却仿佛永远地置身事外。

如同一次狼狈地撤退，我们带着高原反应强烈的不适驱车离开。返回的路上，强烈的颠簸甚至使我不得不冲下车蹲到路边呕吐。终于，在天黑之前我们回到了玉树县城，但已不能吃下什么东西了。我强忍不适喝下一点稀粥，便匆匆回到房间倒头而睡。

酒店配有弥散式集中供氧设施，翌日，头痛已不很明显。我拉开窗帘望出去，天还没有大亮，一切都还是沉睡的样子。对面俨然是一个镇子的模样，不见有人走动，也听不到人声，只看到袅袅的炊烟升起，像是替人同这个世界打的第一声招呼。此地的山比石渠县的高峻，举头可望见木它梅玛山上那座红白相间的寺庙，那是玉树北部地区萨迦派的主寺——结古寺。我分不清是现实给予了我某种暗示，还是历史演进的一种必然，我想象不出这片土地会生长出有异于此的东西。

约定动身的时间还早，我得以在这个早上尽情慵懒。阳光像一把刷子，先是把一片金黄涂抹上山尖，之后又像是给山镶了一条金边。仿佛是预谋良久，我期待着阳光扑到结古寺的一刻，如同点燃一盏人间的烛火，激起世间所有的野马和尘埃。我永远忘不了那个时刻，像是一次神的旨意降临。我想我一定生来就喜欢这样的时刻，它是那样与众不同，没有亭午的热闹张扬，也没有黑夜的孤独离索。我总觉得那是命运的一种暗示，是神对人间的赏赐。

我于冷风中久久凝望。我想，那一刻会不会有人同我一样，也这样立在窗前，等待阳光将这个世界照亮。而我仰望的结古寺的某个窗口，会否有一位年轻的阿卡，早早地起身，打好酥油茶献于佛前，又燃点香灯，于出神之际向我投来安然的目光。也许，他不光看到了我的现在，也眺见了我的过往——那个许多年前从遥远的故乡出发的人，一路风尘仆仆，惝恍迷离。

致 牙

牙：

你好。严格说来，我该称呼你为牙齿，古人以口腔后部的槽牙为牙，门牙为齿。好在现在已多通用，不必为此纠缠。我所知道的关于"齿"的成语似乎皆极美好，如"明眸皓齿""唇红齿白""齿颊留香"……至于《诗经》里"齿如瓠犀"，《洛神赋》里"丹唇外朗，皓齿内鲜"，无一不是至美的象征。而关于你的，竟就狼狈多了，如"佶屈聱牙""张牙舞爪""龇牙咧嘴""青面獠牙""咬牙切齿""拾人牙慧"，以及"狗嘴里吐不出象牙"，不一而足，无一不带着些狰狞与急迫。于是，我很为你感到委屈和不平。

其实，写封信于你的想法由来已久了，但想你与我脑袋咫尺的距离，想必什么都已了然了，连同我那些肮脏的念头，羞见于人的秘密，以及微不足道的喜怒哀乐，统统逃不过你的耳目。还好，你虽然狡猾但不至狡诈，虽然不羁但懂得沉默，所以我勉为其难容许了你"窃密"的行为。基于以上，我又实在想不出写信与你的必要了。然而这几天，你们中间断损了的那个弟兄开始疼了，致我在吃辣或饮酒的时候添了许多顾忌，这让我觉得不爽。我捏着晃了晃，松动的迹象已颇明显，想必仅剩的一半也要毁掉了。更有甚者，眼见小女白白的牙齿像笋尖拱地皮般次第冒出来，如今已能见着四下里虎牙的影子了。两相对照，因为这不爽和夹杂的为失去的一点感伤，就实在有写一封信的必要了。

小时候，生物书上说你是我最坚硬的朋友，我深以为然又不以为然。深以为然的是你为我最原始的欲望之一——吃——冲锋陷阵，立下了赫赫战功。我依然记得，你曾为我咬破过核桃和杏仁的壳、嚼碎过猪或者羊的骨头，甚至为我开过啤酒瓶。当然，你也曾与我经受过无数"冷热酸甜"的考验，总体说来你简直毫不畏惧。我深知所有这些没有最坚硬的品格是办不到的。我不以为然的是，我柔弱的肌肤和五脏六腑，虽说不上十足康健，却到底是健全的，更没有六指儿或者痔疮那些多余的东西，可是作为我最坚硬的朋友——你却早早地受了折损。古人云：身体发肤，受之父母，不敢毁伤，孝之始也。我虽不必为此心怀愧疚，但到底常陷于别人盘问和劝诫的境地，这亦让我很不合意。我怀疑，一些暗处里心怀叵测的家伙，早早地挑选了我身体最硬的部位下手，企图给我一个下马威，让我从此不能忽视它们。

很显然，它们赢了。我注定得背负这样的残缺过一辈子了。

在我自恋的时候（现已不常犯），曾专门揽镜数你们的个数，连同缺了大半的那颗，是 31 颗，奇数表明我上牙和下牙是两种不同的对称。你们排列齐整如编贝，据母亲讲，因为换牙的时候营养跟不上（我怀疑是缺钙，未考），所以都是乳牙掉了许久，你们才从从容容地冒出来，不像有些人的，张口就是一股子剑拔弩张的气势。我想，用这样齐整的牙吃饭久了，想必整个人也就慢慢变得平和，进而会得一副好的脾性吧。

而事实远非想象般那样容易。不知从何时开始，你们右上的那个兄弟开始变黑变空，我想，是时候为不爱刷牙的习惯还债了。终于有一天，它在我吃炸春卷的时候崩断了，后来又在吃甘蔗时崩坏了一些，只余下牙床上短短的一截牙根，断壁残垣般戳在我二十几岁的青春里，让我疼，让我慌乱，让我迷茫。我把那些崩坏了的牙用力掷出去，就像青春书页里写错的诗行，雨天里爱错的人，让它们统统出走吧，我甚至不需要一场像样的告别，我知道它们永远不再回来。

你一定与我一样感到惋惜，二十几岁的年纪便缺了齿，无论如何都足够引人同情了。然而想到曹操折过的两颗门牙，陆游的牙周疾病，我又该暗叹幸运了。你们这颗折损的弟兄，是最靠外的一颗槽牙，按古人的细分，是名副其实的"牙"。虽不至于一开口就能看见漏洞，但到底令我十分尴尬，使我从此只能抿着嘴笑，也产生了口齿愈发不清的错觉。周围的人纷纷劝我尽快补上，因为一来说话唱歌会"走漏风声"——我怀疑上次的歌咏比赛没得奖与此有莫大的关系，还可能影响肠胃功能，据说从《周易》上来讲还会影响财运。为这些渺茫的后果去忍受拔牙之痛或假牙之缚，是我难以接受的。当然，期间因有碍观瞻之故我确曾定做过一颗假牙，想必你是知道的，尴尬地挂在另外两颗牙的中间，只是没过多久我就将其弃置一旁了。

我想，缺齿的存在并非没有一点好处，它会时时提醒我不要哈哈大笑，自然也就不会得意忘形。它表征了我的不完美，也暗喻了所有的不完美。

牙，你可知道，人"老"了就会有一些特别的爱好。比如，我开始喜欢带着结庐去公园里捞鱼，喜欢闲来无事翻开月亮的"黄口"，看她冒出来的尖白的牙齿。也有一些爱好消失，比如不再用你开啤酒瓶，开始懂得珍惜一些人，开始怀念一些事。而今，正是小儿换牙的年纪，我们把他掉落的乳牙包好了，预备留下来当作成长的纪念，全不像我们小时候换牙，一概恭顺地把掉落的乳牙扔到房顶上或床底下。可是我那些牙呢，我突然很怀念它们。当故乡渐渐老去，曾经的房顶和床底统统不见的时候，它们还存在吗？我曾在国家博物馆的陈列室里看到过元谋人的上门齿，以及山顶洞人的穿孔兽牙饰品，它们穿越了几十万年的时光呈现在我面前，让我想到除了精神，牙才是唯一不朽的。也因此，我可以大胆断言，我那些掉落的牙齿，无论前牙还是后齿，无论健康的还是虫蛀过的，无论它们曾经美如编贝还是曾经剑拔弩张，它们一定还在某个地方隐忍、等待，终有一天，它们会走向不朽。可是，不朽又能如何？没有人在意不朽背后的灵魂和肉体，以及那些湮没无闻的故事情节。是的，总有一天我会老去，灵魂和肉体消失，欲望和喜乐消失，错误和正确消失，肯定和否定消失，过去和未来消失，仿佛没有存在过一样。而你，会一直带着莫名的使命，静待岁月将你打磨成不朽的样子。那是你的不朽，不属于我。只是，告别的那天，请不要忘记向我招手，用坚定的手势告诉我：不必追。

沉默之外

我是个不善言辞的人，所以对口若悬河、出口成章的人怀有一种羡慕的嫉妒。自从写一点东西的想法变成切实的行动之后，推敲文字显然成了必要的一个过程，而相形之下口语的不修边幅就变得让人难以忍受。如此一来，就使我慢慢滑向了沉默的边缘。

这使我深深感受到语言和文字的莫大区别。关于文字，亚里士多德曾说，口语是内心经验的符号，文字是口语的符号。瑞士作家、语言学家索绪尔认为，文字存在的目的只是为了表示口语。而相比之下，西汉辞赋家扬雄的理解更为准确，他在其《法言·问神卷》中说：言，心声也；书，心画也。语言和文字其实是思想、情感表达的两种不同的方式，并不存在依附关系。譬如，婴儿在学语之前，便会用手势表达其意图，这手势大概也可算作一种符号化的文字。

或许人的复杂之处就在于对万物的穷究。我有时候就会思索，人生的指向，是毕于滔滔不绝，还是沉默呢？凭我现下的经验推测，似乎更倾向于后者。我想象不出人之将死而呶呶不休的情形。弘一大师临终之时的绝笔：悲欣交集，女帝武则天的无字碑，都将人生的终点指向为一种沉默。

我近日里写了一篇题作《企图》的文章，当时全凭一种朦胧的感觉在写，是很少体验到的一种被文字和情绪推行的状态。可是写完之后我忽然感到十分茫然，我竟然一时间找不到写这文章的起因，也说不清意欲何为，后来我反复读了几遍，始才悟出一点像样的道理，大概就是讲所谓人的好奇，终于又被这种好奇所惑所伤的一种悖论。这真是一种匪夷所思的体验，这种不知所云的状态，大概也可算作一种导向沉默的歧途吧。

这样的经验多了之后，就会对语言和文字产生一种怀疑，特别是从事文字工作的人，更是如此。韩少功先生在《暗示》一书的开篇就表达了对语言的不信任，他说："面对突然车祸时的极度恐惧，投入两性交欢时的极度亢奋，路见不平时的极度愤怒，终于看见一球破门时的极度欣喜，能造成人如常言说的'脑子里一片空白'，实际上这只是语言的空白。"

而梭罗的表述更加直截了当，简直近乎冷漠。他说："如果我们愿意享受最为默契的交流，它通常无法言说也无须言说，这时，我们一定要沉默，并且要相距甚远以使我们在任何情况下都听不到双方的声响。"

这些都足以印证美国文艺批评大师乔治·斯坦纳的说法："妙不可言的东西总是在语言的疆界之外，只有打破语言壁垒的灵视，方能登堂入室、大彻大悟。"斯坦纳认为语言有自己的边界，与另外三种表现形式——光线、音乐和沉默接壤，"语言到了尽头，精神运动不再给出其存在的外在证据。诗人陷入了沉默。在此，语言不是接近神光或音乐，而是比邻黑夜"。这大概就是语言（艺术）的局限性，在表达情感时的捉襟见肘和无计可施，而在其通达不到的极致区域，唯有沉默可以触及。

如果说我对滔滔不绝怀有一种羡慕和嫉妒，那么对沉默，我则怀有一种虔诚的信任。当我与年迈的外公外婆相对而坐的时候，总是无法消解那种身临其境与置身事外的错位，也无法摆脱那种言不及义的尴尬，最好的状态就是认真地沉默，唯有沉默才能消融我们之间那种亲密无间映照下的隔阂，也唯有沉默才能表达彼此的留恋以及永恒的决绝。

卡夫卡在他的寓言小说《塞壬的沉默》里讲到，为了免遭塞壬的伤害，奥德修斯用蜡塞住双耳，并让人把自己锁在桅杆上。然而塞壬有比歌声更可怕的武器，那就是沉默——那些逃脱她歌声诱惑的人，恐怕难逃她的沉默。无独有偶，我们也有仓颉造字的远古神话，据《淮南子》记载："昔者仓颉作书，而天雨粟、鬼夜哭。"东汉高诱注解道："仓颉始视鸟迹之文造书契，则诈伪萌生，诈伪萌生则去本趋末、弃耕作之业而务锥刀之利。天知其将饿，故为雨粟。"而鬼之所以夜哭，或许正是因为对沉默的打破，从此世间的秘密倾泻而出，鬼魅再不能隐遁其形，人类从此沦落。

然而这些还只是生之沉默，我们当然无法忘却死亡——难道那不是一种无远弗届的沉默吗？它不是比邻黑夜，而是本身就是黑夜，它一直张着血盆巨口，但它始终沉默。

克孜勒苏河畔随想

说实话,喀什并没有我想象中的古朴,至少城区不是。除了五步一岗十步一哨之外,看不出同其他城市有什么本质的区别。没有"出塞入塞寒,处处黄芦草"的凄清,亦没有"大漠孤烟直,长河落日圆"的壮阔。漫步在改造后的喀什老城,也只感到异域风情背后的一种光鲜,一种廉价,像一件做旧的赝假文物。相比之下,我内心更向往那个特意留存的生土老城,如一顶旧毡帽般残破荒芜,透出一种无法挽回的决然之势。可是当你走近,却又无不深感于它的古老苍远,使人永远地置身事外而无从贴近。所有的这些让人感到一种巨大的失落。

是的,并非人人都需要一种过旧的生活。冯唐曾说过,有时候,人会因为一两个微不足道的美好,暗暗渴望一个巨大的负面。实在是再恰当不过了。

刘亮程是我最喜欢的作家之一,这个把文字放到清亮透明的小河里淘洗的人(李陀语),在散文集《在新疆》里描述了南疆的种种:把自己的年月打进黑铁里的铁匠尕依提,有房子、床、果树和力气却没有钱的库尔班大叔,同人玩了四十年托包克游戏输了几十只羊的吐尼亚孜……这些都是我此行南疆之前就熟识的"老朋友"。而我个人尤爱《一切都没有过去》和《阿格村夜晚》两章,当然还有《月光里的贼》。他在《一切都没有过去》一文里写道:"我或许是一个运气不好的人,紧赶慢赶,赶在了一个黄昏末世。"可是很显然,刘亮程是钟情于黑夜和黄昏的,如同他钟情于那种过久了的年月。黑夜给了他最多的灵感——他其实早就深陷于那些不可尽数的夜晚而不能自拔了。

而我,赶在一个炽热的午后抵达,所有的一切都来不及闪避,统统暴露在明晃晃的阳光之下,这无论如何不能算作我的幸运。喀什的日出要比北京晚大概两个半小时，造成的后果是所有的事情都变晚了，吃饭晚了，睡觉晚了，孩子晚一点长大，老人晚一点变老，仿佛那些誓言和谎言都可以轻易打捞回来，待细细斟酌后再重新编织。

而这，也几乎让我失去了黑夜。我眼望着夕阳西下，跟着人就倦乏了，于是沉沉地睡去，等到再醒来，天已然大亮了。

这种梦与黑夜严丝合缝的生活曾一度让我手足无措，我不知道如何填满这日落前的巨大空隙，只好站在窗前等夜幕降临。从宾馆的八楼望出去，四下里淡淡的余晖泼洒，使得白日里最后一丝细节得以保留。极目远眺，一排排的新疆杨堆叠成密实的林子，与藏青色的云挤压出一条水平线，由此将视野里的天地分成对等的两半。近处是些低矮的平房，淡淡的青烟浮在半空。在这些民居的旁侧，克孜勒苏河静静地穿喀什城而过。

在突厥语中，"克孜勒"是红色的意思，"苏"是水的意思。可是，我从没见过如此浑浊的河水，或许因为汛期的缘故，河水的颜色并不是它名字的红色，与其说是河水，不如说是流动的砂浆，这些源出于圣洁雪山的融水，一路奔波而来，夹杂了无尽的泥沙，终于流淌成一种令人生畏的暗黑色——这是另外一种黑色，比黑夜还要让人绝望，如同人生别样的隐喻。

或许是为了偿补我丢失的黑夜，我有幸赶在一个阴天的下午驶进茫茫戈壁。厚重的乌云将午后的时光伪装成黄昏的模样。浩茫的天地之间，狂风卷裹着沙土斜刺而来，加剧了肃杀的氛围。我第一次感到天地与人的巨大悬殊，如同命运将卑微的人生整个地遮住。我想没有人可以独自在这样的荒野上立足，巨大的孤独随时会将他合围、绞杀，然后撕得粉碎。我们这些人，过惯了都市里的繁华生活，每天局促在高楼林立的方寸之间，如井蛙一般再无法窥视到命运宏大与人生卑微的映照。

我们要赶在天黑之前赶往克里阳拦河闸，然后再赶到皮山县城住宿。穿过漫天的风沙，终于见到一些星布的村庄闪现，一排排的新疆杨渐次映入眼帘。这些笔挺的树木有着银亮光滑的枝干，稠密得如同一把筷子插进地里发了芽。而在有的地方，这种稠密达到匪夷所思的地步，如同人工砌起的一堵堵高墙，它们将广袤的田舍分割开来，替人畜和庄稼遮挡风沙。我不知道，有了这些树墙，村庄是否就可以免遭被合围绞杀的命运？

我们一路穿过许多村庄，看到有着精致五官的维吾尔族少年，面无表情地坐在缓缓而行的三轮车上，身下堆叠着高高的瓜果。红脸膛的中年男子，骑在一辆破旧的摩托车上，灰旧花帽下的神情从容而专注。还有灰白胡子的"库尔班大叔"，赶着空空的驴车，打着瞌睡，不知从何而来，也不知去往何处。只有这时，我才真切地感受到地理上的那种偏远，命运的那种深邃，我仿佛看到一个人一生的时光都车上——三轮车、摩托车和驴车上。

而更多的买买提和古丽，从我的车窗外一闪而过，如同一个个没有厚度的影子。是的，我们无从相识，无从了解，注定擦肩。

刘亮程在《阿格村夜晚》里写到与他们的那种隔阂，他曾走向他们，同他们一一握手，可是每当他想要接近，"就会感受到那些不可交换的言辞与言辞之间，手与手、眼睛与眼睛、呼吸与呼吸之间，横隔着无数个我们看不清的遥远夜晚"，"我们再不会走过去，伸出手。那是一种永远的远，对于我们"。可是，对于这种经验的过早领悟，是否会导致草率的判断。言辞之外、身体之外是否还有其他的一些东西，可以冰释这种隔阂呢？比如对命运共通的慨叹和对美好生活的向往。

我想，一定还有。

我们风尘仆仆地赶路，终于在天黑之前结束了一天的行程，却不期接到三叔的电话，得知了姑母突然离世的消息。

我不知道上苍何以这么急切地要卷走这个悲苦却也倔强的女人。她在旁人的叙述里，如一片叶子般萎倒在午后炽烈的阳光里。无需猜测她的死因，我清楚地知道，她是死于心碎，她过得太悲苦了，丝毫看不出她挣脱某种命运之手的迹象。又或许，炽烈的阳光只是想把她的心暖热，而这徒劳的照耀却误伤了她。

就在两天之前，我还与她通过电话。问起她的近况，她却言语闪烁，我本能地捕捉到了她内心里深邃的悲苦。本想着等回到北京，再同她细细恳谈一番，或许诚恳的劝慰能使她离岸近一些，再近一些。可是，我察觉得太晚了，再没有这样的机会了，结局让人难以接受却也追悔莫及。

我想起克孜勒苏河的河水，那让人望而生畏的黑色河水，蜿蜒于广袤的天地之间，先是汇入喀什格尔河，再汇入塔里木河，然后消失在茫茫的沙漠之中。"运命惟所遇，循环不可寻"，并不是每一条河流都能归于大海，就像并非每一个人都能踽踽而行到理想的终点。我不知道我的姑母，在倒下的一瞬间，是否发出过一声几不可闻的叹息，带着对命运的叹服和对人生的谅解，仿佛郑重宣告：人生的喧嚣到此为止。

辑五 | 忘言

　　时间在阳光和影子的胶着中缓缓而过,夕阳西下,黄昏的样子,使人想到"景翳翳以将入""鸟倦飞而知还"的诗句。

——节选自《萧萧》

沉　默

有时候，你会做一种自己的游戏。比如，试着将自己置身于未来的某个时刻，然后回忆现下一刻的情形，如同与自己开的小小玩笑。那是一种奇妙的感觉，从未来视角看待那点将逝未逝的平凡时光，究竟比到头来徒留的缅怀多一些感动——一种置身其中的切身感动。

"五一"假期，你回去看他——那个书面称呼为外祖父的人，却已买不到第一天的票，只好乘第二天一大早的火车。翌日，阳光早早地照亮了世界，也照在你的身上。三个小时的车程，你一路睡过去，肆无忌惮地偿补未足的睡眠。年届不惑的你，早就懂得时光是比阳光更为公平的东西，没有它照耀不到的角落。它倾倒进每个人的一生，却从来不会是相同的流淌。

你立在门外，等他颤颤巍巍来给你开门。楼道昏暗的光亮使他对你需有一番确认。你小心翼翼地扶他坐下，像搁放一本古旧到一碰就碎的典籍。你看到无数的时光从他身上流淌过的痕迹，那曾经如高塔耸立的身躯，不可逆转地走向朽塌，像一首弦乐慢慢滑出走调的尖锐。他的腰弯成一张弓——没有弦的弓，扑面而来一种强弩之末的悲壮；他的两腿曲成一副括号，万水千山走遍后再也无法并拢，多少不为人知的旧事隐秘其中，幻化成一种虚无和开阔。你看他的体检报告单，好几处血管布有斑块，引起血压升高、腿脚浮肿，而药物的过敏又令他不堪；他耳背的毛病已颇有些年头，你必得同他大声讲话，使你想到人间的巴别塔。坐在他的面前，你仿佛看到多年前陪伴他的那台旧风扇，你担心它转着转着，不知何时会戛然而止，像一首乐曲演绎完最后一个音符，永远归于岑寂。

说实话，你不喜欢同他这样坐着，因为不知道该讲些什么。陈年之事不忍提，旧时光里藏匿着的无数暗礁，随时可能掀翻平和的情绪，将对话拖入不复的尴尬境地；新近之事又讲不到一起，他同你探讨剑拔弩张的半岛危机和台海问题，即使你对此不甚了解，却也知道他讲得极为浅显。然而，你又不能不佩服他对世事关注的热情，远超过你。只是你无从接受自己的搪塞敷衍，甚至是言不及义。

可是，你却是那样向往坐在他的身旁，安静地陪伴，仔细地沉默，任何言语都会成为一种冗余和客套。你终于相信，你再也走不进他的世界，你们之间隔着的五十多年的漫长时光，使你永远地置身事外了。

沉默的时候，你会想起少时的顽劣。有一回因了什么事情你竟然骂了他一句，他怒不可遏地把你追出去好远，结果当然是没有追上。可是现在，你再也不会骂他，他也再不能追你。人生许多事情，就这样慢慢地没有了交流，也没有了对抗，徒留下一些惆怅。

终于，他艰难地起身，到卧房里取来一张字条，请教你两个字的读音，其一是"弈"，其二是"郄"。你猜想一定是他遇到了某个人的姓名，想必就是"郄某弈"或者"郄弈某"。这姓氏你见过的，却已忘了读音。于是打开手机来查询，竟是个多音字，qiè 与 xì。你想当然答他念 qiè，却隐隐觉得不安，问他字的来处，果然关乎身上的一处穴位。《素问》里，"刺郄中大脉，令人仆，脱色"。此处的郄为应读 xì。

你何以忘了他行医的本行呢？

曾经，多个子女先后夭亡，死在他的怀里，从此燃起他学医的念头，夜晚里偷偷点起油灯苦读。那个没上过几天私塾的男人，怀揣着怎样的一种痛呢，你感受不到。

曾经，他讲起年轻时候的机智：正月十五的夜晚串村演出，被隔壁村子的人燃起鞭炮堵在进村的路上。好在他们早有准备，扯开覆在筐子上的红布，让对方看他们担着的一筐一筐的蜡烛。"他们哪里知道呢，只有上面一层是蜡烛，下面不过是玉米疙瘩哩。"这个曾经踌躇满志，而今笑起来缺了大半牙齿的男人，怀揣过怎样的得意呢，你看不到。

曾经，他好赌的父亲输光了家产，离家外出再也没能活着回来，他是个遗腹子的事情，他从来不提；"文化大革命"时候遭受迫害，忍无可忍，奋起还击的事情，他从来不提；带领全村人接引活水、修成甘泉的事情，他从来不提。这个前半生命运多舛，晚来享得一点清福的男人，又怀揣过怎样的恬淡呢，你听不到。

那时候，他的诊所与你上课的教室一墙之隔，你时常会去那里讨一些水喝。你见他微斜着身子，安静地坐在一把藤条椅上，右手两根手指敲打着扶手，一副若有所思的专注神情。阳光从狭小的窗子里透进来，照到他浆洗得发白的灰衬衫上，更添一番安然的意境。有人来诊病，他就坐直了身子摸一摸脉，询问一番症状，如若是哭闹的孩子，他会起身过去拍一拍肚腹，摸一摸额头。你见他用一支破旧的钢笔在处方笺上勾画一番，之后去另外一间屋子里抓药。高大的枣红色药柜，每一格用黄笔写着三个名字，甘草、黄芪、何首乌，当归、苦参、女贞子……他用一把小小的秤，专注地称斤两，然后匀在不同的草纸上。你只认得陈皮和蝉蜕，你盼着他会开出这些药，因为你晓得它们在哪一层的哪一格，可以帮上忙。你很难想象那司空见惯的桔的蝉的旧皮囊会有药用？多年后，你见到百度上的说明：蝉蜕，宣散风热、透疹利咽、退翳明目、祛风止痉；陈皮，理气健脾、燥湿化痰。

暮色四合的时候，你站在半山腰的院子里，见他背着手，从山底的诊所回来，蓝色迪卡的中山装笔挺，即使不再做支部书记，举手投足也透出一股子的威严。夏秋之夜，支一张方桌在院子里，他一边浅酌一边教导你。他劝你读书，便吟"读的书多胜大丘，不需耕种自然收，白天不怕人来借，夜晚不怕贼来偷"；他教你讲话，便吟"良言一句三冬暖，恶语伤人六月寒"……

乡下恬静的夜晚，时间美好地流淌着。

而今的他愈加耳背，你给他打电话，慢慢简化成一种形式化的问候，你只好减少电话的频次。毕竟现代的通信工具如此发达，你可以随时掌握他的近况。

生活的琐碎慢慢消磨了你的精力，生活的重心无可置疑地转移到了孩子们的身上。你不再常常回去探望他，你甚至可以想见将来的一天，会因为没有多陪他说说话而懊悔终生。可是，你必得接受这样的遗憾，你明白现如今再多的陪伴又能怎样呢？永远也不可能足够。你不是没想过同他一起生活的可能，现实的种种令这样的理想渺茫。你知道永远无法回避那个结局，即使读再多的书，深谙再多的道理，甚至懂得遵从命运意旨的安排，你也无法劝慰和说服自己免于哀戚或保有坦然。

甚至你已察觉，其实远在世间的诀别之前，早就有许多零碎的疏远与道别，直到有一天，中间砌起一堵翻不过绕不过的高墙。而人生也像是一堵墙，早年的时候，一砖一石垒造起来，后来风吹走一点，雨带走一点，直到湮没无痕、杳然无闻，好在我们最终都会无痕无闻。所以，永远不要说我们可以主宰命运，上苍只不过给了你一些同他抗辩的机会罢了，而他会把这当成乐趣。

有时候你会想，将来的将来，你会如何回忆今天呢，如何回忆他呢？对你来说，那个曾经威严而今颓倦的人，有他没他的日子完全是两种截然的生活。那个注定的痛早已埋设在未来的路上，踩上去，变成你终生的痼疾，如此的痼疾累积，变成一种决绝。而你，又将如何面对呢？或许，只好带着笑或是很沉默——是的，那种你一贯的沉默，一种被生活悄然允准的态度。

风吹花落

我年少时常翻他的东西——那种医用的银色长镊子,用来捉蝎子最能引来伙伴们欣羡的目光。这些连同各式的医用剪刀、止血钳,被他收束在柜子深处的一个搪瓷器皿里。还会翻到许多泛黄的旧医书,原封面大多不存,代之以草纸叠糊而成,旧色笔墨写着《汤头歌诀》或《千金翼方》。翻开来,有蓝色墨迹勾画在不同的条目下,譬如"桑菊饮":

桑菊饮中桔梗翘,杏仁甘草薄荷饶,
芦根为引轻清剂,热盛阳明入母膏。

自我记事起外祖父就是村里的坐诊医生,其实直到如今,我也说不上来他从何时开始行医,只听说过他夜半偷偷燃点油灯自学医术的旧事——那年月,煤油务要俭省才行。我五岁时父亲故去,随后就同他一起生活,医事也成为我早年生活的重要内容,甚至在很长一段时间里,我的理想都是做一名医生。

我至今记得那时的光景:一排红砖红瓦的房子,村委会、代销点、卫生室自西向东一字排开,中间用红砖砌成的半高花墙隔断。三面围着两米高的砖墙,墙头上堆固着明晃晃的玻璃碴子。卫生室的东边是一个拖拉机房,高大的房门长年紧闭——那时大概已经没有拖拉机了——偶尔开启,散发出浓浓的机油味道。我读书的小学就在近旁,常趁着课间休息时去他那里喝水。那时协助他的,是我母亲的姨母的儿子——现如今已是村里的支部书记了——因为与我外祖父同宗同姓,又是平辈,故而并不喊他姨父,而是喊大哥。我们小一辈的无所适从,只好彼此直呼其名,倒也不觉得十分违和。

外祖父颇有些种花的雅兴,在卫生室的西窗下种了一棵蔷薇,年深日久,贴着檐下的墙壁攀援到高处,再沿着他搭起的木架子延伸到围墙外面。每年五六月间,开出无数鸡蛋大小的紫红色花朵,重重叠叠,如烟如霞,好不壮观,不禁让人想到"满架蔷薇一院香"的诗句。及至我升到镇上的中学,需骑车代步,正好可以把自行车停放在卫生室的遮雨棚底下,早上取车时常常偷摘几朵,藏进书包里,到学校送给喜欢的女同学。人生的美好不过如此。

卫生室房有三间,西首一间是问诊室,靠窗的一面放一条深褐色的靠背凳,供就诊的村民歇坐,中间是两张写字台,最里的西药柜上,摆满了大大小小的药瓶。中央一间房专门做中药室,一组贴顶的枣红色药柜,高高矮矮几十个抽屉,每一个抽屉上左右各写着三个药名,打开来六个格子放着不同的中药材。紫苏、桂枝、麻黄、当归、黄芩、柴胡……中文里最美的名字仿佛都在这里了。我那时只认识蝉蜕和陈皮,或者还有柴胡,余下的不是干脆的叶子就是根茎被切成一段一段的,闻上去统统有一股苦涩的味道。当然也有一些神秘的,在柜子的最底层,用薄的白纸细心裹着,打开来是直直干干的蜈蚣,浑身长满了脚,让人感到害怕。药柜前是一套旧木的桌凳,堆叠的草纸被手工裁成边缘粗糙的方形。我见外祖父为人配药,抽屉次第打开,用一把长柄的小铲将草药铲到小秤里称斤两——长的草药用一台小铡刀切成段,稍大的就用一只学名唤作惠夷槽的药碾子碾碎——等份地倒在草纸上,待诸药齐备,草纸一包,绳线扎起,回家遵医嘱煎服即可。我日常玩耍捡到的一些蝉蜕,就偷偷放进去,只是不常用到,故而总是满当当的旧皮囊。

东首一间用来作输液室,两侧各贴墙摆放着一张木床,靠窗位置的一张高几上,连着一台老式的手摇电话,只能与镇里的村子通话,而且需要中转,中转的情形我似乎见过一回,是母亲带我去镇上时看到的。那时外祖父已有耳背的毛病,大概以为别人都是如此,故而接打电话总是十分高声,我们远在对面的山腰间劳作也听得真切,每一回总是笑他,他却不自觉。

后来不知因何缘故,村里决定把红砖红瓦的房子统统卖掉,外祖父就趁机把卫生室买了下来。他那时年事已高,决定不再行医,改由其助手于别处另起炉灶,继续服务乡里。又因为先前住的院子在半山上,汲水往来有诸多不便，便决议将卫生室改做住家。说起来那是1996年前后的事情了，那年夏天姐姐升到县里的高中开始住校，故而记得十分确切。后来把东边的拖拉机房也买了下来，又经村委同意，院子扩出去几米，始才得了个不很局促的院子。改造工作自然不能少，用水泥浇固了院子，门口里立起一面照壁，实际上只是灶棚的后墙，并没有用颜色鲜艳的瓷砖贴砌，只用水泥抹出一个轮廓。有一年春节，我突发奇想地裁了一张大红纸，用毛笔描写了一个大大的"福"字，郑重地贴了上去。先前还有一盘石磨的，也是从旧宅子里搬来的，买了电磨后就几乎不用了，这些年我很少回去住，不知道是卖掉了还是送了人，总之是不见了。

拖拉机房的改造略复杂些，薄薄的一面墙将空间一分为二，里间做备用的卧房，摆着两张小床，另有两个高大的衣柜，用来盛放被子和一些旧衣裳。外间做成一个厨房，不过是一架立式的液化炉灶、一张用作菜案的桌子，余外几个瓮缸，装一些经年的收成。

大门是城里的舅舅找人现场用边角料焊接成的，粗钢管做成门框，细钢管做成骨架，又用白口铁皮裁为门面。那情形我至今印象深刻，三个人在院子里反反复复地谋划测算，忙了大半天——他们显然不擅此道——在将门面往门框上焊接的时候，我忽然发现有些异样。为了验证我的猜想，我郑重地假想出把大门装上后开合的情形，若依照他们的设计，是要将大门开到院子外面去了。我壮起胆子提醒他们，可他们不以为然。不知道为什么，门做好后并没有接着装上去，直到几天后外祖父找人安装的时候才发现情况不对，那时舅舅他们早就回城里去了。无奈之下只得找来一辆拖拉机把门拉到镇上返工再造。

外祖父并没有保留蔷薇花的打算，齐根处剪断枝叶后被人从土里挖出来，扔在房檐底下。我完全料想不到原先花团锦簇的蔷薇会变成那种样子，黑黑的根宛若苍老的须发，我觉得它再也不能被泥土唤醒了。如果我所忆不错的话，我把它送给了当时的历史老师，一个黑矮又有些秃顶的男人，他先前找我外祖父问询过呃逆（不住地打嗝）的毛病，想必那时他已经有所留意了吧。

大概为了弥补院子里没有树木的缺憾，外祖父在院门外的空地上种了一棵国槐，歪歪扭扭的，只有指头般粗细。我那时对长大有种固执的迷恋，忍受不了那样长的等待，故而想象不出它长大了的样子——它真是太小了，让人感到一种惆怅。然而，不管怎么说，总算有了一棵树——没有树木的院子还叫院子么？

二十多年后，在反复入院出院之后的一个下午，外祖父还是提及了他的后事。那时的他已经不复能站立行走，多年的腿病终于将他击倒了，也折损了他最后的那点倔强。他说得那样漫不经心，仿佛在描述另外一个人的事情。他向忙碌着的小女儿交代：到时候需得把东面的那扇大门卸下来，不然棺材出不了院子——这是关于他的后事他唯一提到的事情，从此之后再没提起半个字。

搬家的第二年（1997年）夏天，我也去到县城上高中，后来又去青岛读大学，然后参加工作在北京定居，回老家的次数变得极其有限。说起来，我这次回去距上一次已经有三年零四个月了。所谓近乡情怯，或许是我走得太远太久了，我平生第一次如此害怕走进那道门。院子里拥满了人，让人感到说不出的一种局促，大门也终于还是被卸下来一扇，用红砖垫成齐膝的高度，十几个人围坐在那里喝酒。靠墙的一侧支起一个大锅灶，炉膛里燃着熊熊烈火。我得承认，这个院子好久没有这般热闹了，也好像从来没有这般凄清过，我有意躲到屋子里去，仿佛一个不小心就会被这样的气氛所伤。

那天，在接到那个消息之后，我忽然找不到匆忙的意义了，这么多年来，我紧赶慢赶，还是避不开那条黄昏之路。我心底里不愿意见到那个情形，像多年前见到的蔷薇干瘪黑瘦的样子，在我看来，那太接近死亡了。可是这下好了，我终于如愿缺席了那场重大的仪式。

不久之后宴席结束，人们纷纷四散而去，只有近邻的几个长辈帮忙收拾碗筷，一边收拾一边细细辨认是谁家的，各自认领而去。最后，几个人协力把卸下的那扇大门装回去，因为年久锈蚀，卸下时就费了好大气力，现在装回去又不免颇费了一番工夫。卯榫相合的刹那，我忽然感到人生的种种设计统统浮现出来，所有的事情都像是某个重大事件的伏笔，总有一天被认领、被兑现。这是人生的隐喻，还是上苍的某种算计？就像那扇门，无论当年我如何正确，都无法阻止任何一次的出入——它阻止不了人们的进入，也无法阻止任何人的离开。

我耐心地同所有的人告别，夕阳倔强地收起最后一丝余晖。我趁着长日将尽后的那点光亮洒扫庭院，地上落满了国槐的白花瓣。我仰起头，惊奇地发现当年那棵瘦小的树苗，已然悄无声息地长到成人腰身般粗细了，茂密的枝叶遮住了半个院子。我把细碎的花瓣扫到墙根底下，之后去做别的事情，等我转头回来，却见到"树欲静而风不止"的一番景象，风吹花落，落在地上，也落在我的身上心上，我忽然感到一种未尝有过的悲伤，仿佛在回应我心头不止的追问。我耳边响起鲍勃迪伦的那首歌："一个人要多少次回首，才能做到视而不见，我的朋友啊，答案摇曳在风中。"

是的，花落了，他真的不在了。

天　涯

外祖父早年只上过几个月旧学，蒙日后习医的裨益，书写诵读不在话下，也难得怀抱一分风雅。我至今记得其半山上的旧居北屋，进门正对一副八仙桌椅，桌后上方的白墙壁上就贴着一幅未经装裱的《沁园春·雪》的书法作品，草书，恣意洒脱。这在早年的乡下亦算得一件别致的事情。我那时尚记得书者的名号，如今却一点印象也无。因诗文在学校里习过，故能一字一字照应下来，知道哪处笔迹对应何字。后来因为汲水不便等缘故搬了家——搬到山脚下去住了，墙壁上的字也换成了隶书的《春江花月夜》。大约搬家的时辰总是很早，他们也没有容我添把手的打算，所以睡梦里的我并不知道那副字的去向，想必是丢掉了吧。长年累月的烟熏火燎，早就布满了灰尘，而且多半只是近乡略有情趣之人的作品，并不很值得珍重。

我那时也有心习字，却没人指教，不过就着八仙桌上写作业的闲暇，于心底里反复摹画罢了。乡下的桌椅，从来不拘特定的用途，多半时候都堆叠着杂物，我要写字时，只得临时收拾出来一块地方。如今我能记起的，就有外祖父钟爱的茉莉花茶，装在一个粗大的纸质茶桶里，打开来茉莉的清香扑鼻，冲泡出来却是茶的涩口。还有从鸡窝里摸出来的鸡蛋，触手生温，被我小心翼翼地捧着，搁进桌子中央的搪瓷茶盘里，为的是取用方便。印象更深的是一只玻璃瓶盛着的蜂蜜——乡人自制自足的那种，甘甜的味觉尽头使人生之初有种永远幸福下去的错觉……

"北国风光，千里冰封，万里雪飘……"——我无数次吟咏过的诗句。甚至到如今我都记得起始的"北国"二字的笔形轮廓，不知是不是一种错觉。然而因为生于北方长于北方之故，脚下的北国给我的感觉并不遥远，也不够神奇。我想，北国之北应该还有更为纯粹的北国吧。

如今说起来，那竟是二十多年前的事情了。

从名古屋到斯德哥尔摩并没有直飞的航线，只能就近经赫尔辛基转机。我们抵达阿兰达机场已是当地下午四点多了，期间跨越了七个时区，这一日便长出七个小时来，餐饭也变成四次。等到入住酒店安顿下来已近傍晚了。没有其他的公务活动，余下的事情就是专注地等天黑。

斯德哥尔摩是瑞典的首都，当地华人有时称作"斯京"。因为地处北欧，夏季昼长夜短，六七月间的初夏时节甚至没有全黑的夜晚。时下虽已近八月底，但日落也需等到晚上八点之后了。或许因为这层缘故，酒店的窗帘用的是那种厚实遮光的布料，并没有通用的那层纱帘。这些年来，我虽出差频繁，但出访的机会不多，对于时差的调整没有多少经验。犹记得第一次出访回国，足足头痛了三天。以为多休息必有缓解，却并不见效，后来才领悟过来原就是睡多了所致。之后就有了所谓"少睡"的经验。这次也莫不如是，强撑着晚睡，直到晚上九点多实在熬不过才缓缓入眠，而此时国内已是凌晨三点多了。

遵夫人叮嘱，夜半又起来打电话喊她起床——她一早要赶早班的火车带女儿月亮回娘家——当真是"咫尺天涯"的感觉。我前一日曾埋怨她不接我的电话，这时她竟学起孩童的顽皮，路上不断地发信息过来，扰我到底失了睡意，算一算已有近六个小时的睡眠了，于是起身。

拉开窗帘一角望出去，对面是一个酒店的模样，亮着许多灯，却无一点人影，路上也少有车辆的踪影，大约是这个城市最安静的时候了。我住的房间外面有一个狭小的阳台，隔着玻璃可见到影影绰绰的一张圆桌和两把椅子，深色的桌面上有水珠闪着白光，似乎是在下雨。阳台围栏上挂着玻璃海棠的盆栽，借着街灯的微弱的光亮依稀能感受到它慷慨的艳丽。我以为这里纬度高，夏日必也早早地亮起来了，实际却没有。室温只有十几度的样子，有一种夜半才有的寒凉，只好披一件外衣。反正不会再睡了，索性泡一杯咖啡来提神，顺便记一下近日的行程。当地的自来水皆可直饮，便用酒店里的热水壶烧水，一通电水壶便吱吱地嚷叫起来，仿佛受了某种虐待，于寂静的夜里分外响亮。我实在太过无聊，便专心听烧水的声响，慢慢地，似乎像是被某种势力驯服了一般，反抗的尖锐变成喃喃地自语，等到水沸的时候，就只有水的翻滚带出的震颤了。白色的热气突突地从壶嘴处喷出，让人感到一种莫名的慌张。我是惯下厨的人，对这声音熟悉得很。说实话，那一刻，在这遥远的"北国"，我忽然体会到了一种"人远天涯近"的感觉。

我对诗词的学习不多，"人远天涯近"一句是新近在某本书中看到的，如今忽地从心底冒出来，却一时记不清出自哪一本书。我猜想或许出自随身携带的刘小枫先生的《拯救与逍遥》一书，因为书中有几章写到诗人的自杀——我何以会有这样的联想？——我甚至记得是在书中左侧一页中间偏上一点的位置。本以为不差的，翻了几遍却没有。不过依稀记得书中约略讲过这句诗的来处：有欧阳修的"庭长春梦短，人近天涯远"之句；还有王实甫的《西厢记》，写莺莺与张生月下联诗后的感叹："系春心，情短柳丝长，隔花阴，人远天涯近。"欧阳修句虽妙，却据说只是吴承恩于书中直接引用过的，恕我不才，查了许多资料，也不知是否为"醉翁"的原句。而且我读书不察，两句分明相左，意义倒是天壤之别了。

我虽然有写点东西的习惯，但半夜里起来写作的经历绝无仅有。我通常会在早上动念起意，傍晚公务稍歇时动笔，睡前躺在床上再斟酌完善。读过阿城的《威尼斯日记》，对其夜晚写作的习惯有印象，重新翻开来，果然曾在他写头痛的一章里做过标记。据阿城讲，他的偏头疼的原因，无外乎是"每天从半夜写到院子里的鸟叫"。至于为何在此处作一处标记，大概有引以为戒的意思吧。

我高中时，曾有一女同学给我看她写的一篇文章，大意写她夜不能寐起来写东西，写她因外祖父离世的悲伤心境。我那时年少，因为一些类似迷信的缘故，总觉得半夜里写东西，就会有不好的预兆的联想，仿佛于我的外祖父也不利似的，时间长了倒真成了一种忌讳。当然这只是我方才才记起的一件事情，我的不在夜半里写东西的习惯到底与此有没有关系，我实在说不清楚。

可是如今，我不必再有这样的忌讳了，我的外祖父已在一个月前故去了。接到母亲的电话，我心里异常平静，毕竟这样的结局早就在意料之中了。当时的我只为他的解脱感到释然，为人生某种功业的圆满感到欣慰。我曾无数次在心底追问这件事情的确凿，身心却完全没有接受他离去的事实，总觉得冥冥中还有挽回的余地，不知这是人人都有的感受还是我独有的一种体会。据我大胆猜测，这种迟钝其实是一种生理上的回避保护反应。

当日我赶回老家时，葬礼已经完结了。半途中，姐姐曾来电征询我的意见，要不要等我？我回她说不必了。我想以我眼下对死亡的理解，足以给出这个答案了，况且我原就不忍见所谓最后一面的。如今，随着时间的流逝，我慢慢接受了他离去的事实，如风吹一样，雨打一样，从我的心上，一点一点地，破碎，剥蚀，飘散，越走越远，无可阻挡。而我，当初那个对生活锱铢必较、盘根究底的少年，如今却甘心做一名生活的逃兵，千方百计避免想起那个人、那些事——对不起，原谅我暂时拒绝与过往的岁月和解。我不知道究竟需要多少时间才能让这样的伤痕愈合，或者变成一个终生的痼疾，在将来的任何一个时刻泛出隐隐的伤痛。

当他病重之时，正赶上我密集出差的前奏，我曾担心倘或变故生于我出访之际，该当如何呢？北国的遥远会不会变成一种"此恨绵绵"的迢迢？说实话，我这一段日子过得并不快乐。如今身在万里之遥的北国，听着水沸于壶的声响，忽然想起他在租住的小屋里，用同样的小壶，坐在那里烧水烹茶的情形。那时候的他腿脚虽已不便，却依然可以站立走动。那次我借着放假的时机，忽然推门而入，他一时不察，看不清来人样貌，以为有客来访，急忙让烟让茶，惹得我们一阵好笑。

"庭长春梦短""人远天涯近"，真真是写到人心里去了。天涯虽遥，无远弗届，这是距离上的一种近；弹指永隔，瞻望弗及，这是时间上的一种决绝。纵是遥远的北国，也不过十几个小时的行程罢了，可是人呢，要到哪里寻找呢？

咖啡加了糖，入口到底还是苦涩。可我并没有再添糖的打算——我早就过了迷恋蜂蜜甜美的年纪了。人生本苦，苦就苦着吧，这时倘有一点甜，想必亦会分外甜美吧。我放下笔，望一眼窗，隐隐的一点光亮从窗帘的罅隙里透进来，人声也起了一些，大概天就要亮了吧。

归去来兮

黎明时分我做了一个梦——请原谅我无休无止地提到梦境,并允准我作如下的复述:这是一种梦境独有的开端,没人知道情节何时降临,恍然间便有十几个人围坐在一起喝酒,气氛算不上热烈,却也称得上其乐融融。我知趣地端起茶壶,转着圈地把每个茶盏斟满——是的,想必我已有几分醉意了。就在我谨慎斟茶的时候,忽然一面宽敞高大的窗户魔法般呈现在我面前,说是窗,却只有一整块厚重的玻璃,浅绿色的天鹅绒窗帘被收束在两侧,这是我第一次在梦中感受到色彩。

窗子后面的情景一览无余,那是一个病房,三位鹤发老人由远及近地仰躺在病床上。中间的那位被数人围拢着,看不清他的样貌,依稀觉得是我的长辈中的某一位。一个年轻的姑娘,猜想是其孙女或者外孙女,穿一件淡蓝色的长风衣,缓缓地侧身躺到病床上,两只手臂环抱住老人的胳膊,脸紧紧贴靠在臂膀上。她大概是在重复儿时的某个情节,一个如今变得枯涩、不再生动的情节。这时候,我听到隐隐的哭声如乐曲的前奏一般涌动起来,却不是撕心裂肺的那种,很显然,这哭声里包含着巨大的克制。继而,一位护士被请进来——她大约在门口久候多时了,用一只细短的注射器为老人注射。我心底晃动了一下,这难道就是安乐死么?是的,这必然是一场告别。当然,这只是我的一种猜测,即便在我创造的梦境中,我也做不到对一切了若指掌。人类对命运掌控的企图多么愚蠢。

如同我从来捕捉不到梦境的开始,梦境也会戛然触碰到了它的边界。我没有立即睁开眼睛,仿佛只要闭紧双眼,梦中的情节就不会溢出,梦境便能及时接续,重新出发。我感到现实里的智识一点点蚕食梦境的波诡云谲,我开始认真思索那些荒诞的情节:宴席与病房何以一窗之隔,这种比邻而居,是否在暗示什么？窗口为什么没有被及时遮挡，难道在梦境里，没有人在意这种注视？是否所有的细节都会一览无余地呈现在你我的面前，如同天空下的那些生死，统统逃不过上帝的谋算？而作为旁观者的沉默的我们，是否有过哪怕一丝抛却"生命剧本"的念头，还是早已明了所有的旁观者将无一例外地成为当事者？

我试着慢慢理解这个梦境的由来。这几日我爱人的祖父病重得厉害，好似一件易碎的东西挣扎于某种边缘，使我内心里填塞着一股哀伤。又逢清明时节，姐姐匆匆回到老家探望外祖父母，对我谈起他们的近况，还约略谈及了年老时如何活得有尊严的问题。所有这些使人深切地感受到一种命运乖张的不可违抗，一种需要敬重的束手无策。

我说不清何以如此钟情于梦境的复述。毛姆曾说："既然我们所在的这个世界其实是幻象，其真相永不可得，那么在舞台上扮演自己的角色和在谬称为'真实世界'的现实之中扮演自己无甚差别。"可是，无论我如何浪漫，总不至于将梦境的舞台当成一种现实中的生活去对待，现实里那种阻滞感和逻辑性足以使得所谓的"幻象"比梦境展现得更为淋漓，也更为真切。这是我时常为从梦境中逃离而感到庆幸的原因，至于逻辑是否值得推敲，这一点我无从把握。

还可能跟另外一件事情有关：我近来一直在循环播放詹姆斯·霍纳为电影《燃情岁月》创作的音乐《The Ludlows》，乐曲时而磅礴大气，将人带入某种充满宿命和悲情的境界；时而又恬静欢快，好似穿回到人生中那些妙不可言、稍纵即逝的幸福时刻，使人相信生命中确曾有过片刻的欢愉。不得不说，音乐真是一种神奇的东西。乔治·斯坦纳说过，"音乐是最高的、真正的艺术，语言只是音乐的前奏和仆人。"我相信，音乐具备这种魔力，即使没有剧情的引导，它也可以绕过理性，找到无数条通向心灵深处的道路。

我起身坐在床沿上，仍旧禁不住回味这个梦境。不得不说，人世间最苦者非离别莫属，最紧要者也唯有一个"情"字罢了。因为离别，情更切，也因为情切，离别愈苦，二者相互依存，又彼此消融。

待我慢慢收起思绪，天已然大亮。穿衣出门过两个街角去买早餐，见得春光明媚，一派欣欣向荣之意。四月的北京降下大雪，的确是少有之事，眼下虽余寒未尽，究竟天时无可逆阻。道旁的垂杨柳，碧玉妆成，万条垂下，使人想起古老的诗句：昔我往矣，杨柳依依，今我来兮，雨雪霏霏。没有人知晓任何一次离别的长短，甚至难得有人分辨出何谓出走，何谓归来。

  我的家乡至今流传着一个李姓"半仙"的传说，故事中的他通晓叠路之法，暑伏天里会顶着一头霜雪出现，世人称奇。我隐隐担心，等我买完早餐敲响家门，结庐和月亮争相迎谒之人已变作一个白发胜雪的老翁。他们大概会无比纳闷：他明明只离开了一小会，却仿佛一直被梦境挟持。

萧　萧

旧历八月的北方小镇，碧空如洗，阳光柔软而熨帖——真是一年里最好的时光了。斑驳的光影里，似乎所有的事物都在预谋着退场：道路两旁的树木现出憔悴的神色，高楼间隙里攀爬的丝瓜，只余下肥硕的一只，被大红的丝线缚在架子上。更远的那些地方，大地上关于播种和收获的事情正在依序进行，直到再没有一件紧急的事情。一年里重要的使命就要完成了。所有这一切，让人感到一种心安理得的从容。

可是，再好的时光里也会有人变老，我的外婆，她也一年一年老去了。自理生活再不是一件简单的事情，所以早先几年，外婆就被姨妈接到城里去住了，在一个叫作蜂山的地方，就近租了两间屋子。我下车走过去，要爬两段长长的坡道，大概有十分钟的路程。

听说我要回来，外婆早早地下楼，在路口处晒着太阳等我。你远远地就看到她的样子，年近九十岁的她的确是苍老了，梳在耳后的头发从花白变成雪白，牙齿也几近掉光了，像是一件古旧的物件蜷曲在光影里。可是如果她就这样安静地坐着，你又觉得她老得没有那么明显——对于变老的心理预期会消解这种冲突，况且，你也在慢慢变老。

我很乐意加入到他们晒太阳的队伍里。到底有多久没有享受这样"负日之暄"的慵懒时光了，仿佛只有在这时候，晒太阳这件事情才会变得郑重起来，也只有此时，沉默才不是一种尴尬，而是变成一种专注。

我不时地打量她，其实，她已有一些年老迟钝的征兆了，她有时会分不清楚哪一个是哪一个的孩子。她怔怔地看着我的外甥——那个百无聊赖的孩子，先是任性地到处扬沙子，之后不知从哪里翻出来一把手斧，胡乱地砍来砍去。你察觉到了她脸上现出的一种迷茫的神情——她心里已有些疑惑了。

时间在阳光和影子的胶着中缓缓而过，夕阳西下，黄昏的样子，使人想到"景翳翳以将入""鸟倦飞而知还"的诗句。我扶她回家，原本要走一段高高的台阶，为了避开台阶，就要围着一栋三单元的楼房绕一圈。宽阔平整的水泥路面上，零星地散落着几片枯黄的叶子，不知名的昆虫一动不动地仰躺在人行道上，使人感到自然的死亡并没有那么狰狞可怖。她说这路很好走，坚持不让我搀扶。

她对我说起她的母亲，慨叹在临死的时候也没能喝上一口稀粥，这让她每次吃饭的时候，都想落泪。是啊，这些年里，你看她吃饭时的样子神色凝重，大概内心的纠结大过美食的享受吧。这些你又何曾察觉过呢？她又说起她前些年的病症，感叹如今医疗手段的先进，让她又安安稳稳过了几年安宁的时光。

我陪她慢慢地挪步，如同小时候她扶我学步的样子。傍晚的街道上，少有行人，世界有一种难得的安静。木质手杖杵地的声响在暮色里传出很远，像是大地的某种震颤，又仿佛世间只有我们两个在走。

在要拐弯的时候，她忽然说："咱们再往前走一段吧。"她指着前面不远的地方，"咱们走到那里，再走回来。"我顺着她手指的方向看过去，水泥路面的尽头是一处台阶，步级而上就是一处公园的入口了，树木林立的样子，像是有一片小小的森林，在暮色的映照下显得幽深。

说实话，她这个提议有些出乎我的意料。年纪轻轻就落下一身毛病的她，几乎从不出门，对于家之外的那些活计——四时的农活，集市的采购，她从来都不关心。况且这些年来她几时有过锻炼的想法？也因此，虽然自父亲故去后我就同她一起生活，但真正同行一段路的次数却屈指可数。

我四年级的时候，就要去到对面村子上学了。我们班主任兼语文老师名叫张衍福，是个个子不高红脸膛的民办教师。开学不久，他让我在黑板上听写，写到"圈"字的时候，我想当然先写一个"口"字，再在里面填上一个"卷"字——三年级的时候，学校里仅有的两个老师打架跑掉了，我其实已有大半年没有上过课了——他就把我推出门去，然后把门关上再让我进去。现在看来这实在是一次生动的教学，可那时的我，却觉得受了莫大的委屈。

我铁了心要转到另外一个班上去,那个班的班主任是学校的校长,一个看上去相当和蔼的人。我把这个决定告诉母亲,却被一口回绝。于是又告诉外婆,她竟毫不犹豫地要陪我去学校一趟——那个校长平日里喊她嫂子,大概她一出面,这事儿就好办了。那一次似乎是她这些年里走得最长的一段路了。事情自然得到了解决,我如愿调到另外那个班里。但不知为何,那一日的情形到如今却记不真切了,只能从外婆的叙述里细细揣测那时的忐忑。

还有一次是更早的时候,我大概只有四五岁,那是我记忆里外婆唯一一次到山上劳作的情形。因为我闹着要喝水,于是早早地往家里走,在走到一处很高的悬崖的地方,不知怎的,像是风开的一个并不高明的玩笑,一下子就把我的斗笠吹到悬崖边去了。吹到悬崖底下倒还好了,偏偏在半空里被细小的灌木勾住,使我们一筹莫展,只好忍痛丢弃了。一顶斗笠也不是多么珍贵的东西。可是这件事情我至今记忆深刻,为此还专门写进一篇题作《蓝色翅膀》的文章。我总觉得这件事情远没有这样简单,一定是风在欲言又止地向我吐露某个秘密——一个关于人生的无法光明正大宣告的秘密。

至于外婆讲起的她的病症,是在四年前。那时她胆结石的毛病变得严重了,隔三差五地复发,浑身战栗,发高烧,呕吐。我回到老家,租了一辆小面包车,送她到城里去做进一步的检查。因为担心在路上的颠簸,就让她靠在我的臂弯里。那是我长大后第一次与她如此贴近,也是第一次察觉到她瘦小身躯里藏匿的羸弱。我像是捧着一团细小的火苗。那时,我真是担心她一出走就再也回不来了,这样的事例已经在我父亲身上发生过一次了。可是事情并没有想象的那般糟糕,她后来去到省城济南做了一个简单的腹腔镜手术,住了几天院就回来了。我陪着她回到家里,前来探望的人见到她精神矍铄的样子甚至有些吃惊——他们以为从此要卧床不起了。这大概算作我人生里最重大的一次凯旋。

三十年来,我所能记起的与她同行的时光就只有这么多了。因为年岁久远的缘故,细节统统都被我遗失了——咳,怎么说呢,我总是那么容易忘掉许多事情。

暮色欺近,我同外婆走到既定的地点又折回来,然后相互搀扶着上楼。

我提议背她上去，她却依旧不肯。姨父用细长的钢管钉在墙上，做了牢靠的扶手，这让她有十分的信心不会跌跤。是啊，总有一些路要靠自己来走，竹杖芒鞋的路。

现如今，我们总是采用各种手段，企图使时间变得有序。可我总是隐隐觉得，时间和世界从来不曾粘连为一体，时间并没有均匀地洒向世界，世界也总会在明暗交替的光晕里前进或倒退。

直到过了而立之年，我才觉得自己终于长大了，开始接受已是个大人的事实。我与外婆的角色，似乎也在这样的时光流转里相互对换，我变成一个大人，而她慢慢退缩成一个需要时刻关照的孩子。然而，即便年近不惑，我也还是时常感到人生中的一些缝隙，不知从何时皲裂开来，那是任何成长都于事无补的一种裂隙，会随着一个一个人的离去而越来越多，越变越大。等到我们老去的时候，大概不免会感到"环堵萧然，不蔽风日"的一种荒芜，直到完全暴露在旷野之上。

不得不承认，这样的裂隙让我感到惧怕。即便只是黄昏里短短的一段路途，我也害怕走着走着，会丢掉搀携的那个人。从此再没有人指引我折回的旧路，只能独自一个人走进浩大而幽深的森林——那时，我将永远丢掉一个叫作"孩子"的身份。

小扇扑流萤

我做了一个梦。

梦见像往常一样，在村口的荆溪里游泳，顺着水流的方向一直向下。可游着游着忽然只剩下我一个人，小伙伴们统统不见了，天也一下子变昏暗。紧接着我看到身前出现了一个巨大的漩涡，我吓坏了，拼命地想要抓住一点什么，可是我的手脚是僵硬的，什么都做不了，只觉得流水像时间一样从我的指缝里流走了，我就这样离漩涡越来越近，越来越近……

我一下子就惊醒了，发现自己正蜷缩在沙发上，手里还抓着那本没有封皮的童话书——那是我从同学那里借来的，他也不知道书名，或许这世上再没有人知道这本书的名字。我花了好长时间才从睡梦里走出来，慢慢忆起下午的情景：午饭后同小伙伴们去村口的河里游泳，还越过河堤，去到支书家的田里偷了甜嫩的玉米来烧着吃。因为担心被大人知道去河里游泳的事——他们掀起你的背心，用指甲在黝黑的肚子上一划，一道白印子瞬间就能将你出卖。其实，河里的水势已经很小了，不会有溺水的危险，倒是天变凉了，大人总要担心着凉感冒罢了。我偷偷地跑回家去——这个时节的这个时候母亲总是在山上劳作，从来不会无故待在家里。没有事情做，就蜷缩在沙发上看书，看着看着就睡着了。

我踮起脚拉开房门，太阳已经落山了，世界有一种黄昏特有的光亮——那种即将被暗夜接管的光亮。整个村庄都静寂无声，有一种不曾留意过的反常的气息，我仿佛被世界遗弃了。可是我这样子过惯了，对我来说不过是另一种散漫的自由。我使劲揉揉眼睛，小家伙突然从台阶上跳起来，扑到我腿上，使劲咬我的裤子。它的牙齿细小且密，尽将唾液粘到我的裤子上去了。

小家伙是伯父家的堂哥养的小狗。我不知道它的名字，它或许没有名字，反正我一直叫它小家伙。而它似乎也很乐意这样的称呼，我一喊它就跑到我跟前来，两只前爪不住地挠我的鞋子。小家伙也真是招人喜欢，每每伯父家里没有人，它就从柴门的空隙里挤出来，跑到我家里来。

我说："小家伙，走开！我要洗脸了。"

它就很听话地跑开去，趴在院门口榆树底下的水缸旁边等着。

我跷着脚趴在缸沿上，看见一些榆树的落叶在水面上飘荡，叶落知秋，看来夏天真的要过去了。我舀了半瓢水倒进脸盆里，树叶也跟着到了脸盆里。我用手把它们一一捞出来丢到一边，小家伙以为是丢东西给它吃，一个箭步跑过来，结果自然是空欢喜一场。我就嫌它笨，它只好失望地盯着我看，然后低下头去舔自己的爪子。我想它要是会说人话就好了，可是它不会。

我洗完手，便往它身上撩水。它把耳朵缩起来，"嗖"地跑开去，在一丈远的地方蹦跳着绕圈。等水都洒完了，它又跑到我的跟前来，站稳了，报复似地使劲抖身上的水。

我说："小家伙，跟我到姥姥家吃饭去吧。"它用小舌头把嘴巴舔了一圈，似乎听得懂我说的话。

自我四岁时父亲故去，就跟着姥爷姥姥一起生活了，平日里只在自己家里睡觉罢了。好在两家只隔了几百米的距离，往来都十分方便。

小家伙很听话，我在前面走，它就安静地跟在后面。我一直奇怪它为何如此安静，等回过头来才发现，原是它步子太小，要想跟住我必须奋力跑。我见它把舌头伸得长长的，活像个吊死鬼。

姥姥家门口有两段高高的台阶，加在一起足足有三十几级。我一点也不指望它能爬上去，只好俯身把它抱在怀里。爬上台阶，就见到姥姥正在做饭，炊烟从灶棚里飘出来，袅袅直上，让人感到异常的恬淡的况味。

"哪里捡来的小狗？"姥姥问。

我正着急找瓢舀水喝没听见，姥姥又问了一遍。

我说："是利军哥哥家的，可黏我呢。快过来，小家伙！"

小家伙就颠颠地跑到我的跟前坐下来。

水缸里的水已余下不多了，我只好趴在缸沿上，两腿腾空地够着去舀水。

小家伙以为我要掉进去，边叫边跳起来咬我裤脚。

姥姥见到我调皮的样子，冲过来狠狠地在我屁股上拍了一巴掌。

"让你喝凉水，不长记性！"

我笑着问姥姥做啥好吃的呢？

姥姥严肃的脸再也绷不住，笑了，让我过去瞧瞧。

我跑过去看，原来是要煎藕合哩，藕被切成一片一片的，每一片又切成相连的两片，中间夹上瘦肉和蔬菜，整齐地码在案板上。

"你姥爷好回来了，去给他开瓶新酒。"

我就去拿酒。姥爷的酒统统放在电视桌的下面，有啤酒也有白酒。小家伙进不了门，隔着纱门在外面"汪汪"地叫。就在这时，我脑海里忽然闪过一个"了不起"的念头。

我把姥爷喝空的酒瓶里灌上凉水，盖上盖子，放在那些没有喝过的中间。小家伙跟进屋里来，见我鬼鬼祟祟的样子就不住地叫唤。

"嘘，小声点！"它就不再叫唤了，跟在我屁股后面活蹦乱跳——它也在偷着乐呢。

母亲回来的时候，我正在看姥姥煎藕合，小家伙委屈地趴在灶棚外面的柴草堆里。姥姥嫌它闹，不让它进到灶棚里去。

姐姐无精打采地跟在母亲身后，愤愤地把书包往磨盘上一丢。小家伙晃着尾巴跑过去咬姐姐的裤角，姐姐不耐烦，把它轰开去。小家伙只好夹着尾巴跑回来，重新趴在草柴上。我瞥它一眼，笑着嫌它的笨样子。我想，姐姐准是考试没考好，换她心情好的时候，别提对小家伙有多好了。

母亲从口袋里摸出一把把的枣子来，排布在榆树下的石桌子上。一，二，三……足足有十七个呢，带着深夏里最后的一点余温。我抓起一个塞进嘴里，姥姥见了又嫌我不洗干净了就吃。

"姐，你帮我洗几个枣子呗，能分你几个呢。"

"一边去，想吃自己洗，别烦我。"姐姐站起身进到屋里去了，开纱门的时候碰到了挂在屋门口的一串红辣椒，晒得酥干的辣椒擦着墙壁来回地晃，"沙沙沙沙"的像是暮色里的歌唱。

我见到磨盘上姐姐的书包敞着口,就想验证我的猜测。我蹑手捏脚把试卷掏出来,却发现除了数学 98 分,其他的都是满分。

我失望地把试卷叠起来放回书包里去,却不想把文具盒碰到地上去了,钢笔直尺圆规散落一地。幸好姐姐在屋里,并没有听到响声。我赶忙去捡地上的东西,却发现有一张字条。我打开来看,竟然是男孩子写给姐姐的情书呢。

姐姐想必就为这个烦呢?我跪在磨盘上捂着口鼻偷偷地笑。母亲暗暗向我使个眼色,我赶忙把东西理顺了按顺序放回原处,又蹑手蹑脚从磨盘上跳下来,扑到母亲怀里。

姥姥的藕合做好了,扑鼻的香气从灶棚里溢出来,在暮色里四处游走。我端了一盘爬到院墙上,看看姥爷回来了没有。小家伙蹲在墙根低下,盯着我的藕合馋得直流口水。我趁姥姥和母亲不注意夹了一个丢给它。可它叼着哪也不去,竟就径直跑到母亲身边去了。

母亲看看小家伙,看看我,没有说话。

在藕合吃到一半的时候,我看见姥爷倒背着手从山脚下回来了。我从院墙上跳下来,却不想颠落了两个藕合,小家伙以为是我特意丢给它的,赶忙跑过来叼走了。

"咋才回来呢?"姥姥说。

"凤仙她娘吃蘑菇中毒了,才忙活完。"

"没事吧?"母亲担心地问。

"没什么大碍,吃得不多,就是肚子有点疼。"

姥姥和母亲同时松了口气。

姥爷洗手的当儿,姥姥已把藕合端上桌了。等姥爷坐下来,小家伙很有礼貌地跑到他跟前蹲下来。

"哪来的小狗?"姥爷问。

"蒙子他哥家的。"姥姥说。

姥爷就从盘子里夹了个藕合丢给它,小家伙叼起藕合飞快地跑开了。

我说:"姥爷,我去给你拿酒。"

姥爷说:"今天天热,给我开瓶啤酒。"

我眼见着"计谋"要落空,急忙说:"还是喝白酒吧,白酒才够味。"

姥爷没再言语,我赶忙跑到屋里去取"酒"。姐姐无所事事地靠在床头看电视,愣愣地瞥了我一眼。

姥爷接过酒,对着灯光看了一眼,旋即放到脚边去了。

我说:"姥爷,你快喝!"

姥爷只是笑而不语。

小家伙去哪了?竟躲在磨盘底下吃藕合呢。它把几个藕合全都叼到磨盘底下去了,生怕别人要抢了它的。等藏好了,又晃着跑出来,跑到姥爷跟前蹲下来,愣愣地张望。

姐姐端着一盘藕合从屋里出来,小家伙极有眼色,飞快地迎上去,姐姐就夹了一个藕合丢给它。

夏夜里的满月仿如一位恬静少女,盈盈在夜空里顾盼。四下的虫声一层叠着一层地围拢过来。门口墙壁上的灯影里,不知名的虫子飞来飞去,壁虎们则神情抖擞,忽而匍匐待发,忽而左突右冲,像是精明的猎手。渐渐地一家人相顾无言,我见到小家伙吃饱了,趴在我脚上开始打盹。

"姥爷,你喝酒。"

"嗯。"姥爷只是答应却并不喝酒。

姥爷看一眼我脚边的小家伙说:"你看小蒙儿打盹了,要睡觉。"

我说:"我才不困呢,我不睡觉。"

姥爷便指着小家伙说:"我说它呢。"

我说:"我才叫小蒙儿呢,它怎么能叫。"

姥爷不睬我,翻过筷子来轻轻戳了小家伙一下。小家伙睡意渐浓呢,被姥爷这么忽然一戳,一下子站了起来。

"小蒙儿还睡着了呢。"姥爷抿着嘴笑,母亲和姐姐在一旁咯咯地笑。姥姥去灶棚看煮的地瓜粥,听到她们笑,也未必知道原因地跟着大笑。

小家伙眨巴眨巴眼,晃一晃身子。姐姐起身去盛粥,不小心踩到了它的脚。它"呜"地叫唤一声,转头就往桌子底下钻,正好碰倒了姥爷脚边的

"酒瓶"。

我说:"坏了,酒洒了!"

姥爷终于忍不住哈哈大笑起来。我把小家伙从桌子底下拖出来,轻轻地打了它一下。小家伙瑟缩着脑袋,一副十分愧疚的表情。

"小腿跑得快,给我拿瓶酒来。"姥爷说。

眼见着"计谋"失算,只好跑到屋里帮姥爷拿酒。

出门的时候,纱门碰到了挂在墙上的辣椒,辣椒的晃动使一只壁虎受着了惊吓,一失足竟然跌落到我的头上去了。我向来最怕壁虎,便惊吓中从台阶上一跃而下,眼泪夺眶而出,跟着大哭起来。母亲一把把我抱过去揽在怀里,姥姥和姐姐却不住地笑我胆小。姥爷抿着嘴从我手里接过酒开始小酌。

小家伙被关在了屋里,却不会开门,只好趴在纱门上叫唤。姐姐去开门把它放出来。母亲笑着说,它比小蒙儿还笨呢。我听了破涕为笑。

姥爷一边喝酒一边给我们讲故事。说从前有两个人,一个叫张三,一个叫李四。有一天,张三对李四说,豆虫太可怕了。李四听后不以为然地说,豆虫有什么可怕的,你兴许是没见过蚱蜢呢,那才可怕呢。

我知道姥爷在说我胆小呢。

"快看,萤火虫!"姐姐说。

我转过头去,只见一只萤火虫从远处徐徐飞过来,穿过石榴树,穿过花丛,穿过岑寂的黑夜,在半空里晃晃地翻飞。

姥爷接着讲他的故事,说从前有个叫车胤的孩子,没钱买油点灯,于是就把捉来的萤火虫放到布袋子里,借着萤火虫的光刻苦读书,后来还做了大官。

我说:"我也要捉萤火虫。"

姥爷就让我去屋里把扇子拿出来。

我虽忌惮壁虎会再次落到我的头上,但为了捉萤火虫,却也顾不得那许多了。小家伙似乎很愿意到屋子里去,依旧跟着进进出出。

姥爷的扇子是用芭蕉叶做成的,圆圆的,边缘处用布掐一道边,掂在手里极是轻便。

姥爷说:"秋天还没到,萤火虫不多。"

然而,话音刚落,就见着一只萤火虫从屋后飞过来了,在院子里打个转,飞到花丛里去了。我跑过去,用芭蕉扇轻轻一扇,它便落到草丛里去了。

我说:"它还放赖呢,我没使劲它就落下来了。"

我把草丛里那点光亮捧在手心里给姥爷看。姥爷瞥了一眼,端起酒杯来抿一口酒。

"银烛秋光冷画屏,轻罗小扇扑流萤。天阶夜色凉如水,坐看牵牛织女星。"姥爷说,"你这正是轻罗小扇扑流萤,过来过来,我告诉你哪颗是牛郎,哪颗是织女。"

我就跑到姥爷怀里,仰着头看深夏里高远的夜空,漫天繁星间,偶尔有流萤飞过,像是自由飞翔的星星。

我说:"星星也会飞呢。"

姥爷指着夜空说:"那一颗是牛郎,那一颗是织女,中间那是银河,每年的七夕他们会踏着鹊桥相会一次,在葡萄架下还能听到他们说悄悄话呢。"

我问:"七夕是哪一天?"

姥爷说:"七夕就是七月初七。"

我又问:"过了么?"

姥爷说:"过了。"

于是我就很是盼着过年,盼着牛郎和织女再次相会。我甚至已暗暗里下了决心,来年一定要在我那垦出的小田里种上葡萄。

母亲说:"来我这边,你姥爷还要喝酒。"

我就躺在母亲的怀里数星星,数萤火虫。数着数着,就睡着了,萤火虫从我手缝里钻出来飞走了,飞进寂静曼妙的夜里舞蹈去了。

曾　经

"来，抓着我，别怕……迈步，不要踩黄线。"

她身子一晃，抓你胳膊的手一紧一松，已稳稳站上了电扶梯的踏步。刚来北京之时，她对乘坐电扶梯有种本能的惧怕，在她看来，电扶梯是比乡间坎坷的土路更为危险的东西。

你带她逛商场，自上而下地逛，琳琅满目的商品尽收眼底。她似乎"无心恋战"，见到有趣的东西也只是站在几米远处张望，你鼓励她近前看，她又说：有什么可看的？有时候，你会站在近旁等她，也打量她。她混在人群里，矮矮胖胖的，像个懵懂的孩子。当并肩而行，你侧过身去，看见她稀稀拉拉花白的头发和隐约透出的铮亮的头皮。你不禁追问，那曾经浓密的，有着肥皂香味的黑发去了哪里，为什么变成了如今这般模样？

"来，抓着我，别怕……一步，两步，三步……"

曾经，她也这样抓着你的手学走路吧，长长的头发垂到你的耳畔，有淡淡的肥皂的香味。

她带你去赶集市，五天一次的乡村大集，人声鼎沸，车水马龙，叫卖声、玩笑声、讨价还价声、打情骂俏声此起彼伏，仿佛永无止息。你拉着她的衣角，跟屁虫一样随她在人缝里穿梭，如同走进森林。

"豆角多少钱？茄子呢？"她问。

你踮起脚尖仰起头，仍旧只看到案台的一角，你想象着各种蔬菜被他们分门别类地码在一起，等待着人们的挑选，花花绿绿的样子一定格外惹人喜欢。

你又看到卖布的那个角落里，五颜六色的花布挂在高高的竹竿上，又整个地垂到地面来，透出一股子辽阔的喜庆的壮美。你无法不被这样的情景吸引，因为许久之前她曾答应你，过年的时候会裁一块布来给你做新衣裳。于是你松开抓她衣角的手，慢慢踱过去。你想象出每一块布做成衣裳的样子，当然要挑一块最好看最喜欢的。可是，当你意兴阑珊转过身来，却已不见她的踪影。那一瞬间，恐惧从脚底涌上来，像水一样淹没了你的身体，原本熙熙攘攘的集市突然变得鸦雀无声，让你感到绝望，甚至忘记呐喊。

就在此时，一只粗糙的手从身后牵起你的手，若无其事地继续前行。你，重新穿梭在人缝之中，也重新拥抱了森林。

春节前，她突然执意要回老家过年，却已买不到车票，你只好央朋友送她上车后补票。早早地，你陪她站在进站口的最前面，为的是急急进站"抢"一个餐车的座位。她那"万水千山走遍"的双腿已然经不起久站。你给她预备了正好的补票的钱，放在一个信封里，又把行李放在方便取放的位置；你叮嘱她餐车的座位是不卖票的，谁也没有权利赶你离开；手机要随手拿，找你的时候可以第一时间听到，你想念的女儿会准时在车站接你……

车门已关，却并不出发。你问起原因，列车员告诉你因雪晚点，你只好在站台上等。百无聊赖的你，遂看站台顶上罅隙里的飘雪，在灯光下一闪一闪。你忽然想起了张岱，那个同样百无聊赖的人，"拏一小舟，拥毳衣炉火，独往湖心亭看雪"。"十二月""是日更定矣"，不正是此时此刻吗？

今古一时，谁说不可能呢？

曾经，你第一次出远门，是去县城参加物理竞赛。因为是当日来回，你必得早起赶路。时值深秋，黎明尚远，她送你去村口的车站，走一段没有灯光的土路。如果不是"星月皎洁，明河在天"，漆黑的夜一定使你惊惧不堪，以至于多年后，当你读《秋声赋》，竟豁然有种知遇之感。

你们看见，远远的，一点亮光快速地由远及近，而你们显然没有到达停车的地方。于是，她拉起你的手向村口跑去。露水打湿了你的鞋袜，凉如夜色。而车辆到了村口却并不开走，开车的人显然看到并会意了你们。等你上车入座,她依然站在车门口向里张望,你看见昏黄灯光下她的脸,写满了紧张和不安。

"中午吃饭的零钱在你上衣的口袋里,要多喝水,不要乱跑……"

"知道了。"

那时候的你,是否也如那个一天天长大的少年对你那样,对她感到过些许的不耐烦呢?

还有那件事,是姐姐告诉你的。

"那件事,你知道吗?"她在电话的那头试探地问你。

"哪件事?"你显然不明所以。

"啊……就是她跟王明娇吵架的事情啊,你不知道吗?她不让我跟你说。"

你只知道王明娇是她敬老院的同事,两人似乎平时就有些不睦。在一再的追问下,你才大概知道了主要的情节:她闲来无事的时候,在敬老院的院子里种了些瓜菜,兴许就有黄瓜、丝瓜或者葫芦吧。在她的精心养护下,已经有尺许高了,绿油油的惹人喜爱。可是有一天,她发现幼苗不知被谁拔出来,丢到旁边的麦田里去了。这令她出离愤怒了,自然就怀疑是王明娇捣的鬼,于是发生了争吵。令人意想不到的是,王明娇忽地转回屋喝了农药(后来知道争吵只是诱因),这让她始料未及且十分害怕。幸运的是经过及时抢救,王明娇捡回了一条命。而她,则给王明娇垫付了部分医疗费。

在你看来,这不是件小可的事情。终于还是不顾姐姐的反对,在电话里问起她来,她先是支支吾吾,而后又"顾左右而言他",言语里满是孩子般的愧疚和不安,使你觉得电话那头,分明有个做了错事的孩子在低头玩弄衣角。

曾经,你也面对过她这样的讯问吧。那时的你,是村里的孩子王,可偏偏邻居家一个点点的孩子不与你交好,还时常发出挑衅,往你家里扔石头。终于,你忍无可忍予以回击,可巧一下子就打中了他的脑袋,而且流了血。

你害了怕，躲在屋子里不敢出来。你期望她不会知道，使你免遭一顿打骂。可偏偏不知是谁告诉了她。那个点点的孩子，同你一样因为害怕而不敢回家，最后被她在树林里找到，送到医疗室进行了包扎，还买了两袋牛皮花生作为安慰。

后来的情形你记不真切了，只记住了当时的忐忑和未曾发生的那顿打骂。至于真相，大概在你于她的态度里会有一些线索吧。

有时你想，如果时间没有起始，没有尽头，那么这一刻是否可以约等于那一刻、那那一刻，以及所有的一刻呢？或者时间并不存在，只是你我的一种错觉，那么这一刻、那一刻何尝有所区别呢？如果没有区别，曾经的那些，一个一个，一件一件，一时一刻留不住的，去了哪里呢？所以，还是信奉那个叫作"时间"的导演吧，它把一切可能的剧情导给你看，告诉你人生的答案就是回归。那一个一个的，从小孩变成"小孩"，那一件一件的，从虚无处生发，又消散于无形，那一时一刻的，从来也变不成掷地有声的东西。如同史铁生所说：唯柔弱是爱愿的识别，正如放弃是喧嚣的解剂。于是，你放下所有的矜持，坦然成为这出悲喜剧里当仁不让的主演。

游必有方

有时候,你会发现她越来越像个孩子。

"妈,把这支蒲地蓝喝了,嗓子就不会那么痛了。"

她接过去喝一口:"怎么这么苦,我不喝。""没有那么苦,一口气就喝下去了。"于是,她勉为其难喝完这一支却是再也不喝了。你只好作罢,去给她买别的药。

晚饭的时候,你说,我明天还要出个差。她夹菜的手在空中停顿一下,看着你,一副欲言又止的样子。

等一切收拾妥当,你开始等她小心翼翼地关于细节的追问。终于,她开始"漫不经意"地问起你的去向和行程,去哪里,何时回,几个人同行,坐火车还是飞机?如同年幼的你对她的那种追问。

这种角色的转变会在不知不觉间完成,如此自然,丝毫没有突兀之感。

你只好删繁就简,不冷不热地说出一个或几个地名,连同一串数字。你实在不晓得详尽的回答作用几何,比如"辽宁、吉林、黑龙江"的回答会否比"东北"来得更加详实和妥帖。你尽量把出行简化成"出发"和"回家"两个符号,至于将去的县城有四千多米的海拔,头痛曾令你无所适从;或者下乡调研路阻且长,积雪的山路连越野车也不能通行……所有这些,你不会对她讲起,更不愿对她讲起。甚至,面对她于你出行见闻的好奇,你也要刻意控制与她分享的冲动。

年过而立的你,会突然发现一些性格里未曾察觉的特质。比如某个瞬间,你会毫无征兆地发现自己冷漠的一面,并对此确信不疑。不知从何时开始,对大的小的事情不再计较,甚至漠不关心;对待亲人和朋友,满心的关怀和爱恋不会表达,想必会给人冷冷的感觉。有时你想,这难道是男人独有的特质吗？或者只是时间，暗地里对你做了手脚，盗走了属于你的那份热情。你的棱角被生活焐化了，伴着你的气息吐出来，变作温腻的应付和寒暄，让你感到沮丧，却又无可奈何。

或者，你想，其实在她心里，地名原就只是一个符号，无关乎你的"冷漠"的回应。至于辽阳、甘孜、澄江、黔南……在何方，离家几何，对她这么"寒腹短识"的人来说，无从知晓也无需知晓。在她心里，那些只是你将去的远方而已。

终于，你想起来找一张地图带回家里，那是一种凹凸不平的硬塑质地的地形图，几乎无法折叠或者卷起，你带着它上公交车，所有的人盯着你看，想必一定有人觉得你疯掉了，竟然在刺骨的冷天里擎着一张比磨盘还大的地图。然而你心里竟是暖的，是的，终于可以直观地向她描绘你将去的方向了。

"你看，从这里到这里，我们要飞过去，然后再到这里，是坐汽车……很安全的。"你必得预先对她未出口的问话或心底的疑虑作确凿的答复。

曾几何时，远游是你必然的选择，因为除此之外的所有情形你已了然于胸。曾几何时，你又为"父母在不远游"的谆谆教诲而耿耿于怀，直到有一天知道了"游必有方"的勉强的例外。终于，你还是遂了她的心愿，毫不犹豫地出走故土，义无反顾地奔赴远方的理想。有时候你想，像她那样的农民，每天头顶天空，脚踏大地，是否想过天为何物，地为何物，日月星辰为何物。可曾如屈原或李白那样，发出过些许的疑问？或者"大智若愚"如她，远方已经不再重要，而更愿意守着自己的"一亩三分地"自由自在地过活。

其实，她也是一个热爱出行的人，却几乎没有去过什么地方。这些年，为了帮你照看孩子，她离开家乡来到北京，从此因为你的理想而置自己于"远游"的境地。她每次坐火车来去，你必得接送，她已经应付不来现代便捷的那种"繁复"，在你眼里，她彻底变成了一个孩子，一个随时可能迷路的孩子。

除了变得冷漠，你还开始喜欢回忆。你想起三十年前的那些时光，她牵着你手，教你学步，现实的路，人生的路，她全指给你。那时候的你未曾想过天为何物，地为何物，日月星辰为何物，她自是你的天地。后来的你，学了地理，知道了世界的博大，也知道了地球的渺小。其实，你多想告诉她，我们是如何"悬浮"在浩渺的宇宙之间,如何在自转的同时绕着太阳旋转;告诉她"明明暗暗,惟时何为"以及"日月安属,列星安陈"的答案……

天气晴好的一日,你翻开一本孩子们的书,郑重地坐在她的旁边,开始为她讲解。阳光从窗外扑到书页上,好吧,就从阳光下的这一行讲起吧:天地玄黄,宇宙洪荒……

雪落南山

旧历的年底大抵是要飘几场雪的，静静的一夜，院子里便落满了雪。院墙上，篱笆上，草垛上，倒扣着的水桶上，像抹了一层厚腴的奶油，宁然而肃穆。及至雪过天晴，我照例要帮外公把院子里的雪扫起来，然后用簸箕把它们运到院子外面的槐树底下，常常在这个时候，屋里屋外走过许多遍的外婆便站在门口，对我说：去吧，快去快回！我便换上长靴，接过那个黑色的皮包，快步走出院子。这时，三叔多半已在门外等着了。

包里装的是祭拜父亲用的一些纸钱和木屑香，另外是些饼干兼酒水，碗盏齐整地搁在包里，且行且发出相互撞击的声响，和着脚下发出的雪碎的天籁之音，便禁不住令我记起儿时的些许回忆。

王旭烽有篇名曰《悠然见南山》的文章，却并非取意于陶渊明的避世闲逸，大抵用这样的一句诗表述她从父亲去世的忧痛中超脱的心境，兼对生命的参透。我对父亲的印象大多是从那些泛黄的照片里获取的，真正从生活里撷取的只限于几个场景，且已斑驳，几不可拾。小时候，父母亲都需早起劳作，便常常把我一个人锁在屋子里睡觉，及至我懵懵懂懂地醒来，见他们不在旁侧，门又上了锁，不得出，只好趴在窗台上哭泣。等见到父亲从晨光里背着一捆柴穿过窄窄的栅门回来，然后把柴搁在院子里的石桌上，打开门，一边哄，一边听我诉冤，我这才觉得有了依靠。那时对我来说，父亲是天。

弹指间，十六年春华秋实，倏然远去……

父亲的墓也在南山，那里密密匝匝地种着许多梧桐树。夏日里，阔大的梧桐叶将强烈的日光遮住，显得极为幽僻。我也偶尔会随着外公拜祭他的先祖，每回也必定会从他手里接过一打纸钱，往隔了一层梯田的祖父和父亲的墓前祭拜。然而此时，冬天的山里，雪地上少有人行，梧桐树也只剩下赤裸的枝杈，便显得极空旷。我与三叔穿着有高高鞋沿的长靴，踏着一些动物的足迹穿过雪地，终于来到父亲的墓前。我见到墓上沾了雪的枯草和一些被风吹落的雪团，不免深感悲楚了。回首望去，素洁的雪地已被我们错落的脚迹潦草了。

说到脚迹，我又禁不住记起王鼎钧的那篇《脚印》来，他说每个人在死后都有一件事需要去做，那就是把他生前的每一个脚印都捡起来。又据说，一个人死后，他的脚印会突然浮出来，在他走过的每个角落。大的，小的；深的，浅的；完整的，残缺的；平底的，花纹的；零星散布的，重重叠叠的。倘若便真的如此，那我的父亲必定也会虔诚地捡回他生前的每个脚迹。重叠着且残缺的，必定是在我祖母家的门前飞奔时落下的，而那些重叠着且完整的，必定是在我家门前劳作时落下的。如若这捡脚印的活也是一项繁重的工作，我的父亲，他也许便一个一个地捡过去几年的时光，那么他兴许便能见到六岁的我上学放学，七岁的我欢腾跳跃，九岁的我懵懵懂懂，十岁的我世事初涉。又倘若他便在窗前落下过许多的脚印，兴许又会见着我酣睡的姿态，又或许……罢了，毕竟是传说，怎可信，早无语凝噎。

十六年的时光，回忆起来，转瞬即逝，然而每个灵魂是不会有那么多充裕的时间来捡这脚印的。这般美好的传说，只可能是悲戚者追忆的附会。他们让飘远了的灵魂返回，终须找个合适的理由，寻一个与世间相仿的平衡。因此，便有了捡脚印的工作。可见，另一个世间的幽灵，也做不到随意洒脱。更有甚者，便把剩在这世间的几不可拾的每个脚印都带走了，只剩下回忆聊以慰藉，如此决绝。想必到如今来，我的父亲也捡拾完了所有的脚印，去到另外一个世界了。

前些年，因为学业繁忙，往往没有时间在父亲的祭日这天去祭拜。这些年有了时间，兼长了些年岁，自然是另一种情形了，只是倘或我的父亲已有了来世，便也就并不知晓。如此也好，让生者不必牵着对昔者逝去的沉痛，逝者却已有了来世，岂不两好。

在这个有雪的季节，我的心像那木屑香的香气，徐徐而上，悠悠然望遍这南山的旷野的雪。

你不知道的事

飞机上,一个怀抱幼儿的男人提出要同我换座。他指着身旁的妻子,言辞恳切地向我解释:他们带着三个孩子,希望能坐得近一些,以便相互照应。

我深知带孩子出行的辛苦,而且换座不过是从左边一排换到中间一排而已,我欣然应允。

安放好行李,我细细将他们打量:丈夫戴着金丝边的眼镜,斯斯文文的样子,年龄看上去倒不像已有三个孩子的父亲。妻子则显得成熟一些,也憔悴一些——刚刚做了母亲的那种憔悴。三个孩子之中,大一点的是个男孩子,五六岁的样子,两个小的是女孩,约莫只有一岁多一点,想必是双胞胎,但模样又不很相像。

由于是夜里两点多起飞的航班,很快地,机舱灯光调暗,所有的人都缓缓进入了睡眠。

我对夜间的长途飞行也算有些经验了,外套的拉链拉得严严实实的,又裹了一层毯子,却依然觉得冷,空调的凉风嗖嗖地从裤管往上钻,似乎它们也乐意找个暖和一点的地方待着。座位的不舒适,因为旅途的漫长而放大许多倍,无论变换何种姿势都让人感到疲惫不堪——这样的飞行实在是一种煎熬。

我夜半里醒来过几次,整个机舱里寂无人声,只有飞机持续的轰鸣。那个父亲就坐在我的左手位置,几乎整个晚上都用一个姿势怀抱着其中的一个孩子。不用说,另外一个躺在妈妈的怀里。期间没有听到孩子们任何的哭闹,可知她们睡得何其香甜。作为两个孩子的父亲,我对这种长久怀抱的体验是深刻的,我完全可以想象得出夫妻二人承受了怎样的一种煎熬,这让我无法不对他们肃然起敬。

几个小时之后,窗外开始透进来一些光亮,机舱灯光也缓缓亮起来,空乘人员按部就班地安排乘客用餐。两个孩子也都陆续醒过来,一副睡眼惺忪的可人模样。因为还要转机,我便趁着降落前的一点时间闭目养神。半睡半醒间觉得有人在扯我的衣服,原来是爸爸抱着的那个孩子在调皮地戳我的胳膊。我便装出一副吃惊的样子,惹得她咯咯地笑出声来——我是那么喜欢孩子,总觉得唯有他们的笑容才可以将世界点亮。

自从做了父亲,我对人生的理解变得异常敏感。我想,对于这两个幼小的孩子而言,过去的这个夜晚,不会在她们的记忆里留下任何清晰的印记。倘非别人的叙述,她们大概永远不会知道有过这样一个夜晚——在父母臂弯里酣睡的夜晚,所有的细节都将湮没无闻,存在如同不在。可我内心里偏又拒绝这种自我的推导,总觉得这个夜晚一定会留下一些蛛丝马迹的线索,作为一种隐秘的存在渗透进她们内心的深处,成为她们未来人生之路上一抹温暖的底色,一处幸福的伏笔。

关于记忆这件事情,自以为聪慧的我,有一天在同人共忆童年时,忽然发现了自己的愚钝,如同遭遇了一次严重的失窃——他们竟然能记起两岁时候的事情,而我,四岁之前的生活俨然一片空白。

父亲故去的时候我尚不足五岁,与他共处的情形就只记得为数不多的几个片段。有一些晚上,熄了灯躺在床上,我会尝试着去记起更多的事情——我总觉得人生的寥落不至于此。可是任凭我如何努力地打捞,仍旧所忆茫茫,一无所获,仿佛那些岁月里从来不曾有我的参与。

人似乎天生具备一种对特殊情境的敏感,我父亲葬礼那日的情形就记忆深刻,这一日也好似我人生的一条界线,此后生活的种种忽然变得有迹可循。说真的,那时的我并不明白父亲的离世意味着什么,又会对我此后的人生之路产生怎样的影响,我甚至还未来得及学会告别。可是,多年来的事实表明,我的生活自此隐隐地不同了。

记得有一次,父亲把我扛在肩头,我好像把一块饼干掉到了地上,他帮我捡起来,告诉我要吹一吹才能吃。还有一次,是教我如何把一条狗吓跑。他说,你弯下腰,装作捡起一块石头,它就会吓跑了。我如今想起来,父亲教会我的事情绝非只有这些，更多的那些，我都忘记了，却会隐隐在我此后生活里浮现出来。或许也不止如此的浅显，吹去尘埃，弯下腰身，倒更像是生活的一种隐喻，成为你人生路上的一种指教。

还有一件事情是母亲告诉我的。父亲病重住院的时候，我曾跟随大人们去探视过几次，到如今也还有一些模模糊糊的印象。可是姐姐却没有去过，于是就有人以为是我父亲重男轻女，只想念儿子。真实的情况是，先前有一个算命先生，说我姐姐近期或有不测，父亲不让姐姐前去探视，只是担心姐姐在路上会发生什么危险。我不知道这件事情姐姐知道与否，我从来没有同她提过此事。

至于更多的夜晚，那些无微不至的关照成为无人追问的细节，统统隐藏在岁月的罅隙里，如同一只上了锁的箱子，从此再无人能够打开，成为一种隐秘的过往，湮灭的历史。

曾经有许多年，我对父亲这个字眼避而不谈，对我来说，这个字眼已经彻彻底底从我的世界里消失了，没有任何留恋的必要。而今，我虽非有意去听一些关于父亲的歌曲，却还是在手机里存放了李健和降央卓玛演唱的《父亲》，还有李健和许飞各自演绎的《父亲写的散文诗》。在歌曲的评论里，有许多人感怀伤逝，有人写道：少年不识曲中意，听懂已是曲中人。想必，那些我不知道的事情的全部细节，都会在我成为一个父亲之后缓缓地显现出来，从此你便可以照本宣科，自导自演。如同那个紧锁的宝箱，你虽然永远无法打开，却忽然就知晓了其中的所有——疼爱、眷恋、珍视，所有关于爱的表达统统暴露，再无任何隐秘可言。

我不知道父亲的冥诞（也不忍问），也就并不知道父亲故去时的确切寿数，但依我粗粗算来，今年里，总要有一天，我的岁数要超过父亲了，像一棵枯树根上长出来的一根枝杈，眼见着要高过去了。这让我忽然感到有些莫名的迷茫，仿佛比任何时候都需要一个父亲。如同刘亮程在《先父》一文中所言："可是，如果没有一个叫父亲的人，白发飘飘，把我向老年引。我不知道老是什么样子。我的腿不把酸疼告诉我。我的腰不把弯曲告诉我。我的皮肤不把皱纹告诉我。"

我依稀记得年幼时，父母每日早起去山上劳作。有一天早上我醒过来，却不见有大人在我旁侧，门又从外面上了锁，走不出去，只好趴在窗户上哭泣。也记不得过了多久，见到晨光里有人背着一捆柴缓缓推开院门走进来——是的，是父亲回来了。

直到现在，我还会固执地把这当成是一个梦境，于是就幻想在某个夜晚将自己安放回往日的岁月中去。仿佛只有这样，我才能再次见到那个人，缓缓地，缓缓地推开院门走进来。而我，必定会小跑着去把院门关上，是的，我想把梦关起来，把时间关起来，顺便也把人留住，我想听他亲口讲那些我不知道的事情。

祖母的笑

孝凯大伯家的南屋后面是一条土路，这条路何时开始存在，对我来说是一个谜。它的存在在我出生的先前，偏这么件普通的事情又不至需去长辈那里求证。因此，对我来说，这是一条普通到让人一无所知的路。路旁有几块板石，半数没在土里，半数浸在空气，一半属于过去，一半代表现在和将来。雨水和雪水歌唱着滑过屋檐上的红瓦，跳跃，舞蹈，与这些石板亲密接触，完成一次次时空的对接，使生命里那些参差错落的棱角趋于光滑。黄泥漫涂的南屋后墙上，有并不娴熟的笔迹写就的毛主席语录，随时光之荏苒而斑驳难辨。没有年代的标记，也并不需要询问。这些比不了土路的朴素。因此，它们没有秘密。

转过孝凯大伯的南屋，看见灶间里的祖母正往灶里添柴。柴是秋天的玉米秸秆，秋天的玉米秸秆就是灶里灶外的柴。这些从来不曾经年的植物，趁着冬天尚未来到，孕育出金黄色的生命。而后终于耐不住冬天的严寒，纷纷在镰刀的清脆声里了结生命。也许它们并不知道，它们在以消极的方式逃避了冬天之后，依然没有逃脱以一种壮烈的方式对抗严寒。

祖母并未察觉到我的到来，我轻喊一声。祖母手中一停顿，转身，微笑，起身，扑打衣服上的尘土。这些动作一气呵成，很像是排练了许多遍。

啥时来的？

夜来（淄博方言，昨天的意思）下晌天擦黑才到。

我故意强调时间，是想对昨天没来找一个牵强的理由。

祖母不善言谈，只是微笑。她笑起来，眼睛眯成一条缝，几乎见不到一点亮光。笑使得她脸上的皱纹缩在一起，像是刀刻的一般。这总能让我联想到藏传佛教用的护经板，因年代弥久而发出金属般的光泽。

我问,吃的啥?

她说,馏的馒头和豆腐。

她掀开锅盖让我看,白徐徐的蒸汽迫不及待地一涌而起,飞升,飞升,终于碰到灶间的屋顶,匍匐着四散而去。我始终将这臆想成是洪太尉放走了三十六天罡、七十二地煞。鲁提辖、武二郎们的魂灵在我眼前一晃,英雄好汉的形象顷刻间千变万化。我看见买来的白生生的高个馒头上,粘着许多黑指印。祖母过惯了寂寞的生活,对日复一日的餐饭没有一点考究的意思。

火着出来了。我指着灶里的火说。

没事儿。祖母悠闲地重新盖上锅盖,我想象是否还有一些英雄好汉没来得及逃出来。于是在祖母坐下来添柴的时候,我兀自又把锅盖掀了开来。等到确信一百单八个英雄好汉的魂灵逃脱的时候,我看到了豆腐块上密密的小孔,那些魂灵是否就是从这里逃脱的,我无从所知。

祖母见我掀锅盖,以为我饿了。于是起身来去取碗筷和酱油。我拦住她,说我吃过了。

吃过了?祖母一边念叨,一边不断向我确认。我扶着她重新坐下来,灶火映在她油光的额头上。

我从灶间出来,阳光温柔地扑在祖母的屋面上。除夕夜里积下的雪远没有想象中那么冷峻,在阳光的抚摸下被温柔同化,沿着瓦槽一层层滑落。阳光照不到的屋角上,温柔再次被凝固,变成坚硬的利刃,仿佛被半途抛弃的怨妇,一下子变的冷漠无情。祖母的屋子坐东朝西,不知何时前屋面换成了红瓦,后屋面依旧是多年前的茅草。红瓦占据了茅草的位置,却不能像茅草一样随意而为,只能随着梁椽参差起伏。这就好比一个穿惯了粗布麻衣的人,突然换上了丝绸貂皮,总让人觉着不协调。

早上听母亲说起祖母的屋子漏雨,于是问祖母,祖母往灶里添了几把柴,起身来指给我看。多年前的茅草在时光的声里渐渐枯萎、收缩,像是许久没有洗过的头发。其中一处略有塌落,上面覆着一块塑料布,正是漏雨之处。

我说,等开春天暖了,找人来修一修。

我私下盘算将茅草换成红瓦,但这需要跟母亲商量一下。

祖母说，不用了，等你伯父回来再说吧。

我说，如何有这必要？

祖母不再回答，开始木讷地笑。一边笑，一边踱着步，目光始终有意要与我回避，仿佛有话，却终于没说出口。

祖母这笑里包含太多的东西，我无法全然读懂。

我猜想祖母欲言又止的原由，必是因为这屋子在分家的时候归了我伯父，如今我贸然修缮，想必会引起伯母的猜疑。

祖母忧惧的不过如此，我不禁有些茫然。

祖母姓肖，柏树村人氏。村以树为名，离此三里。

祖母自幼父母双去，由她祖母抚养长大。祖母讲述她结婚时候的情形时，总是眯着眼，会心地笑。说到难为情处，还会尴尬的脸红。据她讲，结婚那天，是隔壁祖父的结拜兄弟背着她过门的。

母亲说，祖母谨小的性格兴许与小时候父母双去有莫大的关系。对此，我颇为相信。

祖母去灶间添柴的时候，灶里只剩下些未熄的余烬了。她回头从一个麻袋里抓了一把柔软的麦糠，均匀地撒在灶里。麦糠经了雪融的水，不情愿地冒着黑烟。祖母把脸凑到灶边，鼓足了劲吹气。麦糠的灰烬经不住祖母的吹气，纷纷从灶里逃走了。

逃走的灰烬使我想到年前为父亲上坟的情景来。

祖父与父亲一年内相继去世，父子二人的墓也只有两米远的距离。我知道这两米的含义，倘若那个缥缈的世界就不存在的话，两米的距离就是天涯海角。

腊月二十三，小年。我去上坟，见着祖父的坟前有纸钱焚过的痕迹，知道是伯父或叔父先我来过了。然而，父亲的坟前却没有星点的余烬，只在坟首用石头压了手掌大一块纸钱。

我把这事告诉了祖母。

祖母愣了一下，尴尬地站在那里微笑。之后终于不安起来，一边惶惶地苦笑，一边对我分析种种的可能。

这算怎么一回事？我说。

祖母依旧尴尬地笑。然而，这尴尬的笑却慢慢变得模糊起来，仿佛一朵绽放的花朵在慢慢凋零。终于，这笑变成一脸的严肃，继而是一脸的忧伤。我哭了，祖母也哭了，这在我未开口时就已经预料到了。

阳光似乎很眷顾这个世界，它把身体紧紧地贴在地面上、石磨上，贴在一刻也不停歇的时光上，贴在它所能到达的角落和企及的高度，没有丝毫的吝啬。雪，在这样慷慨的阳光的照射下慢慢消融，化成水，从祖母窗前的树上滴落下来。这棵业已合抱粗细的梧桐树，在阳光的抚摸下，悄悄积攒着勃勃的生机。照母亲的意思是将来留作祖母的棺木之用。这事儿虽然得当，我却颇觉情何以堪。

我自小与祖母接触极少，没有太深的感情。但觉祖母一辈子受苦，没过几天好日子，这总让我难以释怀。

回家的路

十五年前，当我还是个懵懂的少年，我站在村子对面的山上找寻我家。那时候的我，熟稔院子里的每一棵树，并清楚地知道它们的形状和坐标，甚至晾衣绳的弧度和磨盘的角度都清晰地印在心里。即便是炎炎夏日，树木一层叠着一层，我也能很轻易地找到我家的一角屋檐或者半截烟囱。那时候，我们在对面的村庄上学，当夜幕降临，炊烟四起，我看到村庄由立体变成平面，由彩色变成水墨，灯光一盏接着一盏亮了起来，我曾试图找寻我家的那盏，可事实证明是徒劳的，回家的路在这徒劳的尝试里变得漫长而温暖。

作家三毛说：家，就是有个人亮着灯在等你。如此干脆，如此坦诚。她把家这个含糊的概念具体到人，到场景，到情节，甚至到意境，有未解的悬念和温暖的伏笔，是概念，也是小说，实在精彩极了。

一千多年前，诗人崔颢登临黄鹤楼，望着茫茫的江水发出了日暮乡关何处是的疑问。我没有他那样的寂寞和忧愁，只是一样有一个疑问，如今我温暖的几个家，到底哪一个才是真正意义上的家呢？我始终以为，不管去到多远，甚至远渡重洋，在异域寻了一处幽静之地定居，也不论走了多久，甚至时光荏苒，没有留下一点记忆，也一定还有一个形而上的根本的"家"。

我呱呱坠地时的那个家，自父亲离世不久后就没人居住了，如今只剩下满目荒芜的风景，像一场不成样子的怀念，被岁月删减成残简断章，如何还有家的形制与温暖？而外祖父的家，自从随母亲搬来居住，直到如今，俨然已经取代了原来的家，只是如今身在外地，已经很少回去了，变成遥远的一个念想，更像是碌碌生活里一处幽静而温暖的驿站。结婚后，我与妻子分居两地，我们把家安在了德州，租了房子，也备齐了家具。后来又在北京有了住房，一番修缮后，虽说家具尚未齐备，但与德州的家对比来看，更像是我要寻找的真正意义上的家。

王鼎钧在那篇《脚印》里说，每个人死后都有一件事必须去做，那就是把生前的每一个脚印都捡起来。一个人死后，他的脚印会突然浮出来，在他走过的每个角落。王鼎钧还说，若把平生行程再走一遍，这旅程的终站，当然就是故乡。我与他一样，一听到这个传说就会激动和怀疑，但我已然有了醍醐灌顶的顿悟，是啊，如果非要矫情一把，找寻那个形而上的家的话，标准答案只可能是呱呱坠地时的那个家。从生命之始时的第一步到百年之后捡起最后一个脚印，生命的最终答案就是回归，从哪里来，最终回到哪里去。

如此说来，三毛对于家的定义，精彩是精彩，却不够严谨，我所寻找的形而上的家不是现在的温暖的那些家，而是曾经熟悉，如今却又满目荒芜的那个家。我不再熟悉它身体之上每一件物什，甚至回忆已开始错乱，但统统无碍于它给我的温暖。

辑六 | 相与

你俯下身来,轻吻了他的额头,而他,回报了你别致的好闻的味道。

——节选自《味道》

味　道

他不惹你生气的时候，你喜欢抱着他，使劲地闻他。

他身上有种好闻的味道，你想，大概这就是所谓的乳臭未干。并且你会固执地认为这种味道是独属于他的，闭着眼也知道那是你的孩子。

你让他去洗漱，他不动弹，直到你有些发火，他才慢吞吞地跳到洗手池前的木凳子上，照例先在镜子面前将自己打量一番，此间必然是饶有兴致地挤眉弄眼。你佯装不关注他，偶尔一瞥，与他的视线在镜子里相遇，他会害羞而尴尬地朝你笑一下，然后开始刷牙洗脸。

显然，你打搅了他的"孤芳自赏"。

他洗脸的样子笨笨的，像一个你熟悉的人，却怎么也想不起来到底是谁，于是你的火消了大半，甚至暗地里笑出声来。他刷完牙跑到你跟前来对你龇牙呵气，以证明他是清香的。终于泡完了脚，你"强行"把他从电视前抱走，扔到卧室的床上。

"快闭上眼睛。睡觉！"你靠在床头上对他说。于是他很听话地闭上眼睛。片刻过后你再转头看他，他圆溜溜的大眼睛正盯着你看。

"闭上眼睛，不然你可要自己睡喽！"你说。如此反复，直到你发现他"睡着"了。于是你拿起一本"龙应台"，听她讲父亲和爱己（祖母）的故事。

"天高地迥，觉宇宙之无穷；兴尽悲来，识盈虚之有数……关山难越，谁悲失路之人？萍水相逢，尽是他乡之客。"

当读到"茕茕子立，形影相吊"的时候，你想起了你的父亲和爱己，不禁感同身受，悲从中来。

"爸爸，我害怕！"他突然"醒"来。

"怕什么呀？"

"建功北里，四家被盗！"他郑重地说道。

你噗嗤一下笑出声来。建功北里就是你住的小区，下学的路上，他妈妈对你说起的事情统统被他的小脑袋记住了。

你赶忙向他解释家里的门是上了锁的，窗子是安装了防护网的，门外还会有警察和保安巡逻，甚至，你会和电视上的"我梦"一样，在危急关头会变成奥特曼，让他放一百个心去睡觉。

他把你的话重复一遍，然后问你是不是真的，你无奈地点点头。

"爸爸，什么时候有流星啊？"

"或许得过几天吧，电脑上会有预报的。"

"那到时候你要告诉我。"

当你还不解其意之时，他补充道，"我要许个愿。"

你很好奇，问他的愿望。

"爸爸，那我说出来还能实现吗？"

你点点头。

"我想让姥娘姥爷爸爸妈妈都不死！"他严肃地说道。

你分明感受到了压力，感觉是在面对一个关于人生关乎生死的宏大命题的拷问。

"好吧，等有流星的时候爸爸会告诉你的，你的愿望也一定能实现的，快睡吧。"

终于，他贴着你的肚子睡着了，细细的喘息声在昏黄的屋子里响起来，你觉得那是世间最美的声音。

你又捧起"龙应台"。听她讲"一只鞋底"的故事，那只"一层一层叠起来，一针一针缝进去"的鞋底，爱己要他父亲穿着回来，而他父亲却带着去了台湾，天各一方，永无再见。你想起你的爱己，那个"茕茕孑立，形影相吊"的人，她没有给你留下什么，在她所有的遗物里，你只要了一把门锁，那把有着厚厚包浆的门锁。你想象你的爱己日复一日，把无数个平凡的日子锁进去，把所有的喜悦、悲伤、孤独、热闹锁进去，故而才这样沉重和醇厚吧。而今，那把锁就静静地躺在你卧室的抽屉里，你用纸张仔细地包裹住，放在抽屉的最深处。钥匙，在门锁交到你手里的先前就已经丢失了，正如所有的喜怒哀乐被封印被禁锢，正合了你的心意。

爱己生病前你最后一次去探望，她踱着细碎的步子走出好远去送你，直到看不见你，你永远看不到她转身回去的样子。那时你知道她的身体已经大不如前，你想把这个画面永远定格。你抓着相机的手举起又放下，你不愿意让她发现你的不舍，更不愿意相信这是最后一次，总觉得来日可期，谁成想一旦错过，有些画面便永不会重现。

你想起你的父亲，那个远去了近三十年的人，被几张黑白相片勾勒的形象支离破碎。你曾经告诉那个身上有好闻味道的孩子，他的爷爷已不在了，在他出生好久之前就不在了。你原本只是想让他的生活里少一些疑问，事实证明你想多了。四岁多的他显然有点心不在焉，在片刻的沉默后说：

"不是有救护车吗？"

你记得，那时候的你，与这个有好闻味道的孩子有着一样懵懂的年纪。只是如今，你却把彼时的记忆丢得一干二净。

三十而立。如今你三十有一，正在通往不惑的路上，你自以为是个乐观的人，却到底是个悲观主义者。你相信，百年之后，你与这个世界的一切告别，无论如何也不会是一出喜剧。然而你又信奉，死生之事不过是人生不可或缺的一部分，正是这一代一代的消亡与新生，造就了生命无尽的传承。

夜已深，窗外月光澄澈。你想起那天在北京南站，见到那个名曰"东方既白"的餐馆，你教给他的句子：

盖将自其变者而观之，则天地曾不能以一瞬；自其不变者而观之，则物与我皆无尽也，而又何羡乎……相与枕藉乎舟中，不知东方之既白。

那个有着好闻味道的孩子，不知梦到了什么美事，"咯咯"地笑出声来。你想，或许他梦到了划过天边的流星，并且实现了他的愿望。如此而已。

你俯下身来，轻吻了他的额头，而他，回报了你别致的好闻的味道。

点　点

他两岁时，一概称小的东西为点点。很显然，他也是个点点，并且在你眼里，他似乎永远都点点。

如今你总在为六岁的他着恼。你催他起床，他慢吞吞地挑选自己喜欢的衣裤，你催他吃饭，他漫不经心地嚼嚼停停。他似乎永远不懂得大人们的焦躁。有时候你想，这般年岁的你是如何一副模样呢，是否也如此这般消磨着童年的时光？

你干脆推车下楼等他。

终于，你见着一个身影从楼道里飞奔出来，跑到你的近前，给你一个足以融化一切的笑，然后顾自爬到车子前的踏板上站定。你竟然没有就此出发，而是从头到脚审视他一遍：白底碎花的鸭舌帽，橙黄竖纹的短袖衫，雪白的裤子底下是白面蓝边的形体训练鞋，清颀的身姿里透出一股子隽秀之气，你又无法不赞美他。

白露时节的北京，秋意渐浓，凉凉的，而他的身子整个倚靠在你的怀里，暖暖的。

"结庐，爸爸换岗位了，早上你要早起一些，不然爸爸送完你会迟到的。"

你一边认真骑车，一边跟他交流并预备回答他各式样的问话。从前，他这样站着，你低头吻过去，一眼就能看到他头顶的旋儿，可如今，毛茸茸的后脑勺挡在你的口鼻前面。甚至有时你为了看路，不得不歪起身子。

"爸爸，岗位是什么？"他不解地问。

"呃，岗位嘛，比如……比如爸爸原先在家负责做饭，现在改刷碗了……"你长舒一口气。

"那会更忙了是吗？开水利部的人会不会多给你钱？"

"是更忙了，但钱还是一样的。"你略带无奈的口气，似乎可以帮他理解为什么更忙了却没有得到更多的钱。当然，他无法察觉你此刻的会心一笑。

入学第一天，不明就里的人们把学校门前那条窄路塞得水泄不通。你果断把车子停在路边，牵起他的手见缝插针地走。

终于，在学校门口，你帮他把沉甸甸的书包背在身上，那里面有他一周所用的书本、文具、运动鞋、水杯和餐垫，你忽然发现原本不大的书包，因为他小小的人儿显得硕大起来。而后你不放心地蹲下身来，一边为他整理衣帽，一边叮嘱他上课要认真，待人要礼貌……而他显然不耐烦你的唠叨，很快地，你只能目送这个背着"硕大"书包的少年，像鸵鸟一样"哒哒哒"跑进学校，转眼间挣脱了你的视线。

曾几何时，你觉得他是你身体的一部分，是你这棵树的一个枝杈。他那精致的五官、袖珍的手足和肥嘟嘟的小屁股都是你的，而不是他的，你没法将他从你这里分割出去。犹记得他降生的那天，你几乎整晚没有合眼。他那点点的脚丫因为产道挤压而生出几多水泡，凉凉的，你把它攥在手心里，仿佛给整个世界以安抚和温暖。

可是有一天，当你见到他手捧《福尔摩斯探案全集》读得津津有味的时候，当他把你踢出去的足球一脚踢还你的时候，当你用尽全身气力也无法将他抱到你的肩头的时候……他再不是那个点点的人，你再无法将他与你揑合成一体。此时的他，更像是从你身体上抖落的那粒种子，被时光之风吹起，落地生根，吮吸雨露，在阳光底下长成一棵树的形象与你并肩站在一起。你会觉得那精致的五官、袖珍的手足和肥嘟嘟的小屁股突然有了另外的主人，你会为这种"所有权"的丢失而生出无力之感。

于是，你忽生出与时间赛跑的冲动，在期望他快快长大和慢慢长大的摇摆里，试图再让他酣睡在你的臂弯或是骑上你的肩头，然而这些终是徒劳，你不得不接受他一天天长大的事实。

那天出门，你对着走在前面试图自己过街的他大声喊"停"，然后在众人异样的目光里迅速拉住他的手。其实，你并不知道是担心他的安全，还是担心他会像龙应台的儿子那样，到了要执意挣脱你手的年纪。远远地，你看到一位老人被一个后生牵着手颤颤巍巍地过街,你竟然就此开始憧憬那一天的到来,仿如一个饮鸩止渴的人等待着时光导演将角色反转。

肖

"There are……four people in my family, my father, my mother, my……my sister and me."

花花绿绿的儿童座椅上十几个孩子一字排开，五颜六色的花衣裳和长发短发的小脑袋晃来晃去。他站起来，极用心、极郑重地回答老师的训练提问。你站在他的身后，却分明察觉出他眼神里一闪而过的迟疑。

你猜，只是因为别人都"say three"，只有他，"say four"。此时的他，或许无法理解那个刚刚诞在他世界里的"sister"究竟意味着什么，会为他带来怎样的影响。对待新生事物，人总是会在新奇之余保持一种对未知的警惕。很显然，你捕捉到了这样的警惕。

每一次的辅导课结束前，作为家长的你们都得站在他们身后一同听课，偶尔还要跟着老师一起大声念读。没过几天你就发现，原来apple不是"安跑"而是"爱跑"，table居然还有英式读法和美式读法的不同，甚至有几个字母的读音都被你搞错了许多年……凡此种种，忽然戳进你而立之年的经验里，带给你一种莫名的顿悟和惊奇。

不用念读的时候，你喜欢盯着他看。他的后脑勺被你们有意无意睡得略平，耳朵像是栖在两边的蝴蝶，颀长的脖颈，衬托出他的清瘦与清秀。他偶尔转过头来，炯炯的眼神盯着你看，寻求你目光的肯定，你微微点头算作回应。有时，你会羡慕他的精致并惊叹于造化的神奇。他的眼睛没有像你的那么细小，鼻子则比妈妈的灵动，耳垂的大小是你们的平均。你曾担心他会"遗传"妈妈的丰腴——有那么几个月他确乎是个胖胖的家伙，但到底继承了你的纤瘦。他似乎想尽一切办法"扬长避短"地生长。有时候你也揣想，他到底哪一处像你呢？分明在他的眼睛、鼻子、耳朵或者嘴巴处，寻不到几分与你相像的地方，但你就是觉得眼前这个孩子必然是你的，他拥有的形制和轮廓与你想象中的自己是那么吻合。这是一种如此中国化的写意的相像，是生命里真正神奇的体验，所谓神似，不过如此吧。

"房结庐，你给我过来！"他妈妈到底发火了。空气中顿时多了一股剑拔弩张的气息。连名带姓的喊话意味着什么，他心里最清楚。

他因为想买一件玩具不被允准而发脾气。先是哭，硕大的泪珠从眼角滑落，又被他的衣袖及时接住了。接着是故意把桌子翻得凌乱，书本散落一地。再后来，他无处发泄，就去偷偷戳碰那个时常让他颇感无奈的sister，直到那个点点的人儿发出激烈的尖叫，吓得他赶紧缩回手来。

后来的情景完全可以预测，先是挨几下打，夹杂着扭与捏的手法，接着是一顿训斥。"暴风雨"过后，你见他赤脚站在床上，歪着脑袋，紧锁眉头，愤愤地盯着面前那个暴躁的女人。虽然不再哭泣，似乎也在用心聆听冗长的教育和抱怨，但两手叉腰的架势无疑昭示着他的态度：不妥协、不屈服。

作壁上观的你忍俊不禁，"赶紧"过去把他抱在怀里。你见他愤愤的眼神渐渐萎了，眼泪和鼻涕混抹在脸上，完全变成一副楚楚可怜的模样。这番情形对你来说如此熟悉，甚至有那么一个瞬间，你似乎投身于时光的逆旅，热切拥抱了二十五年前那个懵懂的自己。

"快点起床，作业不是没完成吗？"

你睁开眼，清晨的阳光已斜斜地照进窗来，连同麻雀的啁啾和蝉鸣的聒噪。你翻过身来，见到母亲脸上沁出了汗珠，连呼吸也是急促的，想必是刚刚劳作回来。

"娘，几点了？"

"才七点过五分，不算晚。"

"什么？我不是让你早点喊醒我吗！"你忽然意识到了问题的严重性，一边哭一边穿衣服。可是，你很清楚，你一早起来赶作业的计划泡汤了，老师的一番训斥已不可避免。想到这里，心里突然涌上来一股子绝望，于是你干脆罢了手，坐在那里哭闹。

"娘打麦忘了戴手表（后来母亲讲是不忍心叫醒熟睡的我），我跟你到学校找老师解释就是了……"

可是你不依不饶，把所有的过错归咎于母亲没有及时喊醒你。终于，母亲生了气，抄起扫床的笤帚开始打你，之后是扭大腿根——你的大腿根似乎常年保持着青紫的状态。那时的你真是太倔强了，无论母亲如何打骂，决计不会服软，直到街坊邻居闻声赶来，但依然无济于事。想必亦如眼前这个少年一般两手叉腰，倔强的架势昭示着自己的不妥协不屈服吧。后来，或许是母亲的气已消了大半，竟就凑过来把你抱在怀里，几句软语以慰，所有的问题迎刃而解。印象里，那天你吃过饭，也去了学校，老师并没有检查作业，料想中的一番责罚没有发生。

"你好，是房结庐的爸爸吗？"入学不到一个月，你已经两次接到了他们班主任张老师的电话了。

一番寒暄过后，张老师开始向你讲他的"光荣事迹"：首先是午休不睡，跟女同学讲话；其次是在走廊里追逐打闹，影响了教学秩序；其三是纠集了一帮同学强占了男厕所里一个坑位作为三班专用，不让别班的同学使用。

如果不是碍于情面，你几乎要笑出声来。你想起二十五年前那个有着相同年岁的当班长的懵懂少年。所有的同学要去厕所，必得送他一把削笔刀才被允准。削笔刀被一根麻绳串在一起，花花绿绿的样子着实让人喜欢。至于它们最终去了哪里，有着怎样的际遇和结局，已然寻不到半点踪迹了。

送他上学的路上，你同他讲午休的益处，讲追逐打闹的隐患，讲与同学的相处之道……他点点头，似乎懂了，就连他入校门时的步伐你都觉得稳重了许多。望着他渐远的背影，你忽然生出一些感动，那个笃信你与他出生毫无瓜葛的少年，如同神之一笔，切切实实写在了你的世界里，也写在了天地之间。你想，一定也存在过这样一个时刻，倔强的母亲也曾这样目送过你的背影，也曾感叹这神之一笔写在她的世界里，写在天地之间，笔笔相继，写出大大的两个字——传承。

谜　底

结庐：

　　为何要写这信与你呢？我也自问。大概在你眼里我已变作一个严父的形象了，日常里一贯板起脸来，不觉间养成了一种居高临下的姿态，想来是会给你一些压力的，并不如这样写几页文字来得诚恳而又妥当。

　　你大概并不知晓，我在你这个岁数的时候，我的父亲——也就是你的爷爷，已经去世五年了。所以，说到与你的相处之道、父子之情，我是没有多少参考的。我不知道这个年龄的父亲遇到这个年龄的儿子会发生什么样的化学反应，以及呈现出何种的结果。而且我是个长于忘却的人，在你如此这般年纪的时候，那些我思虑过的、窥闻过的、历经过的事情，现如今也都堪堪忘却了。我虽不必为此觉得可惜，但到底于你我的相处亦无多大的益处了，故而说起来，我的潜意识里是埋藏了一点惶惑与忐忑的。

　　上个月的那个早晨，眼看着送你上学的时间就要到了，却见你捧着半个肉包依然一副慢吞吞的神情，我是真的生气了，于是狠一狠心就走了。我想你妈妈是会送你上学的。可是没走出多远，天上就开始飘起了小雨，这让我有些后悔。我不知道这样对你是不是一种正确的态度，但我真心希望你能成为一个有良好时间观念的人，这对你的一生都是极有益处的。我当然也知道如今的你与年近不惑的我，对时间流淌的感触是不同的，而且时间从来不会均匀地浸润每一个人，也不会均匀地洒向每一段的人生。这使我隐隐察觉到，人生到得后来，大概只剩下同时间对抗这一件事情了。

　　说到时间，显然你也察觉到了。在你还很小的时候，你就有了自己的理想——要做一名科学家，发明出不死药来。这说明你对眼前的世界是满怀期待与憧憬的。这件事情我最早是听你外婆说起的，她还谈到了你对理想实现与否的担忧，希望我们能做一些劝慰和鼓励。说到长生这件事情，古代的许多帝王皆曾孜孜以求过，而我甚至在读高中的时候还心存永生的幻想。直到后来，我慢慢了解到，古往今来没有一个人逃脱过死亡的收割，死亡其实是生命不可分割的一部分，正是所谓的衰老和死亡体现了人类在繁衍子女后终将被自然选择淘汰的"身体销毁法则"。我曾以为这就是终极答案，但如今我又不这么认为了。关于衰老，很多科学家认为起因于生命体运行过程中产生并积聚在体内的各种废物，即所谓的"垃圾大灾难"假说，并由此认为人类离永生可能只差一步。我以为此假说并不十分可信，但科技的发展似乎让人类看到了长生的曙光。比如 Google 的可穿戴式设备，人类可以通过这些设备来管理疾病和替代器官。或许有一天，人和机器会实现真正的现实与虚拟的融合，从而在实际意义上把死亡变成一个可溶性的问题。我之所以如此大费周章地同你谈这些艰涩的问题，只是希望你不要轻易放弃自己的理想，要知道在未知尚未穷尽之前，一切皆有可能。

由此引出对你的教育问题，我一贯主张采取无为而治的方式，这想必同我自己的成长经历有关。自我父亲去世之后，母亲为了维持生计，可谓披星戴月，栉风沐雨，几乎没有时间和精力关心我和你姑姑的学习。她从来没有参加过家长会，从来不会催促我们写作业，甚至从不问询考试的成绩和名次。这个只上过半天学的农村女人，看重的是对我们品行的培养。她曾经严肃地正告我，倘若我走了歪路的话，她是要打死我的。我想，她大概不允许世上多一个她生养的坏人存在。出于对自身安危的考虑，我自小对善恶的思索是自觉而又深入的。

我现下虽并不很认同你奶奶的教育方式，但我依然希望你能同我一样，能在一个相对宽松的环境下快乐成长。所谓的人生经验，我以为它很难予以后来者太大的借鉴意义，也就是说，我再多的忠告也不会使你少走多少弯路，体悟才是通达广阔人生的正途。可是，如果非要我给你一个建议的话，我希望你能多读一点书，这也是我买了许多书却束之高阁的原因，我希望某一天，你能像发现宝藏一样发现它们，接受它们，爱上它们，然后用谦卑的姿态读懂它们也怀疑他们。在这一点上，你实在比我幸运多了。

关于读书的益处，以我现在的识见，大概是会使人生出一种怀疑的能力——怀疑一切的能力，这种怀疑可以让你放下成见，进而辩证客观地看待问题。使你避免陷于对某个人、某件事、某个道理甚至某个信仰的膜拜，进而进入自己的自由之境。读书会让你变成一个不偏激不狭隘的人，从而减少犯愚蠢错误的可能。你要试着相信，世界上从来没有绝对的东西，越是绝对的、极致的、标榜完美的东西越是危险的、越值得警惕的。同样的，读书会让你觉得渺小，而渺小会带给你平和和谦逊的品格。如果抛去功利化的色彩，我想读书或许只是让你在下雨天没有带伞的时候依然可以从容而行。

我之所以不厌其烦地告诉你这些，是因为这是我的体悟，我见到每个爱读书的人，脸上都闪着狡黠的光芒，那是一种穿透迷雾窥见隐秘的窃喜。当然，不读书也无妨成就伟大，我虽保持对真理的警惕，但有些东西在某种意义上是可以同真理画等号的，比如爱，比如道德。比如你的奶奶，就可以是一位伟大的母亲。这个只上过半天学的农村女人，通过自学已能读写简单的字句。作家张大春先生说过："到底我们的好奇心、求知欲是不是很窄的一个道德命题。我常常觉得宁可相信它是，那个时候我们会比较不那么沦落。"

再同你谈谈爱情，我知道你慢慢地就要受到它的蛊惑了。我最初发觉你开始思考婚姻和爱情，是在你幼儿园中班的时候。有一次我们去看电影，却被告知因为设备的原因取消了场次，我便带你去陶然亭公园的湖上划船。就在出租车的后座上，你忽然问我：你为什么要跟妈妈结婚啊？我一下子怔住了，因为我很难想象这个问题会从你的口中问出来，而且我很快意识到对你这般年龄的孩子，解释这么复杂而深刻的问题是一件困难的事情。无奈之下我只好反问你，你觉得妈妈不好吗？你低着头略带羞涩地说：我觉得妈妈有点不漂亮（原话）。这让我跟司机师傅都笑坏了，我从此知道你在审美方面是没有太大问题的，而且是机智诚实的。

对于你懵懂的爱恋，你妈妈是尽可能避谈的。我则不然，我会在你上学的路上问起你喜欢的女孩，我欣喜地发现你也会将喜欢的女孩排序。在我搞清楚了那份名单之后，说实话我对你的眼光是赞许的，而且你比我强多了，我是直到初中的时候才开始给女孩子排序。只是有一点我似乎比你厉害，我一直编排到7号，你只排到4号，而且要不是我及时提醒，你几乎要把排在1号的女孩忘记了，这一点不是很好。关于你的妈妈，虽然我也承认她有暴躁、懒惰、不求上进的"小毛病"（这一点我们是达成共识的），但请不要怀疑甚至否定我的眼光，她身上依然有许多闪光的地方，足以照亮我的余生。总之，关于爱情，这是一个极为复杂的问题，是每个人都要感染的一种"诱人的病痛"，在这个问题上，我的经验对你的帮助更为有限，可以留待你大一点的时候再详谈。

　　说句实话，我现在真的有点讨厌你，原先的你帅气得一塌糊涂，如今恰逢换牙的年纪，张口就见着许多的黑洞，大概是你一生最丑的阶段了。更重要的是你的一些做派，我是很不认可的。比如说，巴掌大的小犬你都怕得绕道而行也就罢了，可遇见拴着狗链的狗你为何要冲着它学狗叫呢，我都替狗们感到悲哀。俗话讲：七八九，嫌死狗。我只能说古人诚不我欺也。然而细想之下，我也许并不是真的讨厌你这个人，而是讨厌你这个狗也嫌的年纪。

　　曾经，我把你当作我身体的一部分，像是一棵树的一个枝杈，你没有属于自己的心事，所有的一切我都了若指掌。可是慢慢地，我觉得你越来越远，终于以另一棵树的形象与我并肩而立。虽然扎根同一片土地，我却再不能轻易地捕获你的心事。你知道那种心情是复杂的，怅然若失却也深感欣慰。我近日里读张大春先生的《聆听父亲》一书，忽然对我们的沟通有了新的认识，我想父子之间、母子之间总会有一些无形的隔阂，就像谜语一般。对年届不惑的我来说，你们这般年龄的那个我已经离得太过遥远了，旧日之事早已模糊不清了，只记得常常因为什么事情招惹母亲的打骂。就是这些残存的记忆，我如今平添一些想象编凑成几页文字，想必也已离题万里了，我不会拿给你奶奶看了，一来我觉得难为情，二来你奶奶没有多少文化，或许根本就读不懂的，这算是我们的一大遗憾了。对于你来说也是如此，如今的你只能写一些简单的字句，想必让你表述清楚现下的想法和态度是颇有些为难的，何况更多更艰深的那些，或许要等到若干年后才会有个像样的答案。但总而言之，这是你的幸运，也是我的幸运，我期待将来谜底揭晓的一天。

　　结庐，历经寒暑才会冷暖自知，生活从来不是轻松的，这是我三十多年来的另一体悟。如今，再让你们过我们那样的生活显然是不现实的，如同我不会再过我的父辈那样的生活。以你现有的年龄对比，我比你吃过更多的苦，却也比你更早看清生活的样子，必要的苦痛体验是可以淬炼一个人的坚强意志的。你虽然比我有一个更幸福的童年，但是你要知道，这种幸福并不能绵延成你一辈子的幸福，一个人的幸福除了极少数的幸运之外，都得靠自己努力争取才能得来。而且，少时受的苦，往往能转化成一种甜，这甜并不仅仅是生活的优越，更重要的是一种博大的人生境界和对待世界的态度。

关于你与妹妹的相处，这是我们如今最头疼的事情，希望你能好好思考一下人与人之间的相处之道，这对你今后的成长将大有裨益。

最后，关于读书自修的重要性，可以跟你分享两则旧事。其一是关于你奶奶的，有一次我见到她写的一张纸条，四个大大的字：农业很行。我有点诧异她何以作出如此高屋建瓴的论述，但我很快意识到她要写的是"农业银行"。其二是关于你的，多年前一个盛夏的晚上，我带你去到河边的广场上玩，你指着广场中央的一处碑刻，一字一句地教一个好看的女生念道：金——宫——殿——胡——扯（故址）。神情骄傲而谄媚。

好了，余不一一，祝你成长快乐！

礼 物

原就不该抱太大的期待，自从进了九月，北京的天空就有点原形毕露的意思了，隔几日便来一场雾霾，笼罩在城市的上空，也笼罩在人心里。

我不常有的一个闲暇的下午，去接结庐放学，等了半天的公共汽车，却一直不见来。堪堪过了接的时间了，才等来一辆，乌压压的塞满了人——其实也只有两站路罢了，如果走着必也走到了。汽车缓缓地进站，隔着车窗的玻璃就见到纷纷的人群，从不甚宽阔的巷子里走出来，慢慢散成一种扇形。被大人牵在手里的孩子们，急切地诉说着一日之内的新鲜事情。我逆着人流艰难地行进，到了约定的地点却一时找不见结庐——现在已很难在人群里一眼就找见他了，满眼是穿着一致校服的孩子，高高矮矮的都有一番美好的样子，着实让人羡慕。后来终于望到他站在一个角落里，正背对着我与另外两个同学说话。

同老师和同学道别，肩并肩地往车站走。问他放学后的打算，是同我去单位做作业还是去游泳？他不假思索地选择了游泳，却忽然说忘了东西在教室里。还没等你问他是什么，他却又说算了算了。原来不过是别人送给他的手表——一种防水的手表。他大概只在游泳或者洗澡的时候才会戴上，以此来彰显手表防水的巨大功能。

小孩子的思维也真是奇特。

有一天，结庐忽然提出要一支钢笔。"不是圆珠笔也不是签字笔，是真正的钢笔，"他兴奋而得意地给出理由，"老师说我写字很好，可以用钢笔了。"我无法假装不被这样的请求感动，像生命里一截小小的回报。一个开始用钢笔的孩子，实在是有了不被小觑的资本。

我答应送他一支好钢笔。

可是当日太过忙碌，转头就忘记了。预料中他失望而不悦的神情，让我感到深深的自责。当下定了一个次日的闹铃，想来必然万无一失了。可第二日，我翻箱倒柜地找，任是翻遍了办公室里每一个抽屉的每一个角落，竟就没有找到一支钢笔——钢笔离我太远了，大概从上大学起就没有再用过钢笔了，相对于现在用完即扔的签字笔，钢笔显得太过繁复了。

最后，只好跑到小商品市场里买来一支学生专用的钢笔，花花绿绿的颜色——兴许这才是一支三年级孩子该用的钢笔。

下班回家，我把钢笔郑重地交给他，连同墨水，然后教他如何将墨水抽到笔管里，如何从正确的方向下笔，仿佛在向他口授人生中一件无比重要的事情。之后便见他一晚上都握着那支钢笔，一副兴高采烈而又兴奋的样子。如今的我们很难想象出一支钢笔会带来怎样的快乐，其实在孩子眼里，却是再正常不过了——或许，我们把他们想象得太大了，又或许我们获得的智慧大大冲抵了这样的快乐，总归是得不偿失的吧。

这样的情景是否似曾相识呢？我依稀记得小时候，大概也如结庐这么大，一个邻居家的姐姐答应我，放学时她会从镇上的商店给我买一卷窄的透明胶带。那天傍晚还很早的时候我就跑到村口去迎接她，自然是被她看穿了的。如今想起来，难为情之外还能约略感到那种期待，还能想象出那个站在夕阳里等待的孩子的小小心事，仿佛在迎接一生中最重要的礼物。

月　亮

"爸爸,你看。"她指着橱柜上玻璃瓶中的冰糖,稚声稚气地说道:"是棒棒糖。"

你听出她小小兴奋的语气里婉转的请求。她吃过,知道那是甜的。

"宝贝,不对,这是冰糖,你看,它们没有脚。"你的语气无可避免地跟着温柔起来,"来,咱们吃一颗。"

"哦,冰糖。"她显然会意了自己的错误,但你知道,下一次,她还是会告诉你这是棒棒糖。

你下班后回到家里,第一件事就是扎进厨房里做饭,这几乎成为你的一种本能反应。当你企图大展身手,忙得不可开交之际,小小的人儿忽然推门进来,扯着衣角缠着你抱。你拗不过,只好丢下切了一半的菜或是洗了一半的碗筷,把她抱起来,亲她的脸颊,咬她的耳朵。

她的身子小小的、软软的,整个地偎在你的怀里。

你把她抱去客厅的沙发上坐下,教她念诗。

"结庐在人境,而无车马喧……"

"街路寨人静,日暮车马炫……"

你念一句,她跟着念一句。曾经,你想要把她成长的点点滴滴记录下来,甚至有写一本书的野心和冲动。而且书名都已经想好了,就叫作《结庐在人境》吧。结庐,有建造房子之意,刚好合你的姓氏,而且你那么喜欢隐逸闲适的五柳先生。

然而,或许属于你俩的温馨时刻太多,反倒理不出清晰的思路来。如今,她都两岁多了,也没见着什么像样的文章从你的笔下流淌出来。可是,你始终觉得,将来总会有那么一个时刻会让你豁然开朗。

就在昨晚,昏黄的灯光下,你望见她安静地枕着妈妈的臂弯,睡眼惺忪。小小的人儿盖着一方小小的花被子,被子上有斑斓的卡通图案。你蹲在床边,手里捏着奶瓶喂她喝奶——这是她睡前的必选动作。你看到她倦怠的脸上漾着满足的笑容,揉揉眼,盯着你看。她一边喝奶,一边踢着花被子,露出迷人的小脚丫,精致得如同一件艺术品。你又看到她画在腿上的涂鸦,禁不住莞尔。而今,小小的人儿长大了,可以四处攀爬玩耍,家里到处是她勾画的印记,沙发上,被子上,床单上,墙壁上,餐桌上,房门上,暖气上,甚至是她与奶奶的脸上。

就这样,你忽然拥抱了那个等待已久的时刻——竟是如此司空见惯的时刻,将你慢慢融化,仿佛满腔的爱意忽然找到了出口,一个与纸笔相通的出口。你看到生活的画卷正在缓缓地向她展开,她将写出怎样的人生篇章呢?年过而立之年的你,早已经懂得尊重和接受命运意旨的安排,你深切懂得人生的路上,绝非只是一帆风顺的坦途,有欢笑也有眼泪,有成功也有失败。没必要拒绝眼泪,眼泪有时候是咸的,有时候也是甜的,就像蓝色代表着忧郁也代表着晴朗。你甚至看到了角色转换的场景:多少年之后,躺在床上的是白发苍苍的你,而眼前这个小小的人儿才是俯在床前的那个。

尽管你的口中也常常念叨"小棉袄""小酒瓶"这样的话语,但你从来没有奢望甚至从不愿意她会为你付出什么。而今的你,想的只有给予。你愿意花上所有的时间,来陪伴她,甚至只是盯着她酣眠的可人样子。不擅写诗的你甚至写了一首诗:你睡了,蜷曲的睫毛上缀满月光,嘴角漾着笑,梦里满是花开的样子。我醒着,对着嘈杂的世界,心里满是你的样子。

自从成为一个女儿的父亲,你心的质地变得愈发柔弱。你从未如此留意过"女儿"这个角色,那些关于"女儿"的故事里的爱与痛,或许直到如今才能懂得。

读张宏杰先生《大明王朝的七张面孔》,里面写到海瑞的女儿。如果用明朝人姚叔祥《见只编》的叙述,应该是这样的:"海忠介有五岁女,方啖饵,忠介问饵从谁与?女答曰:僮某。忠介怒曰:女子岂容漫受僮饵?非吾女也,能即饿死,方称吾女。女即涕泣不饮啖。家人百计进食,卒拒之,七日而死。"

读林达的《汉娜的手提箱》，讲述的是一个曲折而悲伤的故事，堪比最经典的电影剧本。日本姑娘史子是一家小博物馆的负责人，她千方百计地想要从欧美借一些浩劫文物（浩劫，专指纳粹德国对犹太人的迫害和屠杀）。终于，功夫不负有心人，她收到了一只来自奥斯维辛的包裹，其中就有汉娜的手提箱。史子对这只手提箱产生了兴趣，经过几番周折，终于揭开了背后的故事：汉娜是捷克中部一个叫诺弗·买斯托小镇上的犹太女孩，八岁那年，捷克被德军占领，父母先后被纳粹带走而杳无音信。汉娜和年长三岁的哥哥乔治先是被姑父收养，度过了人生中最后一段家庭温暖。而后十一岁那年，她们被送入特莱西恩施塔特犹太人集中居住区。在那里，她被迫和哥哥分开居住，但还可以偶尔见面。两年后，纳粹德国濒临崩溃，先是哥哥被转送走，后来的一个深夜里，汉娜带着她的手提箱——里面装着几件衣服、她的画作和故事书，同许多犹太人一起被送进了奥斯维辛集中营的毒气室。

还有一个故事，是儿时听外婆讲起的。外婆幼年时曾随其母亲外出讨饭，穷途末路的她们只能靠一点花椒种子充饥。最小的那个妹妹，大概只三岁的样子，因为饥饿和病痛早已奄奄一息。由于担心外婆会受妹妹的拖累，外婆的母亲让她把妹妹遗弃在一块田里。无奈之下，外婆只好把妹妹放下，而妹妹却喊起姐姐，央求她一会回来抱她。故事的结局，你早已经忘记，或者只是你不愿意记住罢了。你去问同听过故事的姐姐，结果虽然注定，但过程稍显欣慰——虽然几次要将她遗弃，但终于还是没有忍心。

想到这些，你总是心痛不已，甚至不忍将它们诉诸笔下。你知道这样的故事绝非少数，人类脱离野蛮与贫困的时代毕竟只有咫尺之远。你为生在这样的时代和国度，感到莫大的幸运——有所爱的幸运。你想要紧紧抓住这样的幸运。

现如今，因为不堪育养的负累，许多人选择成为丁克一族。你以为，每个人都有选择的权利，你从来不会试图去说服他或她做出另外的选择。只是作为一个过来人，你的心里一直藏有一个秘密——世上所谓的负累，比养育子女更甚者比比皆是，但却未尝经历过比生养一个孩子更幸福更快乐之事。如此说来，是不是甚为划算？

你想，一个男人，如果可能，一定要成为一个女儿的父亲，去做她的"守护神"，让她做你的"开心果"，给心一次融化的机会。

那个黄昏，忙累的你踱步走出单位的院门，你远远地望见你的"开心果"，红帽红衣红鞋立在那里翘首张望，见到你，立时绽一个笑容出来，傍晚的余晖洒在她的脸上，金色的笑容将你融化。你把她抱在怀里，亲吻她的脸颊，那一刻，在旁人看来，你是那么骄傲。

"街路寨人静，日暮车马炫……"你觉得好像也挺有意境的，就像冰糖和棒棒糖，都是甜的。

鸡　蛋

闲来无事的时候，你就想她，她的一颦一笑胜过过全世界花开的样子。即便当下她就萦绕在你的旁侧，你也总想要抱着她，亲她，愿意满足她每一个不甚过分的请求。

你想象不出还有比同她在一起更美好的事情。

"爸爸，你怎么才回来啊？我都想你了。"你一进门，她就扑上来让你抱，搂着你的脖子，用稚嫩的语气虔诚地赞扬你、温暖你、融化你，"爸爸是好人，爸爸给我买好吃的。"或许，可口的美食对她来说，是最好的褒奖。一个人是不是好人，大概也要取决于给不给她买好吃的。

你们鼻尖相接，额头相抵。"爸爸，你有钱吗？"她忽然羞羞地问你。你假装一副为难的表情说："没有啊，怎么办？"她说："那咱们赶紧买一点钱吧。"

实在有下厨的必要了，你只好轻轻把她放下来，一头扎进柴米油盐的世界里去。

其实所谓炊事，并不比机关工作简单。既要考虑荤素的搭配、营养的周全、食客的口味，还必得做统筹学的考虑，一连串的操作下来，务要菜汤饭一气呵成、同时功成，否则即便"捷报频传"，想必也是不能服众的。

刀勺在手，盘盏铺陈，正当你成竹在胸，准备大展身手之际，她忽然跳到厨房的门口，向你提出一个请求："爸爸，我要打一个鸡蛋黄。"你微微一怔，旋即明白，想是前几日她同奶奶做手工的鸡蛋面时，曾把鸡蛋打进一个铝质的盆里玩耍，想必蛋黄如同一枚落日，在晶莹透亮的蛋清里滑来滑去，于她必定分外有趣吧。禁不住她恳切的请求，只好从冰箱里取出一枚鸡蛋来，郑重地交到她手里——那一刻，你仿佛感受到鸡蛋的某种恐慌。

果然，在她捧着鸡蛋向奶奶炫耀一番后就有了一道裂纹，清澈黏稠的蛋清溢出来。

没办法，既然无法保鸡蛋的周全，就必得考虑做一道有蛋的菜了。瞥一眼架子上的蔬菜，望见黄瓜碧绿油亮——就做一道黄瓜炒鸡蛋吧。你教她打蛋，她却够不到厨房的案几，只好把碗放到地上，未等你蹲下来指导，她已两手各攥着鸡蛋的一端，用力一拧，蛋黄乖巧地掉落进碗里，而蛋清却四向里洒得满地都是。

第一次打鸡蛋嘛，难免如此。你交给她一根筷子，要她到客厅里把鸡蛋搅匀了。

等你炒好了黄瓜，唤她把鸡蛋端进来，可话音未落，就听到碗摔到地上的清脆的裂响。你急忙跑出去看，果然见到餐桌旁摔成齐整整两半的碗，满地乳黄的鸡蛋汁。她愧疚而怔怔的神情，终究使你无法严肃起来。

你交代妈妈帮忙收拾一下，只好重新取来两枚鸡蛋打进锅里。

然而，不一会儿，小小的人儿又跑到厨房里来了。"爸爸，我还要打个鸡蛋黄嘛！"这次的请求显得柔软多了。你于心不忍，只好又取出两枚鸡蛋来交给她——你想好了，大不了再做一个凉拌黄瓜嘛（想必黄瓜也很无奈）！

"月亮，鸡蛋用手攥是攥不破的，你得这样。"你手把手教她把鸡蛋在碗沿上磕破，把蛋黄和蛋清投进碗里去，再让她用筷子慢慢把鸡蛋搅匀。

期间，你要将粉丝煮开过凉水，黄瓜切片，酱牛肉切片，大蒜剥净捣成泥。最后，鸡蛋碎炒，再把芝麻酱调进去。

等到大功告成，她似乎依然没有尽兴，仍旧念念不忘地想要打鸡蛋（鸡蛋也很无奈）。你却是再也不能满足她的这些"非分"的愿望了。

夜深的时候，你靠在床头上一边看书一边哄她睡觉。客厅里昏黄的灯光从帘子顶端的罅隙里透过来，照出一个个拳头大小的弧形的光亮。"爸爸，你快看，是面包。"她兴奋地指着那些亮光跟你说，"咱们把它吃了吧！啊呜，啊呜！"边说边伸出手去，装作将它们采下来的样子。

你忍俊不禁，"噗嗤"一下笑出声来，细细体味她心底里那些单纯而光洁的美好，大概一个关于吃的美梦就在不远处了。终于，寂静的房间里响起她细密而匀称的呼吸。你合上书，熄灭了灯光，见到西向的窗外高高挂着明月一丸。所有的这些，都值得你久久地回味……

  附好友亚利（丢丢）留言的诗句：
  她从十亿光年外，
  穿过茫茫尘埃，磕磕绊绊寻你而来。
  你站在大气层外，
  透过层层颗粒，心心念念等她到来。
  是今生的机缘，还是前世的注定？
  她的圣洁，
  照彻粗鄙的殿堂，
  在你的生命之中徜徉。
  母亲赐予她生命，
  而你要给她诗和远方。

青鸟殷勤

最初听闻薛涛的名字，也是源于余杰的那本《说，还是不说》。这里面收录了他一组不知写给谁的情书，其中一篇，题目大概作案边的薛涛笺，已委实记不清楚了。文字虽不华丽，但薛涛笺这宁馨的几个字却分外别致，因此记得尤清晰。我后来专去查有关薛涛的记载，方知这位有着男子名姓的女子，竟是个颇富才情的诗人，且与元稹、乐天等人交情甚厚。至于这薛涛笺的来历，竟又实在是个妙笔。这位女子，暮年归隐浣花溪，写诗、制松花小笺，由此超然于物。这松花小笺便是闻名古今的薛涛笺，据传当时与她交好的许多名士，皆用此笺写诗作文。余杰先生用这宁馨的薛涛笺写信，我却没有，或者我竟自不识，也未可知。然而这又有什么关系，我还是一样用最普通的纸笔，写欲于你说的话、欲对你表的意。只是你我在这城市的两端，我不能天天亲送到你手里。当然邮寄是一种好办法，我亦早经欣羡这种古老的方式，只是一则我怕这邮寄的繁琐，二来觉隔几日亲交到你手里，这可成了见你的极好的理由，一举两得，何乐而不为？

我只是愿意写，却不知你喜欢不喜欢。词人晏殊云：欲寄彩笺兼尺素，山长水阔知何处。依我看，欲寄之人对于期许的惆怅，不止不晓得其所在，更多的是一种对未知的忐忑与失落。再至于李易安之"云中谁寄锦书来"，则更多是一种对于期许的漠漠。只是易安转笔又道：雁字回时，月满西楼。盼不来锦书，而月却当满则满，浑不在意我这落寞之人的相思闲愁。这几句落寞与释然并举，深得婉转的微妙，自然是好的。

可我怎舍得你这般落寞，我会隔日便去看你，纵使这季节找不到往来的鸿雁，也必让你见到我的红笺，听到我的心声。再纵使我忙碌到无有闲暇，也必使义山的青鸟涉水跋山，殷勤为予探看。

你说我给你写这些，天天复如是，年复一年，直写到白首，写过百年。倘或有一天，它们被钉成厚厚的一本，如字典，那该多好。等到为世人所见，他们必会欣羡你我的情谊，你说对不对？

但盼我能有用之不尽的薛涛笺，兼取之不尽的情话，更有一支彩笔，漫题成佳句，使往来鸿雁或青鸟，衔我的红笺小字，往你的月桥花院，琐窗朱户。

桥

春发轫于冬,乍暖还寒,却不该似易安笔下"最难将息"的残秋,因此非雁过而雁回者也,更无须"三两杯残酒"以御春寒。春天的日子是一日日焙烤着的,乍暖还寒,大约只是对于冬日的牵恋,藕断丝连,不忍割舍,唯此而已。

我问你是否记得彼时的光景,上辈人告诉我们说,倘若在路上遇到发了疯的蛇,要拐着弯跑,一拐弯,蛇就扭不过身子了,因为它们没有脚。因此,每回你我携了手上山,总担心遇上发了疯的蛇从葱郁的草丛里窜出来。然而,记忆中,蛇遇上了不少,发了疯追人的蛇却向来没有遇到过。直到有一天,你我因为羞涩不再牵手的时候,却总希望遇见一回发了疯的追人的蛇,如此一来,我便能毫不犹豫地牵着你的手,像那条发了疯的蛇一样拐着弯飞跑。

时光像那条疯了的蛇,追赶着四季的更迭,冬天只好用乍暖还寒的日子借以敷衍着。彼时的你我,并不能察觉时光的吝啬,以为时光给了我们邂逅的美丽,也给了我们相守的执着。直到有一天,我们有了足够的回忆,也看清了岁月的悠长,却发现那条疯了的蛇要将你我追赶到两个不同的角落。

春天的黄昏是容易让人寂寞的,倘若遇上春长细雨,是可以躲在屋里酣睡的,即或有风,亦可拥被听徐徐而过的风声,或若怨女轻诉,或若尖声的鹤唳。然而也总有些调子优美的,从高楼的罅隙经过,这时往往想到的是些从衣架上散落的衣服,还有舞动不止的树。只是这样的黄昏在这样的城市是并不常见的,落日、余晖才是常常送走的黄昏。因此,从这时到斑斓的夜,再至无由的梦境,却也常常让人寂寞了。

当然这黄昏里还包含那云,丝丝缕缕,勾勒着那天,却足以衬着那落日的光芒将世界装扮一新。这样的景色让我想到了沈从文,他说,他行过许多地方的桥，看过许多次的云，喝过许多种类的酒，却只爱过一个正当最好年龄的人。我不说我爱过几个人，或许从来都没有，我只想问你是否记得彼时的你我携手过那独木桥，听那如轻风过琴样的水声，只是不能再去拐了弯的跑。因此，我总担心，这时倘若有条发了疯的蛇，不合时宜地从冬天里逃出来，又或许它本就等在那里与我们嬉戏，又当如何？想来想去，办法有一个，那就是跑，直直地往前跑，那蛇见我们真的恐惊起来，便也不追了，独自去享受春天的温存的脉象。因此它并不是真的疯了，只是顽皮。然而每回总是跑过了桥的那头，才想起问你的意思，倘若你说或许我们可以下河，做一次干脆而又潇洒的跳跃，我会毫不犹豫地攥紧你的手跳到河里，仿佛一个圣洁的冬天一失足便掉进了春天的明媚里去了。然后你我从没膝的河里站起身来，呵呵地笑着一步一步激荡着水花走到岸上去，将衣服晾得酥干。

  然而你是一个相信前世与来世的人，你相信所谓的情缘，也相信所谓的忘却。你害怕你的前世上过奈何桥，喝过孟婆汤，没有给你留下任何的回忆。余杰先生说松子煮的茶可以忘忧，但比起奈何桥上的孟婆汤来说，却又不及了。倘若已有人连这松子煮的茶都不愿浅尝，那么，对孟婆汤的有所芥蒂，也便不足为奇了。然而，松子煮的茶毕竟是可触摸之物，那孟婆汤却又显得有些虚无缥缈了，所以免不了有人会为前世与来世的有无而惴惴不安。倘如此倒真希望有那么一座桥，卧在前世与今世，今世与来世之间，仿佛一世必经的路口，又仿佛一场重生的仪式。世与世的交替，却只浓缩成一碗淡淡的孟婆汤。不知这汤会不会因为前世的种种而滋味不同，或者对那些前世行善的人有所松懈，好让他们记得行善的种种的乐趣，再到今世与来世布施行善。如此，有情人便可以趁此而背负着淡淡的记忆，于来世赴前世的旧约。

  我想象着前世的你我携手过那奈何桥，看见无数无奈或急于要忘却的人，在那里挤来挤去。我们看见王鼎钧笔下捡了无数脚印的人，看见汪曾祺笔下默默碎去了心的人，还有蒲松龄笔下的鬼怪狐仙，当然也有些知名的。然而，这些都不重要。你我的前世都不愿喝那孟婆汤，却宁愿去喝那松子煮的苦茶。于是，你我便又携手跳入那条不知名的河里，逃避那使人忘却的孟婆汤，犹如逃避今世与来世那条喜欢嬉戏的疯蛇。然后从河里站起身来，晾干前世打湿的衣服，走到了今世。因此你我从一开始便这样的相守着。

倘若你愿做那二月的风，我便做那从二月的温婉中醒来的细雨，倘若你做那暖春，我便做那舍不得你的冷冬。执尔之手，与那疯蛇般的光阴赛跑，兼过那四季轮回的更迭。

伞

我不会轻易动笔，怕这冲动太草率。这好比你我出行总喜欢无拘无束，连一把伞都不带在身上。除非遇上一定要下雨的日子，或者有极好的阳光的日子。然而，即或有这样的雨天，你我也常常淋一淋雨，因为除了在这吹着海风的城市里，伞常常无所适从之外，你我都对这雨有着莫可名之的喜欢，以为未必非要有伞才可体味这雨的种种的妙处。

确然，这雨已然飘过了千万年，原本是不必用伞来成全其美的，只是这雨耐不住季节的冷漠，故而才这样四处地寻觅。我闭上眼睛想象那伞从远古飘来的情景。那时的人们厌倦了雨中的落魄，于是采来梧桐、芭蕉的叶子，顶在头上。渐渐地，便有技高的匠人制成了可以收拢的遮雨的物件，并美其名曰：伞。

在那个下着霏霏细雨的黄昏，天空草草地拉上了一帘暮色的网，四周的空气里也飘洒着归去的气息。倘若这时候你不在我身旁，而在别处，我难猜到何处栖着你的影子，或许在马路的拐角，或许在商场的尽头，又或许躲在路边卖报的亭子里。总之一切的于你的牵挂悬在我的心头，仿佛那把你总也不愿带在身边的紫色的雨伞，挂在岁月的墙上，却又如我般无所适从。我尝试着在喧嚣的人群中寻你的影子，仿佛在寻找儿时丢在路旁的钥匙。然而你终究没有把那把紫色的雨伞带在身上，满街上浮动的花伞早已穿过霏霏的细雨，灼伤了我的视线。然而此时的我依然坐在窗前默默地等，等着看你淋了雨的长长的秀发，等着听你淋过雨的长长的抱怨。每当这时，我总觉得倘若我是那霏霏的细雨，而你却是那张着手的伞，相遇在这浮动的世界的尽头，看着四散的行人行路，当是另一种恬然的况味了。

"水光潋滟晴方好，山色空蒙雨亦奇"，这是苏轼在西湖宴饮时吟哦的。

然而晴亦好，雨亦好，倒是那把断桥上的伞遮着千年的风声，诠释着"百年修得同船渡"的浪漫与温婉的古谚，鲜活如昨。几百年的情缘，有时轻于风，恍惚如那把邂逅的伞，却达于刻骨铭心；有时重如铁，禁锢在雷峰塔底，却又至魂牵梦绕、如影随形。只是情缘与伞皆可以等，"西湖水干，江湖不起，雷峰塔倒，白蛇出世"的偈言，却给不了一个蓦然可期的路口。终于有一天，如声的岁月再经不起世人最后的一声喘息，千年的等待在一声轰鸣中结束了它的寂寞。然而我们再也看不到许仙与白娘子的相聚了，因为他们早已遁形而去，或退居山林，植杖耘耔，或飞仙世外，躬身仙畴。只有那伞与雨，仿佛过路的行人，依然嬉戏着醉人的陈酒。这时的你我，也不知该做那雨那伞，抑或那酒那船，一切的姻缘都看不见，却在冥冥之中注定了千年。

我常常艳羡那些赶考的童生、举人，他们从南国的巷陌启程，不远万里赴会赶考。我所在意的并不是他们的跋山涉水、柳暗花明，也不是春风得意、一日看尽长安之花。我所在意的是他们背负的那把伞，因为这常常让我想起不愿带伞的你。倘若，我便是那赴考的书生，你可愿做我贴身的那把雨伞，陪我在涉江的舟上，在借宿的寺里，在路旁的房舍，在客栈的灯下。

然而，在浩繁的唐章宋阕里，我们能看到南国的打着芭蕉的雨，能听到北国滴在梧桐上的雨，却找不到一把倏然撑起的伞，可以在浩繁的卷帙里穿行时遮挡风雨。因此，我总能记得 20 世纪那个在南国雨巷里行走的姑娘，手擎油纸伞，从我的记忆里飘然而过。寂静的深巷，没有花，只有新翻的青苔在光滑的石板间倔强地成长。古色古香的紧闭的门扉，含蓄隽雅的袭人的春雨，古典与现代气息的完美衔合，恍然停泊在狭长的苍穹之下。然而，天上行着的是霏霏的细雨，地上行着的却是一位如丁香般有着忧郁神情的姑娘，撑一把油纸伞从雨的迷茫中款款而来，诗一般轻盈，羞涩，仿佛连那泛着潮红的面颊也无从瞥见，我倚在狭小的门楼上，倾听着她的玉指凌波弹跳出的宫商角徵羽，但目送芳踪远去，过了颓坏的篱墙，却不知月桥花院，琐窗朱户之所在，是否是她驻足的地方。只是时光如梭，一送便是一个世纪。

在雨天，你总说雨太过颓废索寞，只有伞是一只忠实的手，撑托着它的飘落。也许一切的一切，最终的答案只有一个，那便是我本那伞，寂寞的飘了千万年，而你是那伞，上天将她赐给了我。然而你不必再去寻找，柳永笔下的骤雨不是我，贺铸笔下的梅雨也不是我。我只是那寻常的细雨，时时栖落在你的眉梢，你的酥肩。而我也不必去寻找，你不是断桥上的那把伞，也不是雨巷里的那把伞，你是那把挂在墙上的不愿开口的伞，守着青箬笠、绿蓑衣的回忆，等待一场细雨的殷勤的召唤。

白日与青春

今天的阳光真好,天空里撒下一道温暖的天网。你我都被这网缚住,耐心地享有它。我猜测济南的阳光兴许更好,因为我读过老舍先生的《济南的冬天》,现下虽已是春光大好,必然也是如我想象的,我愿你比我更快乐。

青岛的草木还未抽芽,但已见着抽芽的迹象,想必蓬勃的春之景象就在眼前了。昨天早上见到阳光里一只喜鹊落在草坪上,悠闲地踱着步子,黑爪、黑腿、黑首,翅上间或有一点白,黑白相间,既不会过于单调,又不会太过妖艳,实在是一种朴素典雅的鸟,兼它所带出的喜兴,在这大好的春光里,想到这些我觉得心情十分舒畅了。再想到喜鹊这身职业装,竟令它们连一张彩色照片都拍不到,是否觉得亏了呢?大概不会吧,忍俊不禁。

昨天里,我突然想起四个季节来。当我们身处酷暑时,必想起严冬的凉意来,而当我们身处严冬里,又想到夏的热烈。人类真是会想象,还有些贪婪的味道。或许这就是本性,是不在谴责的范围里的。可是这从夏想到冬,从冬想到夏,又会是怎样的一种快乐呢。在我看来,一年四季,全是春天才是最好哩。你不要骂我贪婪,这是我早经发现了的。是我由衷觉得了春光的好,才甘冒"千夫所指"的险说出这些话的。然而,我想别人亦会如我的这些想象与夙愿,所以并不必冒天下之大不韪了。

这几日,我读到沈从文、郁达夫、梁实秋等先生的情书,才觉得我的那些文字含蓄得很。必然因为我想给你多一些自由,才会这样。我想我也要改变一下,将日常里细微的愿望与想象写下来,献给你,这也是我写了这许多字的缘由。

沈从文先生的情书写得很细腻,我很喜欢。譬如这几句:"三三(称呼张兆和),你是我的月亮。""一个白日带走了一点青春,日子虽不能毁坏我印象里你所给我的光明，却慢慢地使我不同了。""一个女子在诗人的诗中，永远不会老去，但诗人，他自己却老了。"又如这几句："望到北平高空明蓝的天，使人只想下跪，你给我的影响恰如这天空，距离得那么远，我日里望着，晚上做梦，总梦到生着翅膀，向上飞举。向上飞去，便看到许多星子，都成为你的眼睛了。"不过最经典的是这一句："我行过许多地方的桥，看过许多次的云，喝过许多种类的酒，却只爱过一个正当最好年龄的人。"我也盼着只爱一个正当最好年龄的人，但这却需要你来成全，我甜心的，你说我能得着这便宜吗？

在我心里，沈从文先生是个精彩的老头，看上去文质彬彬，异常赢弱，实则有一把爱情之火在他心中熊熊燃着。即便当年他曾对张兆和写下过："我不但爱你的灵魂，还要你的肉体。"而被今一网人评为情书排行榜第一，但我先前所见的他写给张兆和的信，实在没有这么"酸"，且美妙得很，篇篇都是上好的散文，我由衷地喜欢。

但想着今晚上，我坐上西去的列车，穿过寂静，穿过夜色，赴你的新约。列车带着我的心在星空下奔跑，像一匹脱缰的猛兽。我看见广袤的田野后退，返青的麦子后退，时光后退。而我却与你一刻刻近了，直到听见彼此的呼吸与心跳。我未尝在黑夜里坐过火车，辛苦是有的，味道却比蜜还甜上百倍。沈从文先生说"一个白日带走了一点青春"，在我见你的先前，我愿意把这点青春交给白日带走，那样我就离你更近了。

我甜心的，你说，我有什么理由舍不得这点青春呢？

冬至的雪

这雪来得可真是时候。昨天是冬至交九的日子，冷则冷矣，天气却是极晴朗，因此出了几次门，还买了些巧克力，备着送人作圣诞的礼物。我专为你挑了一盒心形的，盒子颜色是你喜欢的蓝偏紫，颇精致。

昨晚在屋里写那篇《冬至》直到十一点，才想起出门去各处瞧瞧，却倏然觉出夜色里，俨有些轻轻的东西被风挟持着往脸上扑。那感觉是细致的凉，说不出的一种清醒，先前的几杯酒水的微醺，早经被这凉给驱散殆尽了。于是惊喜之余，禁不住喊了一声：大概是下雪了！所以用不太肯定的语气，却原来是怕这期待太过美妙，倘若成了错觉，谁可堪这样的失落，反正我是不能够。

我原来并不指望她能这么飘上一夜，既然她悄无声息，就算我会倏然从夜里醒转过来，大概亦听不到她的飘落的美妙，这般的徒然于我而言亦是不堪的。可事情总能有出乎我们意料的喜悦，我先是被闹钟从梦里惊醒，继而又收到朋友发信息过来说下雪了。我急切地从床上跳起来，赤着脚拉开窗帘，只见窗外的景色，半是墨绿，半是素银，煞是惹人喜欢。海大校园里的树木，半是落叶的英桐、银杏，半是常绿的雪松、冬青。这一夜的雪，说来也怪，屋顶上、马路上、停放的整饬的汽车上，厚厚的一层雪，仿佛蛋糕上丰腴的奶油。然而在各式的树上，情形却又不同了，不管是赤裸的，还是常绿的，即便是酽绿的细密的冬青树上，也丝毫没有雪的堆积，这不禁让我诧异且茫然了。

还好在今晨的时候，雪依然还隐约在飘。见到庭前扫雪的人，不禁从心里升起一股莫名的兴奋。我常日里并不喜欢吃早餐，单单今天起得早了一些，兼想着在校园里走走，看看昨夜里如相思般飘落的雪，出门去买份早餐也未尝不是件惬意的差事。这令我到底惦记着徐志摩的诗了，"假如我是一朵雪花，翩翩地在半空里潇洒，我一定认清我的方向——飞扬，飞扬，飞扬。"我也一定不去那冷漠的幽谷，凄清的山麓，以及荒街去惆怅，我有我的方向，它必定在那清幽的住处。但愿你也是一朵雪花，我们在半空中凭借身轻旋舞，相视而笑。我盼这太阳的崭新的光芒，抚摸上你我的额头，剔尽所有的忧伤与寂寞。我们融化，被幸福的热量所摧毁，终于变得浑然。

　　我这个梦，她像是昨夜的雪花，给予我欣喜，给予我希望。我不让这成为错觉，我要的是真实且美丽着的，更要让这美丽出乎我意料的长久。

　　今晨起来唤你看雪，愿你能懂晓，我那些心绪的凌乱漫飘成这长夜里簌簌的银花。

夜行的快乐

月色再温柔，也不及有人与你结伴行这夜色里的路。孩提时，并不喜欢夜行，想来无非觉得夜色可以隐蔽一些让你觉得恐怖的东西。歹人倒不很怕，因为并不多见，却单单怕有鬼怪不经意从黑魆魆的角落里跳将出来，想必会吓得我灵魂出壳。即便是黄昏的冥蒙，也要比这夜色温婉得多。再长大一些，偏偏夜色令我的心悸依然存在，倘一个人夜行于路，总还依稀觉有人跟在身后。然而，终于还是没有传说中袭一身白衣的女子，不合时宜地与我相遇，这到底令我庆幸又失落了。

现今我已是成年，且信奉唯物主义，自然不再怕夜行时遇上鬼，兼在城市里行走，街灯的慷慨加上常有的月色的温柔，非但不再觉得怕，反倒有一种夜行的趣味令人愉悦。倘或你正坐在穿梭于这个城市之间的汽车上，情形却又更显别致了，流光溢彩，人影憧憧，哪还有心思去酣睡。

我曾在某杂志上读过一篇散文，作者写在夜行火车上的见景，我很是为这样的生活体验叫好。这样的夜行的经历，想必你是有的，但于我，惜乎淄博与青岛不过几百里路程，压根毋需夜行，因此这般的经历对我来说是陌生的。最远的一次行车经历是去天津实习，从早八点直颠簸到晚九点，夜行的景致也是有的，却不深刻，大概已然忘却许久了。

而今，偏偏你我分处在这个城市的东西。往来虽说尚方便，但这寒冬却也终于来了。我只好穿上厚厚的羽绒衣，穿戴上手套和围巾。寒冷是真实的，但这欲与你相见的幸福却又在这颤冷里显得清醒。我已渐渐熟识这夜行的快乐，因此你不要轻易说不见我，即便再忙，也要与我说几句话。昨晚没赶上班车，我却高兴得很哩。但想着在这寂静的夜色里，与你多走几步路，多说一会话，又不必为鬼怪的传说担着忧惧，岂不很好？

我独自坐车回到住处，中间要走一段幽僻的路，不知是谁家烟囱里冒出的烟气，随清风漫散于街道的上空。这淡淡的味道，让人觉得温暖。然而寒冬的侵袭终于将欣赏夜色的兴致驱散，也顾不得四周别致的流光与灯影，疾步跑进屋去。等坐下来，听着音乐给你写信，便再喝些温热的水，这些间隙里，仔细回味如今晚这样的夜行，必是你我多年后回忆里最美的篇章，这点你必会首肯。

我想若是在暖春，在暑夏，在金秋，这样的夜行许会更好，你说呢，让我们期待来年吧。

双　城

　　写一些字交到你手上的日子渐渐远去了，调皮又害羞的那些文字，从我的笔端逃到我的心底安了家，总也不愿出来，我实在拿它们没有办法。这些日子，一些东西变得模糊，比如浪漫，又有一些东西愈发清晰，比如这真实的生活。

　　前几日，翻到我写给你的那些情书，它们还是一贯的样子，被你搁在抽屉的底层。那些渐远的文字沉淀了，宛如被封印。于是想到当时的月亮，我们还记得那时的月亮吗？是否如现在一般模样？你说，我们再看一看那些字。我说，算了。实在那时的心口与眼下这般不同了，就像现在的月亮和当时的月亮。

　　当然，这许久的日子里，你是受累了，将来必得补偿你许多。想到不久的将来，有一个 baby 来到我们中间，打破你我的两人世界，会是怎样的一种情形。那真是个淘气的家伙，在我们还没有心理准备的时候闯进来，害你我担这许多的心，受这许多的罪，却又使我们觉得心甘如饴。想到我们的父母也有这样的过往，二十多个寒来暑往，委实是不易的。

　　两座城市到底有多远？我以跨越这距离的乐观心态来丈量，就如地图上一般长短。而现实是横亘在这两座城市之间的结界，需要你我合力击破。

　　你看，多么琐碎的文字啊，它们的不情愿勉强成这琐碎的生活，真实且温暖。

（外一）

　　不知这算不算是情书，想来把给你的话写在纸上，亲手交到你手上，或者托人捎过去的日子已经很远了，纸质的甜言蜜语在荏苒的时光里渐行渐远，像过去了的一个早春，又像是去岁的一弯新月。可这又有什么关系呢？这样的日子愈远，你我执手的日子就愈远。沈从文说，一个白日带走了一点青春。青春何其宝贵，但有你的日子，一点青春的流逝又算得什么，反倒这点青春是多么值得。

隐约，写一本字典如许厚重的情书给你的愿望几近落空。今晚，我坐下来，像端起昔日的一杯茶，一壶酒，将寻常的字句排列成你喜欢的样子。七月的虫子，漫无目的地在我的灯下往来，飞过，又停下。黑夜喜欢将所有的轨迹淹没，因此一切都是朦胧的，像梦一般。虫子们把电脑屏幕当成它们散步的广场，像我一样在黑夜和闷热里爬格子，你们也无聊吗？还是也喜欢我这样的排列，或者便就认识每一个字，像神话里多情的剑客，在多年后，为了一个充分的理由，变成了虫豸，飞翔在七月的夜里，舞蹈，恋爱，繁衍。

两座城有多远，两个人有多远，两颗心又有多远，仿佛我们无从知晓，只有时间能给我们答案。你去了远方，每走一步，便在我心里温柔一分，那个人在我心尖上慢慢变得像初生的新笋，像牛奶，像头顶上一片深情的云。

两座城有多远，天河有多远，比起多情的牛郎织女一年一会，我们该是满足的。七夕的已来或者将来的雨使我浸在七月的暑伏里，但想到这些，又会让我觉得值得。

我坐在七月的尾巴上，想明白这样一个事实：两个人，两座城，一颗心。

后　记

说起来，这的确是种奇妙的感觉。年少时，我便梦想着用文字搭建世界，在内心里构筑起一隅隐秘的文明，形同捏塑一个生命。如今终于有所收获了，尽管是如此粗鄙和微不足道。然而我又感到，它似乎从此具备了某种生命的气象，有了自己的呼吸和心跳，辗转从我的手中飞走了。

当然，这并非我写下此后记的重点，我无意于罗织更多更复杂的生活，亦无需剖白更远更深邃的心迹，我所经见已倾尽在书中或隐或现地表达了——尽管在那些于生活已有所建树的人看来是如此的稚嫩。至于将来的收获种种，也请留待明日吧。我如今惴惴地写下这几行字，无非想要表达我的感激之情，我不知道除了这样的途径，还有什么别的更好的方式。我不是个善于言谈的人，我羞于表白内心，从来不把虚伪的感恩挂在嘴上，即便那些仅存的虔诚的谢意，我也很难通过口语准确地传递出去，所以，只能寄望于这半页纸张，慎重地表达我诚恳的敬意。

感谢命运将我带到世间，得以领略人世的种种，尽管这并非我所能选择。

感谢哺育和抚养我长大的人们，让我于贫瘠的土地上汲取了最多的营养。

感谢我的亲人和同事们，是你们让我免于孤独的围猎，得以盛享温情和拥抱。

感谢我的朋友们，那些勉励鼓舞我前行的人，恕我无法一一罗列他们的名字，但我在此依然想道出其中的几位：川木、清波、丢丢、老槐、阿甘、瓜兄、安……写下他（她）们名字的时候，我感到手是暖的，心是热的，笔尖流淌出来的是快乐，他（她）们是我企图操控那些文字的同谋，更是我构筑文字世界的帮手。当然还有那些暗暗里读这些文字的人，我不知道你们的名姓，但同样献上我诚挚的敬意。

最后感谢华文书局的朋友们，感谢你们的付出与包容，使得这本书得以结识更多的朋友。

挂一漏万，余不一一。

房蒙
2019 年 2 月

图书在版编目（CIP）数据

结庐在人境 / 房蒙著 . -- 北京：北京时代华文书局, 2019.7
ISBN 978-7-5699-3073-3

Ⅰ.①结… Ⅱ.①房… Ⅲ.①散文集—中国—当代Ⅳ.① I267

中国版本图书馆 CIP 数据核字 (2019) 第 108854 号

结庐在人境
Jielu Zai Renjing

著　　者	房　蒙
出 版 人	王训海
责任编辑	许日春　沙嘉蕊
装帧设计	程　慧　迟　稳
扉页题字	张益恩
责任印制	刘　银

出版发行	北京时代华文书局 http://www.bjsdsj.com.cn
	北京市东城区安定门外大街 136 号皇城国际大厦 A 座 8 楼
	邮编：100011　电话：010 - 64267955　64267677
印　　刷	固安县京平诚乾印刷有限公司　0316-6170166
	（如发现印装质量问题，请与印刷厂联系调换）
开　　本	710mm×1000mm　1/16　印　张	16.5　字　数	242 千字
版　　次	2019 年 8 月第 1 版　印　次	2019 年 12 月第 2 次印刷
书　　号	ISBN 978-7-5699-3073-3
定　　价	45.00 元

版权所有，侵权必究